文学翻译主体论

À la recherche du sujet traduisant

Pour une théorie du traducteur littéraire

袁 莉 著

上海译文出版社

本书获上海市文学艺术界联合会青年文艺家扶持计划、

教育部人文社科（青年）基金项目（10YJC740125）资助

目录

绪　论

　　"理想的译者应成为一块玻璃，透明得让读者感觉不到他的存在。"果戈理的这句名言阐发了文学翻译工作者艺术创造的极致，就是不着痕迹地再现原著风格韵味，让译入语的读者享受到与出发语读者同样的文学情趣。然而正是由于译者这种自觉的牺牲，造成了其自身价值的消隐，以致在长期的翻译理论研究领域里，译者的创造性功效一再被搁置一边，文学翻译仅仅被归结为是"两种语言的接触"。二十世纪六七十年代，是西方翻译研究的语言学派兴起之时，以奈达、穆南、卡特福德、雅各布森、费道罗夫、巴尔胡达罗夫等为代表，将翻译研究禁锢在文本对比和语言（信息）转换的范围内，而有关翻译活动中那个最活跃的成分——译者主体的主观能动作用研究就被完全忽视了。

　　本书试图超越以往翻译研究中以文本为重的"结构主义"思想局限，颠覆传统翻译理论"忠实与背叛"、"对等与创造"、"直译与意译"等简单的二元对立关系，在全球化的语境下，对我国自五四以来逐渐演化和习承的仰视西方式的"翻译伦理"，进行反思和重新定位，理顺影响翻译活动的文化、社会、历史等各层面的种种的"权力关系"，阐明翻译主体在当代翻译研究文化转向和伦理思考中的核心作用和关键意义。本书计划要做的事情将集中在以下三点：一、建立一个较为系统全面的翻译主体研究的理论

模型；二、走进文本，再走出文本，转向翻译主体的个案研究；三、采用
"倾谈"和"对话"的方式，让从事文学翻译活动的真正主角——译者们自
己来发声，针对翻译实践和翻译研究中的一些基本问题、热点问题，给出
其最直觉的答案。关于"翻译主体"的概念，译界的认识还存在着一定的
分歧，基于文化交流和文化构建的视野，我们一般认为，文学翻译的过程
包括"作者主体"、"译者主体"和"接受主体"，其中"接受主体"除了
读者、赞助人以外，还应包括翻译批评者和图书编辑等。本书的研究对象
为文学翻译活动的核心作用人"译者主体"，以及他与其他各主体之间、与
其自身所处世界之间的关系。

一、 建立文学翻译主体研究的理论模型。

为更好地开展文学翻译主体研究，综合翻译活动中各个层面的元素，我们
首先为本书绘制出一幅"文学翻译主体研究"的基本蓝图，具体图示如下：

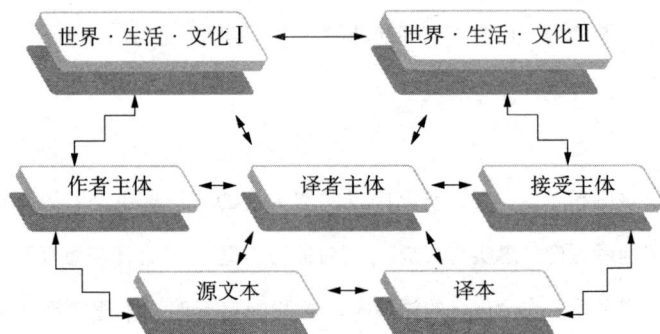

总图示

这个研究图示包含三大基本模块："两个世界"、"两类文本"、"三大
主体"。

所谓"**两个世界**"，是指形成源文本和译本的"世界"、"生活"以及

"文化"等历史文化和现实社会的综合体，源文本赖以形成的背景，可称之为"世界·生活·文化Ⅰ"，译文本赖以形成的背景，可称之为"世界·生活·文化Ⅱ"。本研究将翻译活动界定为跨语际的文化交流活动，那么"世界·生活·文化Ⅰ"和"世界·生活·文化Ⅱ"就构成了异域文化之间天然具有的陌生性和新奇性，不同语言以及意义之间的沟通，自然就会遇到无数的困难。我们想说，"世界、生活、文化"是翻译主体和文本存在和形成的背景及动因。翻译是沟通两种文本赖以存在的不同的世界、生活、文化背景的桥梁，因此，重视两种不同文本赖以存在的不同世界背景，是翻译主体乃至整个翻译学研究的必要前提。

所谓"**两类文本**"即源文本以及译本。前者是翻译活动的对象，后者则是翻译活动的成果，及其有待展开的译入语方面的语言文本。

所谓"**三大主体**"即作者主体、译者主体以及接受主体。从翻译活动的本质和流程来看，以译者主体为核心；从"理想的"翻译和"翻译的理想范本"以及翻译的最终目标来看，作者主体和源文本的重要性不可低估；从源文本通过译本被译本读者所接受的角度看，译者主体与接受者主体的主体间性更为重要。

从文学翻译活动所涉及的各种元素之形成，以及发挥其本有的功能来说，我们拟为文学翻译主体研究设定"**六大诠释循环圈**"。

第一大诠释循环圈：

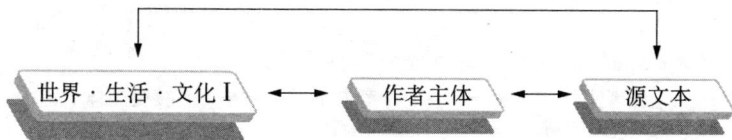

图示（一）

这一诠释循环圈的核心自然是**作者主体**，而其形成的实体性的语言载体就是源文本，世界·生活·文化I是作者主体的创作背景和源文本生存的空间。

第二大诠释循环圈：

```
        ┌──────────────────┬──────────────────┐
        ↓                                      ↓
   [译者主体]  ←──→    [源文本]    ←──→   [作者主体]
```

图示（二）

这一诠释循环圈的核心是**源文本**。译者主体通过源文本与作者主体发生关联，译者与作者之间进行直接沟通的可能性也是存在的。

第三大诠释循环圈：

```
        ┌──────────────────┬──────────────────┐
        ↓                                      ↓
   [译者主体]  ←──→    [译本]     ←──→   [接受主体]
```

图示（三）

这一诠释循环圈的核心是**译本**。译者完成翻译，译本是其与接受主体发生关联的物质载体。译者主体在翻译的前期、中期和后期也有可能受到接受主体的影响。

第四大诠释循环圈：

```
        ┌──────────────────┬──────────────────┐
        ↓                                      ↓
   [作者主体]  ←──→   [译者主体]   ←──→   [接受主体]
```

图示（四）

这一诠释循环圈是以**译者主体**为核心，连接作者主体、接受主体（读者和赞助人等），形成主体间性的诠释循环圈。作者主体也可能通过译本的媒介，与接受主体发生互动和接触。

第五大诠释循环圈：

图示（五）

这一诠释循环圈是以**接受主体**为核心，通过译本，接受者了解到新的世界，从而形成基于接受主体的两个世界间的诠释循环圈。

第六大诠释循环圈：

图示（六）

这一诠释循环圈是以源文本、译本之间的比照关系为核心的**翻译批评**

循环圈，由于翻译批评的承担者是具备阅读源文本能力的专业工作者，即翻译批评者，所以他们是**特殊的接受主体**。

六大诠释循环圈的连接策略，构成了不同的翻译方法乃至翻译学之不同流派的演变。鉴于本书的主题是文学翻译主体研究，所以我们将把重点放在作为理解者和诠释者的译者主体、流动的源文本与"再造"的译本以及主体间性与主体间对话三个方面展开。

在上世纪八十年代，国际译学界开始了翻译研究的文化转向，翻译者的主体意识渐渐觉醒，其作用由被遮蔽而到显现，它跨越了静止的历史局限和恒定的文本意义，在全球的文化语境中，与翻译活动中的其他主体（如作者、读者、出版赞助人等），形成了多维而复杂的"权力关系"。是"改写"、"操纵"，还是"对话"、"融合"？译者主体自然成为其中牵一发而动全身的核心因素。那么，如何划分翻译主体，译者主体性的具体内涵又是什么？这都是我们在研究中碰到的核心难点。纵观国内外最新的研究成果，可以说译学界普遍达成了一种共识，即翻译研究的目的不再仅限于探讨如何忠实于原著，而是如何再现原语文化的精髓、如何满足译语文化的要求，关注的重点不仅仅是翻译的结果，更是翻译的过程，译本的生产者（翻译主体）如何发挥介入作用，又是怎样彰显并同时也悄悄地改变着译入语社会的文化特征，等等。

二、 翻译主体的研究方兴未艾，其价值首先体现在对"翻译伦理"问题进行反思。

翻译研究的文化转向和翻译主体意识的觉醒，引发了学界对"翻译伦理"问题的热烈讨论。上世纪末西方翻译研究文化学派的代表韦努蒂、皮姆、切斯特曼、斯皮瓦克等是较早讨论翻译伦理的专家。法国学者安托瓦纳·贝尔曼更是在 1984 年和 1985 年的两部著作里，将"回归伦理"这一概念作为文化学派"翻译宣言"的核心内容提了出来。然而，在当代中国的文化语境下，贝尔曼及其他西方翻译文化学者所主张的"翻译伦理"观，是否与我们的需要相契合呢？我们的翻译研究界在引进这一思想和理念的同时，是否需要再多几分反思呢？有学者称："我们的华语世界，已经到了濒临失落与拯救的边缘！"那么当代中国究竟应该呼唤怎样的一种"翻译伦理"，对于这个问题的思考和重新定位，恐怕已到了刻不容缓的地步，具体表现在以下几个方面：

a. 翻译研究文化转向后，主体性问题得以凸显

当代文化研究作为跨学科的理论研究方法，在二十世纪末产生了重大影响。而正是在这一时期，翻译学作为一门独立的学科获得了飞速发展，理所当然地也发生了文化学的转向。翻译研究的文化学派认为，西方译者在翻译活动的过程中发挥了强大的主体性功效，"操纵"或"改写"了来自非西方文化的作品。在后殖民语境中，翻译成为了一种权力话语，一种权力关系的分支。而译者作为翻译活动的具体执行者，一个同他所处的社会、文化等相互作用所形成的混合体，在各方权力关系所形成的张力中，发挥着主体性作用。

b. 当代中国呼唤怎样的翻译伦理？

中国自五四以来至于当下，整整一百年，大多处于主动接受他族文化改造和丰富的时期。吾国吾民领略西方世界的强大日久，似乎也早已习惯于以仰视的姿态去领受西方的文化和文明。观现今中国之潮流文化，绝不仅仅是"将他者作为他者本身"，而是"视他者为神圣"。无论是畅销杂志、网红小说，还是从西方引进的学术著作，通篇的西式句法，佶屈聱牙

者累出不穷，真正严肃的文学翻译和原创的学术研究受到了极大的干扰。

一些当代西方学者在谈及翻译时，能以开放、对话的姿态抵抗"本族中心主义"，在翻译研究中能秉持"存异为异"的伦理模式，的确是值得我们尊敬和效仿的。但对于我辈学人，身处当下中国的文化语境，在追求文化"他者性"的同时，我们是否也该蓦然回首，重新审视一下"自我"，重新审视一下翻译大潮席卷之下，我们母语文化的生存与发展呢？作为翻译研究者，在进行理论分析时，该怎样拿捏文化传播过程中这个"异化"还是"归化"的度，怎样帮助译者主体处理好"我与他者"的关系，最终寻求一种自省、平衡、对话的解决方案。作为文化交流、译介过程中各主体对话之基础的"翻译伦理"，在不同地域、不同时期的动态呈现方式是怎样的，我们应该如何梳理、如何评价它，这正是值得我们中国翻译研究界再三斟酌的伦理问题。

c. "全球伦理"视域下的翻译主体性

全球化语境中的文明冲突和对话，呼唤着一种新型的全球伦理关系。本书将引入瑞士著名自由思想家孔汉思（Hans Küng，又译汉斯·昆）的"全球伦理"构想，在这样一种具有普世意义的价值观统领下，我们试图对当代中国的翻译伦理进行重新定位，对在这一翻译伦理观照之下的译者主体的道德自省和自我规范，进行更深入的思考。

在当代翻译大潮之中重新审视中华文化的生存与发展，绝不是一种"本族中心主义"式的倒退，而是在稳住自我根基、保护本国文化独立性的前提下，再全方位地开放，再主动地融入全球文化的交流与互动。中华文化的民族性始终是我们的立足点，"文化的全球化"所最终要实现的，也绝不是单一的文化模式，而是各个民族、各个国家在高度融合状态下的多样统一的文化。由于全球经济危机的爆发，世界政治格局也正发生着深刻的变化，中国政府在这一重要的战略机遇期，制定了"文化走出去"的国家战略。正是在这样的语境之下，我们认为国内的翻译理论界更应该引起对"翻译伦理"这一问题的高度重视，针对文化交流中翻译主体性的探讨，则应该成为这一新型伦理探讨之中最为核心的话题。

三、 将"全球伦理"概念引入翻译的主体研究，为"文化走出去"的国家战略服务。

全球化是二十世纪八十年代以来在世界范围内日益凸现的新现象，是当今时代的基本特征。工业文明的困境是全球化到来的一个前提，现代文明的危机中已经孕育着一个新的时代。因为各种各样的危机，把人们从现代工业文明的幻梦中惊醒，促使人们反思现有的文化模式，重新思考人类的未来。事实上，边界的存在感越来越模糊，虽然国与国之间的界限仍存在，但人与人之间物理意义上真正的隔绝却在慢慢消失。全球化并不止于某个单一方面，而是包括经济、政治和文化等，国与国之间的相互依存度在增加，文化与文化之间早已经打破了国界和洲际的隔阂，全球化已经是真实发生的事情，不容置疑。全球化也意味着人类社会正以某种方式得到重新连接。 1962 年，"全球化"这一说法第一次出现在公众的语汇中。而现在，这个词语已经从一个那时候的专门术语，变成了今天人们的口头禅。英国《经济学人》（*The Economist*）杂志曾把它称为是"二十一世纪被滥用的词语之最"。

"全球伦理"的构想是瑞士著名的自由思想家孔汉思于 1993 年提出的，其要旨是各个国家、各个民族、各派宗教的一种基本共识，对于有约束力的价值观、不可改变的准绳以及个人态度的基本共识。如果缺乏这种共识，我们的世界迟早会陷入混乱，为独裁所宰制，人类因此必将步入绝望之境。全球伦理是一种实现跨文化、跨宗教、跨经济体制、跨意识形态，具有共同说服力的价值观、指导原则、个人态度和共同行为的兼容性途径。它立足于从伦理上对不可转让的人类尊严、决策自由、个人与社会的责任以及正义的承认。全球伦理承认全人类和非人类存在物之间的相互依赖，并把关爱和同情的基本道德态度拓展到我们的整个世界。它可以识别越界的问题，并有助于这一问题的解决，能够提高大众对这些基本价值观和原则的认识。我们的文学翻译主体研究，必须重视个人和个人所处的这个社会的地理、文化、宗教、经济和政治语境。全球伦理同样也需要这种地方性的语境，这样它才能对个人行为和社会结构产生影响，而不至于成为孤立的理想信条。身处"全球伦理"的视域下，我们的研究才有可能尊重不同的社会多样性、政治多样性、文化多样性、宗教多样性和生物多样性等等。承认有这些丰富的多样性的存在，就可以减少彼此的伤害，促进地球发展的可持续性，让这个地球上所有的文化和宗教，都能够促进共同价值观的进步，从而最终达到多样性的统一。可以说，"全球伦理"正是当今社会解决文明冲突、作为文明对话基础的新概念。在文学翻译研究的领域里，它也是构建新型翻译伦理、指导翻译主体采取行动的最终参照系。在"文化走出去"、"提升软实力"的口号之下，我们该怎样处理好翻译活动中各个主客体之间发生的权力话语关系，在全球化的语境中，翻译主体该如何发挥合乎新型伦理关系的主动性，帮助中华文明最杰出的成果更好地"走出去"，将中国文学所强调的人性和文学性更好地纳入世界文学的体系，这也是我们为本课题研究选择"全球伦理"这一理念的主要依据。

　　本书的基本框架将分为三个部分，第一部分将集中于理论探讨。我们会采用历史考察与实证分析相结合的方法，借助现当代哲学诠释学、接受美学、巴赫金对话理论、空间地理和列维纳斯的"他者"理论等作为学术支撑，厘清翻译过程中各种主客体之权力话语关系，阐明文学翻译主体在当代译学研究的文化转向和伦理思考中的核心作用和关键意义。第二部分着重于理论与实践的结合。我们将分成八个专题，对文学翻译的主体进行个案研究，分析译者在翻译之前、之中和之后过程中的认知体验和情感运用，从而试图说明：译者主体以及他的翻译作品，从来都不会独立于社会政治力量和历史文化背景，不会摆脱意识形态的控制和文化交流的特质，哪怕是在纯文学的领域。第三部分是著名译者的倾谈和问答部分。笔者多年来利用各种学术交流的机会，拜访了国内尤其是沪上知识界和翻译界的知名学者、文艺批评家和老、中、青三代的文学翻译家，就翻译理论实践与操作过程中所涉及到的译者主体性问题进行了充分的咨询、学习和探讨，力图让读者了解翻译活动背后的复杂性，探索和试验更有效的翻译手段和途径，达到中外文化互通有无、丰富自身、实现共存的目的。

第一部分　理论探讨

第一章　诠释学视域下的翻译主体与主体间性

作为有着漫长和海量的实践活动为其依托和研究对象的翻译学，尽管诞生得很晚，但近百年来在世界范围内的研究却悄悄经历了语言—文化—人的转变，完成了一次由本体到主体，由一元到多元的跨越。在这样的跨越中，翻译活动中的主体性因素越来越受到重视。特别是翻译学的文化转向以及哲学诠释学方法的引入，翻译中"主体"的作用越来越得到彰显，"我"与"他者"的伦理性概念也成为翻译学研究无法绕过的话题。不过，尽管现代翻译学研究在这方面取得了一些突破，但随着对"主体"和"主体间性"概念的过分强调，翻译学界也有一些反对的声音出现。譬如有学者说："随着已成为独立学科的翻译学的文化转向，不少翻译学者也纷纷转向，其中有些人不知不觉地进入了文化研究的传媒范畴，从而在一定范围内造成了学科概念混淆和学术理路混乱，致使有些翻译理论和翻译实践之间的关系变得模糊不清，极不和谐。" [1] 这一批评作为对翻译学的文化转向之后所出现的乱象的纠偏，很及时。本书作者以为，极力夸大译者的主体性而导致忽视了源文本以及原作者，极力发扬"叛逆"和"创造"而忽视"忠实原则"对于翻译活动的制约，都可能导致翻译活动滑向翻译本质

---

[1]　曹明伦：《翻译之道：理论与实践》，保定：河北大学出版社，2007年，第1页。

的反面。如何创造一种可以平衡二者乃至融合二者于有机统一的理论体系，是翻译学术研究界的当务之急。本章拟对此问题做出初步探讨。

第一节　翻译学的文化转向与翻译主体诠释学

二十世纪六七十年代是西方翻译研究的科学派兴起之时。所谓科学派，又称语言学派，以奈达、穆南、卡特福德、雅各布森、费道罗夫、巴尔胡达罗夫等欧美语言学家为代表，认为翻译理论只能是一门语言学学科，翻译活动就其实质来说是语言学的任务，重要的是对比原作和译作语言单位意义上的异同，以达到内容上的等值；译者的任务就是把接收到的语言信息根据给定的定义，译成目的语里相对应的信息，然后发给目的语读者。因此翻译所涉及的只是两种不同语符中的两个对等信息，"在不同的语言现象中求得对等"，这才是语言学派所要研究的头等大事。这样一来，翻译的研究就被禁锢在文本对比和语言（信息）转移的范围内，有关翻译活动中那个最活跃的成分——翻译主体的主观能动作用研究就被完全忽视了。

二十世纪八十年代后期，国际译学界对翻译展开了全方位的研究，并逐渐发展了翻译学的学科，主要在以下几个问题上取得了共识：

第一，翻译研究的方向重点是**文化研究**而不是语言转换。翻译学者要放弃语言学的态度，从着眼单一文本，转向文化的大视野。

第二，翻译研究的方法不再是对原作进行描述，而是转向对**译作功能的评价**，评价标准的重点是译作在译入语文化系统中所起的作用，而不是传统的纯文学标准。

第三，翻译研究系统考察的是不同时代、不同地域的译者状况，研究译者所撰写的前言后记，追溯译者在某一时代设定的翻译原则，通过分析译者对当时社会习俗的处理方式，来剖析那一时期的翻译总貌。

可以看出，短短几十年里，译学研究悄悄经历了语言—文化—人的转变，完成了一次由本体到主体，由一元到多元的跨越。其中，尤以安德烈·勒非弗尔和苏珊·巴斯奈特的观点最为前卫。前者认为文学翻译实际上不是如何遵循或使用规则，而是一个译者做出抉择的过程：译者自己按照其所占有的最充分材料，来决定把一个文本介绍给特定时期的特定文化时所使用的最有效的策略。他把翻译区分为四个层次：语言、论域、诗学和意识，认为译者不仅仅翻译字词，也翻译论域，诗学和意识。而且他们对译与不译的选择更多的是基于意识层面和诗学层面的考虑。[1] 后者巴斯奈特更把翻译看作是"译者摆布文本的一个过程"，在这里多元论取代了单一的忠实原文的教条，原文这个概念本身受到了来自多方面的质疑。巴斯奈特还十分推崇后殖民主义和女权主义学者对翻译理论所作的贡献[2]：后殖民主义学者在研究中对原文与原意进行了深入探讨，认为所谓清楚无疑的原文原意是不存在的，真正的翻译不是对原文亦步亦趋地顶礼膜拜，而是主动地把握甚至吞食原文，为我所用。在这里，传统翻译理论竭力推崇的译文服从原文的权力关系被翻译主体——译者的主导作用取代了。女权主义的翻译研究学者更是突出了译者在原文到译文的转化过程中所起到的能动

1　André Lefevere, *Translation*, *Rewriting*, *and the Manipulation of Literary Fame*, London & New York: Routledge, 1992; Shanghai: Shanghai Foreign Language Education Press, 2004, p. 59–72.

2　Susan Bassnett, André Lefevere, *Constructing Cultures*: *Essays on Literary Translation*, Clevedon: Multilingual Matters Ltd., 1999; Shanghai: Shanghai Foreign Language Education Press, 2004.

作用，他们关注的是原文和译文两极之间相互作用的空间，并指出"不忠的情妇"这个比喻其实是基于这样的观点：原文是男性的，主导的，译文则是女性的，从属的。他们主张重建翻译得以产生的空间，强调译者的中介性，是为了否定翻译相对于创作的从属地位。传统译论认为译者应该自甘埋没，而女权主义译论则强调译者的存在，强调译者对原文占有和摆布的主导地位。

强调译者主导作用的观点极富启发性，一方面我们可以更客观地评价译者的劳动；另一方面也可以增加译者的责任感。因为强调占有摆布原文并非就是提倡译者胡译乱译，而旨在说明原作者与译者、原文与译文不是主仆上下的隶属统治关系，译者的作用尤其重要，正是他按照接受语读者的要求给了异域作品在新的历史时期新的国度以新的生命力。

在我国，翻译理论的发展也经历了一个由简单到复杂，由零星到系统的过程。人们正渐渐地意识到，在翻译这个以人的思考和创作为中心的艺术活动中，最不该忽略的，恰恰就是对这个活动主体的研究和重视。

1982 年，罗新璋先生在他编撰的《翻译论集》导言中称："我国的翻译理论自有特色，在世界译坛独树一帜。"继而归纳出"案本—求信—神似—化境"这样一个富有传统色彩的翻译理论体系[1]。进入九十年代以后，中国译界借鉴引进了西方理论的研究成果，纷纷创立新思想、新方法，学术气氛极为活跃。 1990 年刘宓庆所著的《现代翻译理论》[2] 和 1992 年陈福康所著的《中国译学理论史稿》[3]，不仅完成了四十年前董秋斯先生所呼唤的

---

1 罗新璋：《翻译论集》，北京：商务印书馆，1984/2009 年。
2 刘宓庆：《现代翻译理论》，南昌：江西教育出版社，1990 年。
3 陈福康：《中国译学理论史稿》，上海：上海外语教育出版社，2000 年。

译界两件大事（"书写翻译史，建立翻译学"），也标志着"翻译学"作为独立学科的地位在我国已经确立。同时，翻译研究的方法也从单一的语言学和文艺学方法，转入更为广阔的层面，比如文学翻译批评学（许钧），译介学与比较文学（谢天振），文化史（王克非），话语翻译学（罗选民），释义学（蔡新乐）等等，这些著作都对翻译活动的一些基本问题和原则作了剖析和解答，同时也获得了理论界的关注和首肯。但是，正当人们围绕着翻译界出现的某些热点现象争论不休的时候，另一些人却把目光转向了一个长期遭人忽略的角落——翻译者身上：罗新璋、杨武能、穆雷、王守仁等纷纷在译学权威杂志上撰文，论述文学翻译的主体——译者在翻译实践和理论研究上的重要地位。终于，有关翻译家的作用和定位，成为了1996年第一届中国翻译教学研讨会上重中之重的话题。

其实，关于某一位译者研究的专著（论）我们在早几年就已经可以看到，如钱锺书的《林纾的翻译》，高惠群、乌传衮的《翻译家严复传论》，金圣华《傅雷与他的世界》，吴洁敏、朱宏达的《朱生豪传》，郭著章的《翻译名家研究》等，已然开创了主体研究的先河。然而真正造成声势的，却是许钧1996年主编出版的《文字·文学·文化——〈红与黑〉汉译研究》[1] 一书，虽然这本著作研究的问题和范围颇为深广，实质却是紧紧围绕着几位文笔各具风采的译者，从名著《红与黑》的翻译过程到翻译结果所作比较的由表及里的阐发。1998年外国文学界知名杂志《译林》又连续发表了由许钧先生主持的"当代著名翻译家访谈录"，也可以看作是这一以翻译主体为中心的研究工作的继续。

---

1 许钧主编《文学·文字·文化——〈红与黑〉汉译研究》，南京：南京大学出版社，1996年。

　　《文学翻译主体论》这一课题，正是基于上述思路，试图从语言与哲学、本体与主体、历史与现实的角度对翻译的主体性作一个动态和系统的研究，我们不求面面俱到，但求为我国现有的文学翻译理论提供一个新的思路。

　　事实上，当我们不再把对翻译的理解停留在字词的层面上，不再试图去寻找与原文本对等的影子，而是把翻译文本看作是经过变形和改造，融入译者的主观审美意向和历史存在的一种自足的艺术创造产物时，立刻就意味着我们必须要面临关于翻译主体性及其能动空间的提问。这是一个多少带有哲学和思辨意味的选题，必须借助某一足够成熟且自身极富渗透力的理论体系来加以深入地研究和探讨。

　　我们选择了"哲学诠释学"（la philosophie herméneutique）。它是当代西方哲学的一个流派，代表人物为德国哲学家海德格尔和伽达默尔等。它本是一门研究"理解"和"解释"的学科，最初起源于对《圣经》的解释实践。现代诠释学则发展为探究人类一切理解活动得以可能的基本条件，试图通过研究和分析一切理解现象的基本条件而找出人的世界经验，在人类有限的历史性存在方式中发现人类与世界的根本关系。我们以为，"哲学诠释学"的方法论及其所揭示出的人类理解和解释活动之中所遵循的基本原则，也可以用来帮助我们更好地认识和研究翻译问题。

　　抛开理论界长期关于翻译概念的种种争论不谈，文学翻译说到底，还是一门对意义的理解和表达的艺术。这里的"意义"不止于字面，更体现了原作品与译作、原作者与译者及读者之间复杂交错的历史、心理、文化关系。它的复杂性不仅要求我们对它的载体——语言符号系统作微观的研究，更要对其行为活动本身及其过程进行深层次的思考。而诠释学

(herméneutique) 的宽泛定义，正可以表述为是"一门对于意义的理解和解释的理论或哲学"。它与翻译实际上有着千丝万缕的关系。

在英语中， Hermes 除了指希腊神话中的信使赫耳墨斯，字典里又作"水星"解。水星轨道有不确定性，这恰好符合信息传递的一个重要特点：不具规则性，只就特殊环境和特殊条件才能取得特殊的意义。在希腊语中，"诠释"一词还具有说明、解释和理解三重含义。今天，诠释的过程也被认为具有这三个阶段和三种作用，这是法国哲学家保罗·利科的贡献。他曾写下《解释的冲突》[1] 一书，对诠释学作了这样的规定。

诠释学发展的第一个阶段是本文诠释学 (herméneutique textuelle) ，它局限于对重要文本文献的注释，相当于中国人所讲的训诂。诠释学第二阶段的代表是施莱尔马赫，他所撰著的《诠释学》[2] 一书确定了诠释学的基本范畴：对文本的理解和说明。他坚持在人类文化中能动的"自我"(Ego) 这个绝对的精神主体的创造性。从他开始。诠释学的研究重心已不再是被理解的文本，而是转到理解活动本身，这一理论直接启示了狄尔泰，使其将诠释学这一研究解释历史文本的学问，上升成为一种研究人文科学的哲学方法论。作为方法论的理论，其结果是以自身体验在对象感悟中，在"你"之中重新发现了"我"。理解成为一种对话的形式，不再是一个单纯的主体对客体的单向涉入，而是对象作为另一个人同我的对话过程，一个自我揭示和价值生成的过程，理解就是我的存在，我的存在方式。

1　Paul Ricoeur, *Le Conflit des Interprétations*, *essais d'herméneutique*, Paris: Editions du Seuil, 1969.

2　Friedrich Schleiermacher, *Herméneutique*, Traduction et introduction de Marianna Simon, Avant-propos de Jean Starobinski, Paris: Labor et Fides, 1987.

　　自狄尔泰以后，对诠释学有重大影响的是海德格尔和伽达默尔。在这师徒俩形而上的思考中，主体的参与变得更突出也更为重要。他们理解的方法是从主体参与入手，把人和现象看成是人的主体参与，经过主体投入再加以了解，这就是作为人文科学方法的诠释学的意义。

　　海德格尔认为，人类的理解具有先在的结构本质，人们之所以将某事解释为某事，其基点就是建立在先前（Vorhaben）先见（Vorsicht）与先概念（Vorgriff）之上。因而，所有的语言现实无不打上了人类主体自身的烙印。

　　哲学诠释学的三个很重要的理论范畴是"前理解"、"效果历史"和"视域融合"。"前理解"是德文 Vorverständnis 的意译，由海德格尔首先引入，伽达默尔将其作为"诠释学"的核心概念之一。伽达默尔说："理解甚至根本不能被认为是一种主体性的行为，而要被认为是一种置身于传统过程中的行为。"[1] 因此，"一切诠释学条件中最首要的条件总是前理解。"[2] "效果历史"是德文 Wirkungsgeschichte 的意译。伽达默尔说："真正的历史对象根本就不是对象，而是自己和他者的统一体，或一种关系，在这种关系中同时存在着历史的实在以及历史理解的实在。一种名副其实的诠释学必须在理解本身中显示历史的实在性。因此我就把所需要的这样一种东西称为'效果历史'。理解按其本性乃是一种效果历史事件。"[3] "视域融合"是德文 Horizontverschmelzung 的意译。伽达默尔认为，"前理解"是历史赋予理解或解释主体从事理解和解释活动的积极因素。它为理解和解释主体提供了特殊的"视域"。谁不能把自身置于这种历史性的视域

1　加达默尔：《真理与方法》，洪汉鼎译，上海：上海译文出版社，1999 年，第 372 页。

2　同上，第 378 页。

3　同上，第 384—385 页。

中，谁就不能真正理解流传物的意义。而理解和解释主体并不是孤立和封闭的，视域是在时间中进行交流的场所。理解和解释主体的任务就是扩大自己的视域，使它与其他视域相交融。这就是伽达默尔所说的"视域融合"。

伽达默尔认为，任何理解都是一种具有时间性体系的评价，没有绝对的客观性的认识，认识只不过是主体对客体的相对的一面之见。针对意大利哲学家埃米里奥·贝蒂（Emilio Betti）所说的"主体性可以放弃自己的立场，去掌握客观"[1]，伽达默尔却认为，这是不可能的，理解是把自己的心灵投射于外在客体之中；一部作品原作者的意识并不重要，重要的是我们如何看待原作者的意识。他从胡塞尔的现象学中借用了"视野"和"主体间性"等术语，认为理解活动乃个人视野与历史视野的融合，文学不是一种指向客观世界的对象性活动，而是一种主体间性的交流活动。文学翻译，就其本质来说，也是主体间（译者和原作者）通过对象（文本）互相沟通、对话的形式。译本既是译者对原文现实化、显现化的结果，也是他对文本的过去与现在、本性与他性之间调节与应用的结果。

当代西方诠释哲学历经伽达默尔、福柯、利科，发展到二十一世纪的较新阶段，应该要算德里达的解构主义。尽管德里达的理论后来经历了不断的变动和发展，但它对我们的翻译研究仍然具有启发作用。在德里达看来，语言只不过是从能指到所指的游戏，其本身是不确定、不可靠的；没有任何东西是充分存在于符号之内的，也没有任何交流是完全成功的。在他的抨击下，确定性、真理、意义、理性和明晰性等观念都已经变得空洞无物。一切结构都在不断运动变化，一切都可以被解构[2]。翻译也毫不例

1　Emilio Betti, *Teoria generale della interpretazione*, Giuffrè, 1955; *General Theory of Interpretation*, CreateSpace Independent Publishing Platform, 2015.

2　Jacques Derrida, *L'écriture et la différence*, Paris: Editions du Seuil, 1967/2014.

外，翻译中最富有弹性的美学层次便是译者笔下匠心独运、施展本领的解构空间。因为这样，同一部作品可以拥有各方面不相上下的众多不同译本，也正因为这样，翻译的主体活动便具有了艺术创造的性质。

上述种种，我们可看出哲学诠释学是一项在意义交流领域思考最为深刻、影响最为广泛的理论体系。借助它，我们有信心能更深入、更科学地探讨文学翻译的主体问题，并结合实例更好地说明：第一，只有翻译主体才是翻译艺术审美价值以及意义得以实现的唯一途径；第二，翻译的实质不是对原作品意义的追索或还原，而是译者主体能动的理解诠释过程，是译者主体自身存在方式的呈现，同时也是译者在理解他人的基点上对自我本性的一次深化理解。

米歇尔·福柯说过："语言并非扎根于物，而是扎根于主体的行动。"[1] 我们也可以说，原语的含义并非扎根于原文本，而是扎根于翻译主体的行动。按照翻译诠释学的观点，译者的翻译过程，从根本上说，就是翻译主体与文本之间的对话过程。文学翻译就是一种"诗的话语"。译者主体作为话语的生产者，他的任务是双重的：一方面，他要理解和阐释自己面前的源语文本，另一方面，他又必须把自己理解和阐释的结果表达出来供译入语读者阅读。从西方"哲学诠释学"的理论方法对翻译活动进行分析，则可以将译作看作是译者对源文本及其赖以形成的文化的理解和诠释。任何译者都有他自己特有的思维方式和文化传统，乃至自己特有的人格、审美情趣以及语言表达习惯，所有这些都构成了译者的"前理解"和"效果历史"。任何译者都是在这些连自己都难于觉察的"前理解"和"效

---

1 Michel Foucault, *Les Mots et les Choses*, Paris：Gallimard, 1990.

果历史"之中，接受、解读和诠释源文本的。贯彻在翻译历程之中的，是一个译者自主的选择、认真的思考和创造性转化的过程。翻译文本正是那些善于消化吸收、更善于从事创造性诠释和转化的译者之"视域融合"的结晶。

美国当代艺术学家艾布拉姆斯在《镜与灯——浪漫主义文论及批评传统》[1] 中提出文学活动应由四个要素构成，形象地说明或昭示了在他之前或之后，占有长期统治地位的文本"中心论"的文学批评研究方法：

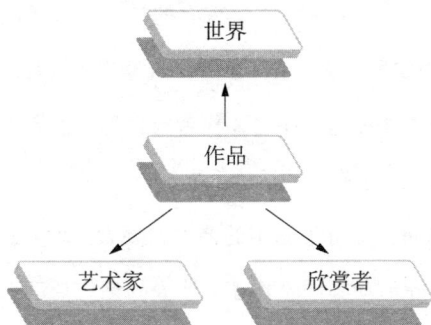

```
                    世界

                    作品

        艺术家              欣赏者
```

艾布拉姆斯所谓的"世界"是指文学活动所反映的客观世界、主观世界。不论主观世界还是客观世界，世界是文学活动产生、形成和发展的客观基础，它不仅是作品的反映对象，也是作者与读者的基本生活环境，是他们通过作品产生对话的物质基础。所谓"作者"是文学生产的主体，他不单是写作品的人，更是将自己内心世界的独特审美体验通过作品传达给读者的主体，文学活动也是一种作者的感情表现活动。所谓"作品"，作为显示世界的"镜"和表现主观世界的"灯"，作为作家的创造物和读者的

1　M. H. Abrams，*The Mirror and the Lamp*：*Romantic Theory and the Critical Tradition*，London，Oxford，New York：Oxford University Press，1971.

对象，既是作家本质力量对象化的显现，又是读者接受的对象。"读者"是文学接受的主体，他不只是阅读作品的人，更是与作者共同生活在世界上的活生生的人，他们通过作品而进行潜在的精神沟通，只有经过读者的阅读鉴赏，作品才能实现其价值。文学四要素所形成的流动过程，其中必然包含着人的本质力量的对象化，才能成为文学活动。文学活动不仅指这文学四要素所形成的流程，在文学活动中，主体和对象的关系始终处于发展与变化之中，一方面是主体的对象化，另一方面又是对象的主体化，在这个双向互动的过程中，才显示出文学特有的社会和审美的本质属性。文学活动四要素不是彼此孤立或静止存在的，而是相互依存、相互渗透、相互作用的，它是围绕着作品这个中心，作者与世界、读者之间建立起来的是一种话语伙伴关系、一个有机的活动系统。

我们说翻译也同样拥有最基本的艺术四要素：世界、源文本、译者、译文本。不过，翻译活动不同于作家、诗人的创作活动，翻译涉及的不仅仅是世界和作品，还涉及更直接的影响因素——文化，而其主体除源文本的作者和接受者——读者外，还包括译者，其文本自然也包含源文本和译本。鉴于此，我们可以将艾布拉姆斯的图示改造如下：

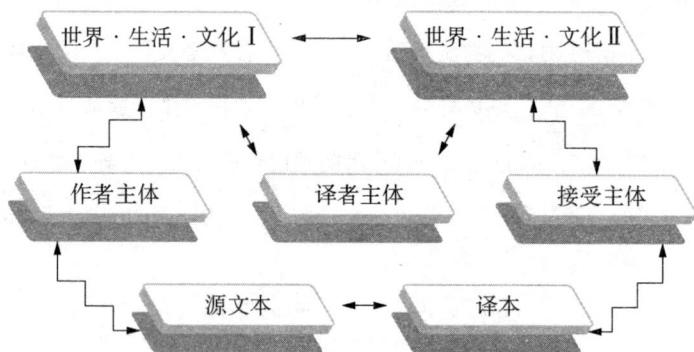

这一图示可以简称为"两个世界"、"三大主体"和"两类文本"。而翻译活动，就是在如此复杂的要素之纠合所构成的统一体（或者说诠释学循环 der hermeneutische Zirkel）中，艰难而持久地进行着。

第二节　作为理解者和诠释者的译者主体

"译者，舌人也"，"翻译者，叛逆者"，"译者是职业媒婆"，"译者是语词的摆渡人"，"译者是一块透明的玻璃"，"译者是高明的摄影师"……理论家们冠以译者种种或美丽、或不屑的称呼，翻译家们却多称呼自己为"文学界的苦力"、"戴着镣铐的舞蹈家"，几许谦逊，几多无奈！这里我们首先要做的是通过引入哲学诠释学给译者定位。

本节研究是以"译者主体"为核心的诠释循环圈。绪论中的总图示已经表明，译者主体处于翻译活动的关键位置。从译者主体与源文本的关系而言，译者自身就是一个源文本的阅读、理解以及诠释者，这一点，与一般读者没有多大的区别，但他至少是专业的，理解得深刻一些。所谓"专业"一些，是指他比一般读者更大程度地自觉地接受源文本，以及源文本之所以形成的"世界·生活·文化Ⅰ"的制约和激发。译者要比译入语的一般读者，甚至比能够读懂源语言文本的译入语读者，多了在文化、文学乃至科学知识交流、传播等方面的使命感乃至神圣感。

从刚才提到的框架图示来看，这一极其复杂的诠释循环圈的核心就是译者主体。总图示表明译者主体处于六大要素的包围之中。第一，译者主体除自己的专业能力以及人文素养等"人"的因素之外，对于拟翻译的源文本赖以形成的"世界·生活·文化Ⅰ"以及创造源文本的"作者主体"都必须有非常深刻而全面的了解，乃至具备足够的专业性的理解。这是一个译者对于输出语世界和文化的必备素养。其二，译者主体与源文本构成复杂而深刻的互相诠释关系，在实际翻译中，这一互相诠释的深度和广度，都会对于翻译质量乃至成功与否产生深刻的、决定性的影响。其三，译者主体对于拟形成的译本所赖以被接受的"世界·生活·文化Ⅱ"，以及"译本"背后的接受主体，都必须有非常深刻而全面的了解，乃至具备足够的专业性的理解。这是一个译者对于译入语世界和文化的必备素养。其四，译者主体从事文学翻译活动的过程，就是主动地接受上述六大要素以及一大预期（译本虚拟体或理想体）的约束和刺激，从而充分发挥其专业技能和精神潜能，悉心"创造"出在译者主体能力和精神阈限之内的"译本"，这是一个艰苦卓绝的精神创新的历程。

具体说来，以上构成了以译者主体为核心的六大诠释循环圈（见绪论中的六大循环圈的分解图示），其中最重要的问题是：

一、作者主体与源文本的互相诠释关系，对于翻译来说，既要重视源文本的相对独立性，也要重视作者主体自己的诠释意图。

二、源文本形成和存在的原生态文化环境，特别是源文本在原生态文化环境中的诠释和被诠释状态，对于翻译活动来说，也至关重要。不同时代的译者对于同一源文本的翻译所呈现出的差别，与此有相当大的关联。同一时代的译者接受了源文本生存环境中不同的诠释成果，其译本在局部也会出现差异。

三、对于翻译活动的整体来说，翻译本质的最大限度实现，一定是以完整地、准确地传达源文本及附着于其上的原生态文化环境为最根本目标。忽视甚至取消这一向度，属于个别的、个体性的、局部的、有限时间段的翻译活动，尚且可以理解，但如果是一种综合性的宏大的翻译学理论，以放弃这一神圣目标为导向，就会严重偏离翻译的本质。从这个角度来说，源文本的文化生态环境是翻译活动进行时的必然参照。

四、 作为文学翻译活动的主要因素，译者对于作者与源文本的诠释循环的了解程度，是决定翻译品质之层次乃至翻译成败的关键。

五、 文学翻译活动的过程，是译者面对源文本及其赖以形成的世界、生活和文化，融入自己身心内在，同时面对译本赖以存在的世界、生活、文化，以及读者的期待视野，选择相应的翻译策略和翻译方法，以最终形成译本。

就文学翻译而言，译者主体是一个与作家平等的艺术性创造主体。事实上，我们发现文学翻译史上几个最著名的论争及一些基本问题，其实都与译者主体密切相关，体现出研究者对翻译主体在主观态度上的左右摇摆。比如欧洲中世纪的"不可译说"，就是由于宗教思想的禁锢使得译者的主体性发生了萎缩；而十七世纪源于法国的关于"不忠的美人"的提法，表明了一种强烈的语言文化优越感，造成译者主体性的盲目扩张。我们说，翻译者是诠释者，他首先是源文本的忠实读者，然后是新文本的作者。我们所看到的目的语读本，无一不包含了翻译者的"文学性"参与。他具备文学创作者的一切特征，却比纯粹意义上的写作者感觉到多一些的限制；他又与一般的源语读者不同，经过从内容到形式与原作者感同身受的结合，他会领受到更多一层的灵感启迪和思想冲击。而翻译诠释学理论最大的特点，就是强调对诠释主体在具体翻译过程中参与性的研究。

参考法国释意派翻译理论的观点[1]，我们赞同文学翻译的再创造过程

---

1 Danica Seleskovitch, M. Lederer, *Interpréter pour traduire*, Paris: Didier Erudition, 2001.

可分为四个步骤：理解—释义—再表达—核校[1]。这一过程因为译者的主体性参与而变得能动与不确定。译者的主体性，指的也就是翻译主体在翻译的这一动态过程中所起到的主观能动作用。由于翻译主体的中介，译本变成了一个开放的系统，这种"开放"指的是面向接受主体及其人文环境的开放。借助哲学诠释学理论的基本概念，作为理解主体和诠释主体的翻译工作者，在一定的"诠释学处境"中，将受到其自身的"前理解"和"效果历史"的影响，并与源文本和潜在的创作主体达到某种"视界融合"。由于文本意义的不确定性和翻译过程的动态发展，传统的"忠实"与"对等"的释意原则就将受到根本性的动摇，译者主体的创造性必然会出现多元化的倾向，然而，又不应失去其诠释的"度"。在这里，我们试图寻找翻译中一个主客体融合为一的"真"，这个"真"，实际上就是人们常说的翻译的"理想范本"，它是被"悬搁"的假设的存在，我们只有通过"复译"的手段，本着"似真的原则"，优化译文，无限渐近，循环上升。

文学翻译过程之主、客两个方面的不确定，以及翻译实践中"似真"原则的确立，决定了： a. 文本意义的开放性与丰富性； b. 理解—诠释的多种可能性； c. 译者在操作过程中的主体再创造性； d. 译本读者接受心理和审美期待的可变性。那么，如何对译者主体和主体性进行分析评价？法国的翻译理论家安托瓦纳·贝尔曼从哲学诠释学的角度出发，提出了比较系统的主体建设性的批评方法[2]。我们可以在引证其学说的基础上略作发

1　Marianne Lederer, *La taduction Aujourd'hui*, Paris：Hachette，1994.

2　Antoine Berman，*Pour une critique des traductions：John Donne*，Paris：Editions de Gallimard，1995.

挥，以构成我们立论的依据。通过分析译本和有关材料中所体现出来的译者的翻译立场、翻译方案和翻译视界，来反观翻译这一诠释循环中译者的主体性差异，对其创造的结果——译本所产生的影响。以最早引入我国的西洋小说作品之一《茶花女》为例，从1899年至今历时百二十年，其间诞生的中译本多过二三十种，排除市场因素的干扰，正是以上四个原因起到了根本性的作用。这个例子很好地印证了文学翻译活动是一种"诠释循环"的说法。每个译本既有其独立的存在价值，也是其原作生命力的一部分体现。由于翻译并不存在一种绝对的标准，同一部作品的不同译法之间发生冲突是不可避免的。我们主张在翻译批评的活动中，尽量采取宽容和理解的态度，不轻易否定任何一个译本（抄袭者除外）的独立存在价值，依照"理想范本"的模式肯定其长处，指出其不足，以开放的姿态，召唤更优秀的译本出现。

二十世纪七十年代后，翻译理论界逐渐意识到语言学层面和结构主义的分析，只注重追求翻译文本的"内在性"和"抽象性"，而把文本当作了一具没有血肉的骷髅，抹杀了文学的社会性和历史维度。于是，翻译学者们的研究活动进入了一个新的阶段。虽然没有完全放弃语言学和结构主义，但已渐渐有所转型，转而对历史上有关象征和哲学诠释的理论进行了历史考察，并对结构主义进行了反思。人们将研究重点放在与语言符号系统密切相关的理论上，意识到不同的社会、不同的时代会要求不同的批评观，与其主流意识形态一致。人们所选择的，是一种"双重外在"的立场，即采取不受任何一种意识形态影响的批评观，就是"承认对立的双方都有理，而又不在其中做出选择"。

但是，后来的研究者们并没有停留在"双重外在"的阶段上，而是试图建立一种超越二分法的翻译批评观，使对立的双方互相对话。这种新的文学观和批评观则是受益于米哈伊尔·巴赫金的对话理论[1]。巴赫金对欧洲二十世纪八十年代以来的翻译研究，其影响是十分深远的。不仅他的"对话原则"成为大家思考的基础和研究的方法，其研究道路也让学者们看到，翻译理论家还应思考文学以外的问题，即世界和真理的问题。

下面我们再来谈谈译者的文化身份问题。一直以来，译者都对自己的个人身份存在着困惑。人和文化具有多样性，那么为何人和文化所拥有的共同价值存在矛盾呢？文学翻译作为文化交流的特殊形式，文化间的普遍性是文化交流的前提，也是文学翻译可译性的基础，因为文化间的"同质元素"大于"异质元素"。但正是文化中的"异质元素"构成了文化他者，使文化自我有了对照物。因为有"他者"的存在，才能反射出自我的优缺点。译者应该清醒地认识到，翻译，绝不应该成为消除对方文化中"异质元素"的帮凶，而应该尽可能地保留异质，以使得跨文化的交流始终有一种双向的、互动的状态。特别是文学翻译，如果能将源出语的种种语言和文化特性，圆融地引入到目的语文学和文化中，所谓"不着痕迹，尽得风流"，岂不是翻译最大的贡献，这样的译者才是真正担当起了文化传播的使者。

译者在某种程度上，是翻译转换过程中的一个"文化过滤器"。通过他的理解，目的语读者能感受到异族文化的气质、意义和心理，而同时作用于译者身上的，除了他个人所特有的"前理解"，还有来自母语文化的历史

---

1 M. M. Bakhtin, *The Dialogic Imagination*：*Four Essays*，Austin：University of Texas Press，1982.

痕迹和期待视野。这样一个复杂的主体性"过滤机制",究竟该如何面对来自源出语的"异质元素",那必然是要有一个选择的过程:是适应、采纳,还是省略、删除呢?

于是我们建议在翻译研究中引入"互文化性"[1]这样的概念。互文化性指的是不同文化之交叉或重叠的部分。这个部分既不完全属于母语文化,也不完全属于出发语文化。译者主体就是在这个中间的文化区域,结合两种不同的文化,创造出一种新的文化。互文化性的概念,强调了译者的双重文化特征,同时又强调译者不仅仅是一般意义上文化之间的协调人,还应该具备自己独特的归属地,即两种文化的相交之地,而这个地方应该是滋生新文化的地方。这一种既不属于出发语文化,又不属于母语文化的第三种文化,就是由译者创造出来的。因此,译者是具有文化创造性的主体。翻译文学的概念,译者主体的地位,应该同时被置于出发语文化和目的语文化中来考察研究,从"互文化性"的角度来研究译者的主体地位,以及翻译文学的地位等这些颇具争议的话题,可以给我们带来许多新的启示。

在西方的翻译理论中,将文学翻译与文化异质性的传送结合起来的人,首推浪漫主义时期德国的大思想家和文豪歌德。歌德曾将文学翻译置于世界各民族及其文化交流的大背景下进行讨论,并将译者称为"人民的先知"[2]。歌德所提出来的"世界文学"的主张,其基础就是不同文化的彼此尊重和理解,这跟我们下文所倡导的"全球伦理"的观念不谋而合。歌

---

1 A. Pym, *Pour une éthique du traducteur*, Ottawa: Editions de Presses de l'Université d'Ottawa, 1997, p. 67.

2 转引自 Antoine Berman, *L'Epreuve de l'Etranger*, Paris: Editions de Gallimard, 1984, p. 91.

德划分了三种翻译 [1]，其中他认为"最终亦是最高级的翻译方法"，是将出发语文化置于本土文化中，并不去除出发语文化的本来特点，以此创造出既与出发语文化和母语文化相区别，又与出发语文化和母语文化相联系的新的语言和文化结构，最终达到丰富译入语语言和文化的目的。

　　文学翻译是一个再阐释的过程。原作者通过自身生活的感受和情感体验、对周围人的观察和理解，创造出作品，表现出对本民族文化的感性认识和理性思考，进而用文字加以表达和阐释。译者的工作，就是对这种表达的再表达，阐释的再阐释，将他的理解（其中包含他对出发语文化的接受和理解）再次用自己的语言呈现在本国读者面前。但我们必须清楚地知道，他的这种阐释，受制于译者自己的前理解和前视野，也就是说，他的理解受制于时间和空间的变化，受制于译者主体所在的社会文化背景，受制于隐藏在文本之中意义的不确定性。一方面，译者要努力地接近源语文化之境里原作者主体的文本表达，另一方面，等到译本出版，他又必须接受自己母语文化读者的检验，看看能否受到译入语读者主体的欢迎。从原作者，到译者，再到读者，这既是一个阐释再阐释的过程，也是多个主体之间互相发生作用的过程。这些过程，都必得经历历史语境的重建，逻各斯中心的瓦解、重构和重释。"任何理解和哲学诠释都不能超越历史的鸿沟而寻求所谓的'原意'，相反，任何文本的阐释都是两个时代、两颗心灵的对话和文本意义的重释。" [2]

1　转引自 Rainer Schulte & John Biguenet，*Theories of Translation — An Anthology of Essays from Dryden to Derrida*，Chicago：The University of Chicago Press，1992，p. 60。

2　转引自张进：《新历史主义与历史诗学》，北京：中国社会科学出版社，2004 年，第138 页。

翻译主体之"我们"与"他者"的问题，对于界定文学翻译之主体性亦至关重要。人们对于历史的记忆是有选择性和编辑性的，译者主体作为个人，也总是选择有利于自己的记忆。当一个集体对某段历史进行选择和编辑之后，这段历史就被贴上了带有这个集体价值的标签。身为文化传播者的翻译家，对历史和文化的记忆也会碰到两个暗礁，一个是将其神圣化，一个是将其庸俗化。拥有"全球伦理视域"的译者，应该能够通过作品，鼓励人们跳出文明冲突这一窠臼，探索、保证文化多样性，包容差别性，从而促进人类文明的共同进步。从结构主义批评、象征阐释等理论，到对文化、政治、伦理进行思考，译者的主体性研究，无疑是实现了从放眼文学文本到放眼世界的转折。这种转折并非对传统译论的背弃，而是一种更深的反思和批评。这种结合文本、语言和文学，进而对世界进行思考的结果，造就了本书的思想理论架构。在写作方法上，我们也受到巴赫金的启示，将采用"对话"的概念。首先"让同一作者的不同观点彼此碰撞"，在表面矛盾的观点之中去发现其思想深处的一致性，然后让不同的作（译）者互相对话，通过他们的一致和分歧更全面地分析某一问题。我们不满足于单纯的文本对照研究，我们认为译者不能只是一个顺从他人思想而尽量隐藏自己的人，而是要与翻译对象建立起一种对话的关系，通过对话来发现翻译的"真"。

面对翻译文化的价值评判，从古至今人们的看法不一，态度立场也十分复杂。我们把这些态度归纳为两类，即普遍主义和相对主义。两者总是通过各种具体的形象来表现。最常见的普遍主义就是民族中心主义，其特点就是把自己所属社会的价值提升为普遍价值。比如德·热朗多[1]就曾认为

---

1 J.-M. de Gérando（1772—1842），法国十九世纪初的哲学家、人类学家，是法国最早开展人种调查、书写人种志的学者，法国人类学开创者。

他那个时代的哲学家们所建立的学说就是普遍理念。以法国百科全书派德尼·狄德罗[1]为代表的欧洲科学主义，也属于普遍主义。他用科学取代伦理，认为只有科学才能揭示出人类和社会存在的目的。法国文艺复兴时期的思想家蒙田[2]，对于各种习俗持非常宽容的态度，对"野蛮"民族也表示肯定，他表面看起来似乎属于相对主义这一立场，但其实他对其他民族的解读也只是自己理想的投射而已，说到底他也是个普遍主义者。而爱尔维修[3]建立在功利主义和经验论基础上的理论，与厄内斯特·勒南[4]建立在历史主义相对论上的观点，在对人类多样性的思考中同样占据了重要位置。古斯塔夫·勒庞[5]更提出伦理相对主义和认知相对主义，认为每个经过历史形成的种族自成一个世界。法国当代文化学者托多罗夫则认为，这些相对主义的论点，成为了如今宣扬"文化交流是不可能的"所依赖的信条，不仅妨碍了我们对人和对社会的正确认识，也可能会成为战争等灾祸的帮凶。托多罗夫提出，对人类的认识要以普遍性为参照，通过了解他人的文化，进行历史研究，才能摆脱自我、正确地认识各种社会现象。[6]

　　面对人类多样性的另一种态度，是亲近其他国家的"异国情调"。所谓异国情调与种族主义、民族主义一样，都是相对的价值观，但宣扬的对象正好相反：异国情调不是把自己所属团体的价值标准当作最高标准，而是

1　Denis Diderot, *Oeuvres philosophiques*, Paris：Garnier，1964.

2　Michel de Montaigne, *Oeuvres complètes*, Paris：Gallimard，1967.

3　Cl.-A. Helvétius（1715—1771），法国启蒙时代重要的思想家，著有《论精神》、《致孟德斯鸠的信》等。

4　Ernest Renan（1823—1892），法国十九世纪哲学家，宗教历史学家，闪米特语言专家。

5　Gustave Le Bon（1841—1931），*Psychologie des foules*，Paris：Presses Universitaires de France，2013.

6　托多罗夫：《我们与他人》，袁莉、汪玲译，北京大学出版社，2014 年，第 387 页。

认为其他民族尤其是一些原始部落，才是人类的完美体现，其他民族优于我们民族。夏多布里昂[1]、皮埃尔·洛蒂[2]、谢阁兰[3]等都是典型的怀有异国情调的人，他们不遗余力地描述异国的风土人情，并陶醉其中。当然，他们所描述的异国并非是异国真身，而是他们自我世界的投射；他们之所以赞美异国，并非因为异国优于他们的国家，而是因为异国有别于他们的国家。这些偏向异国情调的人，虽然把目光投向了远处，但他们却把自我当作世界的中心，在"我"和"他人"的关系中，"我"是唯一的主体，异国只是收集感官体验之地。看清这种自我面对他人的态度，能够引发我们做进一步的思考，能让我们在处理"我与他人"的关系时，避开陷阱，真正地还异为异，把他人视作主体，与之进行平等的文化和思想交流。

当世界面临文化冲突时，我们主张不把价值批判建立在"我们"和"他人"的简单区分上，而是要以全球伦理原则为基础。人类的共同点不是某一种或某几种文化特征，而是"拒绝成见的能力"，即摆脱所属文化环境的能力。面对文化冲突时，大家能看到"我们同属于人类"，在此基础上对各自存在的文化进行比较，并提出批判。从传统的经验论、语言学层面，再到哲学诠释学理论、对话理论和全球伦理，文学翻译的主体研究要实现研究方向上和思想理论上的转折。我们这本书将结合实践，致力于探讨文学翻译与意识形态、伦理和政治的关系，异族文化的多样性与伦理价值的一致性、共同性的关系。

随着全球化进程的加快，世界各民族的交流日益频繁，交流既会产生

1　F.-R. de Chateaubriand, *Atala*, *René*, Paris: Garnier-Flammarion, 1964.

2　Pierre Loti（1850—1923），法国小说家和海军军官，曾到过近东与远东，著有《冰岛渔夫》、《菊夫人》等。

3　Victor Segalen, *Essai sur l'exotisme*, *1904－1918*, Montpellier: Fata Morgana, 1978.

融合也会产生冲突，而冲突又会带来各类政治、经济、社会的问题。该如何认识和解决这些问题？我们要结合抽象概念和具体情境两方面来理解各种现象。闭关锁国只会造成经济停滞、文化僵化、思想狭隘，无益于解决问题。我们要摈弃善恶二元论，提倡多元化。没有哪一种文化先天就比另一种文化低劣，也没有绝对完善的文明和完美无缺的人。在面对冲突的双方时，我们不应先入为主地认为一定要在两者中分出善恶和高低。人和文化都不是纯粹的，而是经混合而形成的，因各自的历史经历而表现不同。但是，差别不等于差距，每种文化和每个民族都自有其可称道之处，也必有其需要批判的地方。当"我"和"他人"发生冲突时，我们不是要选择"我"或是"他人"，而是要让"我"和"他人"并存。总之要先审视自己，再与他人进行对话。为什么当今世界恐怖主义盛行？不是因为那些民族天生好斗，而是因为他们感觉自己的生存受到了威胁。所以我们在打击恐怖主义的行为之前，要先审视自己的所作所为，看看我们是否对那些民族造成了伤害。要想消除恐怖主义，一味使用武力镇压并不能解决问题，反而会激起报复之心理，造成更大的灾难。我们应该在平等的基础上，与他们进行对话，尽量消除双方的政治误解和文化隔阂。面对民族多样性和人类共同价值伦理的冲突时，我们要用批判性的人文主义的眼光来审视自己和他人，以公道为价值判断的依据，去探索，而不是占有真理。

对于译者主体在翻译活动中特别是翻译过程中的发挥，接下来我们特别以巴黎高翻学院"释意派"理论创始人玛利亚纳·勒代雷[1]（著有《今日翻译》），和"文字翻译"概念的提出者、法国当代著名思想家、文化学者

1　Marianne Lederer, *La taduction Aujourd'hui*, Paris: Hachette, 1994.

和文学翻译家安托瓦纳·贝尔曼[1]（著有《翻译和文字，或远方的客栈》）的论点，作为对本章理论部分的补充和申论。

自 1963 年法国著名的语言学家乔治·穆南推出《翻译的理论问题》[2]这部著作以来，当代法国翻译理论几经创新与变革，到了上个世纪九十年代终于尘埃落定，最终形成了法国"释意派"和"文字派"两大潮流，形成二元鼎立的局面。法国"释意派"翻译理论主张翻译的对象不是语言，而是借助于语言所表达的意义。也就是说，翻译的任务是传达交际过程中的意义，语言只是理解意义所必不可少的条件之一。"文字派"的翻译理论则认为，翻译是对文字的翻译，绝不是简单的意义传递。那么，翻译的对象，究竟应该是意义还是文字？

玛利亚纳·勒代雷《今日翻译》一书中开篇第一句即她对翻译的定义："翻译行为旨在理解某一话语篇章，然后用另一种语言来重新表达这一话语篇章。"开宗明义，她对翻译行为的定义亦即点明了释意派理论的基本立足点是研究翻译的过程，其核心词汇是：理解、脱离语言外壳、再表达和核对原文。"理解"和"再表达"是她所认为的翻译过程中的两大重要行为元素，作者特辟了两个章节对其加以阐述，指出译文最后的质量取决于以下几点：译者的双语水平，译者表达的才能，译者的语言外知识。我们认为，在"理解"准确无误的前提下，译文除了要正确重新表达出"意思"之外，译文的风格、形式是否符合原作者在原文中想要达到的效果，也是评判译文质量的重要标准。在刚开始阅读玛利亚纳·勒代雷的作品之

1 Antoine Berman, *La Traduction et la Lettre ou L'Auberge du Lointain*, Mauvezin: Editions Trans-Europ-Repress, 1985; Paris: Editions du Seuil, 1999.

2 Georges Mounin, *Les problèmes théoriques de la traduction*, Paris: Gallimard, 1963.

时，我们一直存有质疑，因为她一直强调的"释意"给人以重内容，轻形式之感。如果真的一味只强调意义的准确，那么对于某些文学作品如诗歌等一些语言形式在艺术价值上占比很重的作品来说，"释意派"理论真的适用吗？我们宁愿相信她将译文的质量在风格、形式上的把握，列入了"译者的主体才能"这一范畴中。如何定义翻译的对象，在翻译活动中有着至关重要的作用，是着眼于意义还是文字，可谓法国两大翻译研究理论流派的分歧的核心。"释意派"的另一位奠基人达尼卡·塞莱丝柯维奇教授，曾在 1998 年接受许钧教授的专访时说过："我们是将翻译作为交际工具而不是作为交际结果来进行研究的。翻译首先是人类的交际行为。在自然的交际活动中，语言主要是起工具的作用。因此我们强调，翻译的对象应该是信息内容，是意义，而不是语言。"[1] 由此可见，建立在以口译活动为主的现实观察和分析基础之上的释意派理论，其研究对象已经不再局限于传统译论所关注的语言层次，交际活动中意义的传递现象才是释意派理论研究的重点。在法国释意派看来，翻译分为三个层次：词汇层次、句子层次和话语篇章层次。译字和译句，都只能被称作是语言翻译，而话语篇章层面的翻译才叫做"释意翻译"，才是真正的翻译对象。塞莱丝柯维奇教授的亲密合作伙伴，也是法国巴黎高翻学院的奠基人玛利亚纳·勒代雷教授后来又指出："很多翻译研究的工作者仍然认为翻译就是寻找对应的词语。这种结论的产生，主要是由于长时间以来人们只谈论词语，而忽略了文本语境和认知环境。"[2] 为了界定翻译的对象，释意派又特别提出了"意义单位"的概念，即翻译中帮助建立等值意义的最小成分。这些意义的单位只

1　许钧：《翻译释意理论辩——与塞莱丝柯维奇教授谈翻译》，载《中国翻译》1998 年第 1 期。

2　Marianne Lederer, *La taduction Aujourd'hui*, Paris：Hachette, 1994, p. 5.

能存在于话语的篇章层次，它们与字词、音义段排列而成的词组，并不相互咬合。因此在翻译实践中，法国释意派强调"意义的即刻领会"，即跨越了词汇、句子层次，在话语篇章层面的一步到位式的理解过程，就是说，一旦译者捕捉到了篇章中合乎情理的意义，他也就掌握了翻译的钥匙。

由于理论哲学诠释的需要，翻译研究家们所做的一切讨论，均是建立在译者拥有良好地掌握源出语和译入语的能力、正确理解文章内容的前提之下的。勒代雷在《今日翻译》一书后面写到"理解"的一章中说："从理论上研究翻译程序，重要的是抛开语言水平方面的问题，应以译者完全掌握两种工作语言为讨论的前提条件，即我们这里只谈娴熟于母语，并能同母语一样用外语来理解文本的译者。"[1] 同时，勒代雷也厘清"不能将意义和作者的'欲言'混淆在一起，也不能将篇章释意同主观诠释相提并论"。[2] 这都表明了她是意识到"主观诠释"和"释意"之间需要加以辨明，并且坚决反对以"诠释"来混淆"释意"的。

与"释意派"相反，法国"文字翻译"理论流派的创始人安托瓦纳·贝尔曼谈翻译，关注的并不是意义的传达，而是文字本身。那么，他反对"忠实于意义"的翻译方法，是否意味着他真的抛弃了意义呢？还是只抛弃了浅层理解上的"意义忠实"？在谈论贝尔曼的体系之前，我们首先得明确，他的研究是基于诗歌、散文、小说等"艺术作品"的翻译，因为他认为艺术作品是"意义的集合体，意义无限凝聚，是无法被完全抓住的"[3]。勒代雷所代表的法国释意派理论的着眼点，在于建立基于人类交际行为的

1　Marianne Lederer, *La taduction Aujourd'hui*, Paris：Hachette, 1994，p. 21.

2　同上，p. 13。

3　Antoine Berman, *La Traduction et la Lettre ou L'Auberge du Lointain*, Paris：Editions du Seuil，1999，p. 40.

翻译的普遍理论，而贝尔曼则专注的是艺术作品的翻译，尤其是经典文学的翻译。贝尔曼认为翻译并不是简单的意义传递，单纯寻找"意义对等"的翻译方法是值得怀疑的。自从索绪尔提出"能指"和"所指"的语言学概念后，我们通常认为"文字"是意义的载体，任何的"所指"都无法在两种不同的语言之中找到完全一致的"能指"形式，而且所谓的"能指"与"所指"之间的联系是任意的，并不是一一对应的。这就导致我们在阐释文本的意义时，会产生"模糊性"，在翻译的过程中，我们更是会时刻面对着意义的缺损或者添加。我们平常所说的文本的意义，是对文本内容的一种浅层理解和阐释，只是抽取了文字表面的意思，如此翻译，就只能是"抓住普遍性，放弃特殊性"[1]。丢失了文字本身的"能指"性质，得到的只是"模糊的、扭曲的信息"[2]。贝尔曼反对简单的意义传递，他提出翻译并不是复制，而要"重视能指的活动"[3]。文字是意义的载体，是意义在语言中的存在。我们不妨这样理解：贝尔曼不希望译者仅把一部作品只经过简单的意义（讯息）传递就交给读者，而是尽可能地还原、揭示其文字载体的"能指"特性，保留硬币的两面特征，把对作品内容和形式上的丰厚内涵进行诠释的权利留给读者。译者也应该是文字秘密的揭示者。在谈到"忠实"的问题时，贝尔曼说："如果目标指向忠实，必须肯定在所有的文学翻译领域，忠实的对象只能是文字。"[4] 这种说法可能会让人们误以为贝尔曼提倡的是一种"字字对译"的方式。事实上在其著作《翻译和文

---

1 Antoine Berman, *La Traduction et la Lettre ou L'Auberge du Lointain*, Paris: Editions du Seuil, 1999, p. 34.

2 同上，p. 46。

3 同上，p. 14。

4 同上，p. 77。

字，或远方的客栈》开头，作者就发出了这样的声明："翻译是对文字的翻译，……但根本不等于是字字对译。"[1]　在贝尔曼看来，翻译首先跟文字相关，而不是跳过文字直接和意义相关。"文字本是'易朽的躯体'，翻译以其力度、韧度以及思辨的特性使文字的价值得以体现：翻译是对文字的独特体验。……反过来，文字也激励、启发译者。"[2]　"诚然，'作品'创造意义，并渴望其意义被传达。它们是意义的集合体，意义无限凝聚，却无法被完全抓住。"[3]　正因为在意义是否是一个整体、是否可以被捕捉等基本观点上与法国"释意派理论"相分歧，注定了贝尔曼从一开始就走上了背离当今法国翻译理论界主流的道路，在"文字翻译"的曲折小路上独自探寻沉思。

自中世纪以来，法国翻译理论界似乎总在两极之间摆动，除了"释意"和"文字"，关于译者主体翻译的策略，"异化"还是"归化"，也一直是永远争论不休的话题。同意贝尔曼的人认为释意不可能，因为意义在逐渐消解，文章很容易被胡乱阐释，只有尊重文字本身才能保证译本忠实于原作者。另有"释意派"的拥趸认为，尊重语言形式和能指符号的文字翻译有损可读性，不能作为范例加以提倡。勒代雷教授说："我们坚决支持释意翻译，因为在所有的语言文字层面翻译中，译入语的低劣对应，会造成对译出语文笔的错误印象。"[4]　在她看来，仅采用"语言层级翻译"的文章，其可读性很少能同原文相提并论。语言层级的翻译在一定程度上取

1　Antoine Berman, *La Traduction et la Lettre ou L'Auberge du Lointain*, Paris：Editions du Seuil, 1999, p. 13.

2　同上，p. 9。

3　同上，p. 40。

4　Marianne Lederer, *La taduction Aujourd'hui*, Paris：Hachette, 1994, p. 17.

决于目的语和译入语之间的相似程度。比如，采用语言层级翻译，将意大利语译成法语大致是可懂的，英语就相对差一些，德语则更差，中文几乎要求完全不同的表达方法。因此释意派认为，任何一种翻译，不管它多么努力地去模仿原文，采用什么方法，都只能做到意义的等值传递，要想做到"文字"与原文彻底吻合，却是不可能的。实现释意的目标，必须至少经过三个步骤：理解、脱离语言外壳和再表达。在理解和表达之间加入"脱离语言外壳"这一环节，就是要求译者摆脱原文语言形式的束缚，是释意派对传统翻译理论的一次革新。而正是这一特定翻译步骤的提出，决定了释意派在翻译实践中将会更多地采取"归化"的翻译策略。在《今日翻译》一书中，勒代雷教授还特别列举了文学作品中关于风俗传统描写的翻译。如果采取异化的策略，这类作品的翻译或许也能做到与译入语的形式对等，但是这在勒代雷看来，远远没有达到翻译的最终交流目的。由于外国读者大都没有足够的源出语文化的背景知识，仅通过字面意思也许并不能完全了解国外特定地区的特定文化现象，译者就应该为外国读者提供必要的补充知识。"译者可以利用明喻，将某些暗含的内容明朗化，通过使用必要的语言形式，描述自己语言中不存在直接对应词的所指内容，以帮助读者。"[1] 也就是说，在某些情况下，译者需要脱离语言外壳，以第二作者的身份将原文的意思，以符合译入语语言习惯的形式表现出来。这样做的结果，很可能会在一定程度上导致文字上的不忠实。然而，释意派提出的应将对文字的忠实与对作者的忠实区分开来，倒也不无道理。比如勒代雷举例说，若是逐字翻译弗洛伊德，就无疑是背叛他，她认为这样做也对译入语造成了一定的伤害。勒代雷在最后如此评论译者主体：译者在翻

1　Marianne Lederer, *La taduction Aujourd'hui*, Paris：Hachette，1994，p. 105.

译时应以其读作品时的感受为基础，一气呵成，泼墨疾书；但当他结束翻译进行分析核查时，又要有意识或无意识地参照意义对等的标准来进行调整和修改。看到此处，我们又意识到释意派理论在讨论译者主体的翻译过程中的第一步，其实也包含了"主观感性"的成分，需要译者在捕捉原文中的信息、事实和逻辑关系的同时，也去"感受"原文本。也正是通过此等的主观感受，译者可以在传达文章的信息之外，也传达出文章的风格。那么这样一来，对"释意派"翻译理论会轻视、抹杀原文字里行间的风格这一质疑，至少在勒代雷的理论论述层面上，是可以被驳斥的。"释意派"翻译理论并不是无视原文的风格和形式，它同时也肯定风格和形式作为翻译好坏标准的必要性。只是它不主张把对于风格和形式等等的追求，作为翻译的方法，刻意体现在翻译的过程中。在勒代雷的心目中，在对整个话语篇章进行总体把握后，获取了信息和感受，然后破除语言的外壳，再由译者重新书写出来，才能兼有完整的意义和风格形式。

作为文学翻译批评家的安托瓦纳·贝尔曼，显然不满足于简单寻找意义对等的"归化"翻译策略。他批判"释意翻译"会抑制一切对语言文字本身的思索[1]。他将这种翻译视作是"我族中心主义的、超文本的、柏拉图式的"翻译[2]，即割裂了文字的形式和内容、将内容的传达视作根本任务、以译入语读者和文化为着眼点的翻译。他认为翻译是"异的考验"，好的翻译应该尊重原文与译文在文化和语言上的差别，并通过能够充分展示这种差异的两种语言的对应，来表达原文的核心意义，因此贝尔曼更倾向于

1　Antoine Berman, *La Traduction et la Lettre ou L'Auberge du Lointain*, Paris：Editions du Seuil, 1999，p. 15.

2　同上，p. 26。

"异化"的翻译策略。在《翻译和文字，或远方的客栈》中，贝尔曼列举了谚语翻译的实例，充分揭示了意义对等的翻译理论之硬伤。比如德语里有条谚语叫："Morgenstund hat Gold im Mund."。如果译者遵守释意派的理论，采取归化的策略，那么想必会首先在母语资源库中去寻找意义对等、为译入语听众读者所耳熟能详的相似表达。如此一来，法语译者就可能会译成："Le monde appartient à ceux qui se lèvent tôt."，英语译者译成："The person who gets up early receives everything from go."，中文译者则译成："一日之计在于晨。"除开意义层面的对等，这些"同一智慧的不同形式"[1] 在语言层面上也的确做到了文学翻译所要求的生动性和形象性。然而贝尔曼强调，翻译是一种"体验"——"对于作品，作品之存在，语言以及语言之存在的体验。"[2] 寻找意义对等的翻译方法，就是拒绝对文字本身进行思索，拒绝将出发语中的"异"引入目的语，拒绝触及翻译活动的深刻本质，即"翻译同时是伦理的、诗性的、反思性的行为"[3]。比如翻译上述谚语，除了做到最基本的意义传递以外，贝尔曼指出还应该译出它的韵律、冗长与简洁的特征、潜在的叠声等相关因素。谚语作为特定的语言形式，表达的不仅是意义，还有其独特的格式。因此翻译仅仅关注"所指"的传递是远远不够的，还应该"重视能指的活动"[4]。就以上述谚语为例，译者不仅要思索如何将德语中的 Morgenstund、 Gold、 Mund 等词语如实地传入译入语，更应当花心思模仿原文的句型、揣摩原文的韵味。按照

1　Antoine Berman, *La Traduction et la Lettre ou L'Auberge du Lointain*, Paris：Editions du Seuil, 1999, p. 14.

2　同上，p. 16。

3　同上，p. 26。

4　同上，p. 14。

贝尔曼的理论，中文就似乎应该译成："清晨时光含金在口。"这个翻译固然还不算尽善尽美，但根据贝尔曼的翻译策略，保留了谚语原本的隐喻含义，也试图将原语的选词和结构、韵律呈现给了广大读者。虽然这没有经过进一步哲学诠释的译文仍存在一定的模糊性，不如现成的中文谚语那样容易被读者一下子接受，但是在译文文字载体的帮助下，读者可以发挥自己的主观思考能力，根据想象和揣摩对原语进行不同的诠释，对原语的"异"带给母语的冲击，进行个性化的查漏补缺式的学习，从而站在各自不同的出发点上，向原语作者的审美层面与文字风格迈进。

接下来我们再谈一谈贝尔曼"文字翻译"理论的核心概念：翻译的伦理。在西方文化里，"伦理"一词源自希腊文"ethos"，意为"本质"、"人格"、"风俗"和"习惯"，也就是说，它所探讨的是有关人与人之间关系的问题。翻译活动是作者、译者、读者等各种关系展开交锋的场所。自人类开始从事翻译实践、对翻译活动进行思考之始，译者和翻译理论家就不得不面对翻译伦理观的选择。塞莱丝柯维奇和勒代雷所创建的法国"释意派"理论，将双语交际作为研究的重点，认为翻译是一种交际行为，是由"陈述者、他所使用的语言和听众三部分参与的一项活动"[1]。参加这种交际活动的双方很少关心对方所使用的语言，而把主要精力放在对方所要表达的意义上。同时，在翻译过程中，译者还受到所在环境、听众人数、听众回馈等多方面因素的影响。为了让意义顺利地传达，适当地调整原文内容，往往是译者潜意识中的翻译策略。如果说交际总是带有一定的目的性，那么翻译作为一种交际行为，自然不乏其交流思想、增进了解、加强合作之目的。"释意派"的理论与西方译界自古以来的主流思想，即与"意

---

1 许钧编著：《当代法国翻译理论》，南京：南京大学出版社，1998年，第191页。

义的传达"为中心的翻译理念不谋而合。然而在 1984 年初，在一个有关哲学问题的国际学术研讨会上，贝尔曼对长期统治西方翻译界的"意译"和"归化"，甚至"美化"的翻译理论提出了猛烈批评，并大胆提出了"翻译的伦理"概念。贝尔曼指出，翻译的终极目的不是交流，而是本雅明所主张的"纯语言"的追求。贝尔曼将使作品变得更加平易近人、更耳熟能详的交流过程，形象地比作是一场"媒体般的操纵"，总是"声称"服务于大众，实际上却不免带有些许欺骗性。交流之于翻译，在贝尔曼看来不异于一场灾难：特殊语言在交流的过程中被转换为普通语言，精华尽失，最终还将导致"交流的不可交流性"。贝尔曼倡导翻译是"在异者自身的语言空间内打开异者"[1]，即"还异为异"。"打开"一词，我们认为比"交流"有着更深刻的内涵：它是一种揭示，一种展示。在艺术作品中还可以理解为"展示中的展示"。比如荷尔德林所翻译的索福克勒斯的《安提戈涅》，和克洛索夫斯基所翻译的维吉尔的《埃涅阿斯纪》，都是贝尔曼欣赏的"由一种形式的展示所决定的另一种形式的展示"。用"展示"一词代替"交流"，体现了贝尔曼对翻译伦理问题的独到见解。"所有的交流都带有片面性和私利性。而展示则是一种全方位的呈现。更重要的是，这样才能呈现出作品的原貌。"[2] "翻译的伦理性、诗性和哲学性的目标，就是要在译入语语言中保留文字的新面孔，展示它纯粹的新。"[3] 在对待异者的态度上，贝尔曼选择了母亲般的慈祥与包容。不强制，不敌视，更不企图去征服，而是看到异者的文化身份及其存在的价值，并提倡"面向异的教育"。

---

1 Antoine Berman，*La Traduction et la Lettre ou L'Auberge du Lointain*，Pairs：Editions du Seuil，1999，p. 76.

2 同上。

3 同上。

贝尔曼尊重差异的翻译伦理思想，体现了他作为哲学家、翻译理论家、文学翻译实践家等，推动人类文明和语言进步的高度责任感和使命感。

以上我们结合了法国当代翻译理论界之研究热点，分别从翻译的对象、翻译的策略和翻译的伦理三个方面，对法国"释意派"的翻译理论和贝尔曼的"文字翻译"理论之间的分歧进行了探讨式的学习。从以上的分析我们可以看出，释意派主张翻译的本质是交流，因此他们将意义确定为翻译的对象，并采取了归化的翻译策略。文字翻译派则认为翻译是一种异的展示，是对文字背后的元语言的追求，在实际操作过程中应始终以遵守文字的忠实（重视"能指"）为准则，鼓励保持原作品的异质性特征。这两种理论看似水火不容，实则在翻译实践的不同场合里发挥着不同的功效。所谓"尺有所短、寸有所长"，正是有了像释意派理论和文字翻译派理论这样各成体系，并于自身框架内不断发展、进步的理论，广义的翻译研究才能在更大的范围内趋于成熟与完善。

第三节　翻译的"空间理论"：流动的源文本与"再造"的译本

传统的翻译理论，将翻译的对象——"源文本"当作具有自足乃至封闭性的意义体，以为作者一旦完成作品，意义就内在地蕴含于其文本之中。源于索绪尔的语言学翻译理论就带有明显的结构主义倾向，其特征是将语言描述为服从于规则的整体符号系统，认为文本是一个完整且自足的构成，语言的意义来源于系统内部虽任意但相对可论证的关系。受这种结构主义语言符号学的影响，早期的翻译研究就将文学翻译严格框架在文本的语言符号系统之中，翻译的过程被普遍忽视，翻译研究也成为纯粹的文本语言的对比与转换探究。后来，受皮尔斯符号学影响的翻译理论，将客观的文学文本作为研究对象纳入社会符号体系，使符号直接与现实世界联系起来。受这种符号学理论影响的翻译观，则突破了文本的语言框架，将文本置于社会、历史和文化的语境之中。尤金·奈达（E. A. Nida）的翻译理论发展就是上述这两种符号理论在翻译研究中的具体表现，即从早期的语言学研究走向跨文化交际的社会符号学的探索。作为结构主义语言学派的主要创始人，雅各布森在《论翻译的语言学问题》中，也从符号学的角度对文本的语义、可译性、语言差异等翻译中普遍存在的问题，作了非常精辟、堪称经典的论述。他认为，语言符号的意义在于将一种符号翻译为另一种符号。翻译实际上就是语符和信息的诠释，因此翻译是语言学方法不可分割的组成部分。雅各布森在其著名的论文《翻译的语言观》中，列举了诠释语符的三种方式，即语内翻译、语际翻译和符际翻译。其中，语际翻译是属于严格意义上的翻译，本书也是从这个意义上借用了这一概念的。本雅明在《译者的任务》中说："翻译是一种模式。为弄清这种模式就有必要回溯到原文。因为原文中存在翻译的法则，即原文的可译性。一部作品的可译性问题具有双重含义。它可以是指：是否能在原作的全部读者中找到其合适的译者？或者，更确切地说：原作的本质决定它是否能接受翻译，并且——与这种模式的意义相吻合——它是否需要被翻译。"[1]译者的首要任务就是发现并且揭示出这一由作者灌注于原文中的意义系统，在此基础上，译者竭尽全力寻找合适的译入语语言形式、通过语言转换将作者赋予作品的意义通过另外一种语言表达出来。这一描述的当然前

---

[1] 转引自 Antoine Berman, *L'Age de la Traduction*, Paris: Editions de Presse Universitaires de Vincennes, 2008.

提，是源文本的意义是确定的。但事实上，这种确定性又是相对的。而前文所述哲学诠释学充分地揭示出了文本意义的这一不确定性。

　　当代哲学诠释学是对西方新翻译研究影响最广也是最为深远的一门学问。诠释学的翻译观以文本理解为基础，强调"翻译即理解"。伽达默尔认为，文本的意义具有开放性，并着力论证了理解的历史性、"视域融合"和"效果历史"等具体的文本理解原则。对于伽达默尔来讲，文本的理解者在解释的过程中是以自己的话语言说，并给出一个答案，理解者的历史性也必然带来理解的历史性。"我们历史地认识的东西，归根结底就是我们自己。"[1] 文本只对理解者呈现，它也只能由不同的理解者得以保存。理解一个文本就是向文本发问并给以回答，理解一个文本就是与文本进行一场对话。正是通过对话与发问，伽达默尔要求解释者具有一种不断增长的自我反省意识。解释者也应该更好地理解自我。解释者的情境也是理解文本的一个重要条件。所以，流传的文本只有在我们与之不断交往、不断对话过程中才会具有生存的活力。问题的视域在对话过程中建立，一问一答的逻辑赋予对话以无限性与生成性。伽达默尔拒绝接受十九世纪对"解释"的流行看法：解释就是一个避免误解、回归作者本意的过程。相反，他把文本与观看者及其审美经验摆在了突出的位置。艺术品中真理向欣赏者开放着，文本的开放性同时也要求欣赏者开放自己，也只有如此，两者才可能在相互的勾连、牵挂中走向视域融合的生存境域。伽达默尔认为，解释学的理解就是对在场的理解，对不断给出的事物的理解，"理解的每一次实现都可能被认为是被理解东西的一种历史可能性"[2]。理解具有创造的可能

1　伽达默尔：《真理与方法——补充与索引》，北京：商务印书馆，2010年，第47页。

2　加达默尔：《真理与方法》，洪汉鼎译，上海：上海译文出版社，1999年，第479页。

性，但它身上有一种在场情结，它总是执着于这种传统的前见，执着于对传统的认同。理解就是一种置自身于传统的行动，不在场的意义被轻易地忽视。——在这种文本诠释观念的关照之下，译者主体将自己对于源文本的理解以译入语语言表达出来，传达给读者，即便其理解、诠释带有强烈的个人色彩，那也是允许的，没有多少道德风险。

法国哲学家德里达则竭力解构文本意义的固定性。他强调文本意义具有不清楚的、非固定的特点，意义与表达之间也存在非关联的特点。他坚定地认为，语言的意义永远都在变化之中，语言是一个无中心的差异系统。"文本不可能有终极的意义：在诠释过程中，文本所指成分被一层层地展开，而每一层次又转化为一个新的能指即表意系统，因而阐释过程严格说是一个永无穷尽的过程。" [1] 可见，德里达比伽达默尔更加强调阅读者对于文本的解读与诠释，但他给出的结论又常常过于极端化。

伽达默尔及德里达之间，曾发生过激烈的争论，对于文本的态度也有差别，但却都对当代翻译学的研究产生了重大影响。在某种程度上，翻译学的文化转向以及对于翻译主体性的研究，可以说都导源于诠释学。在此，"互文性"的问题又渐渐浮现出来，显得非常重要。

罗兰·巴特（Roland Barthes）在1973年为法国《大百科全书》撰写"文本理论"这一词条时，曾对互文性做了如是描写："我们将文本定义为一种跨越语言的手段，它重新分配了语言次序，从而把直接交流信息的言语同其他已有或现有的表述联系起来。" [2] 巴赫金的"对话"理论更使传

---

1 王潮选编《后现代主义的突破：外国后现代主义理论》，兰州：敦煌文艺出版社，1996年，第245页。

2 蒂费纳·萨莫瓦约：《互文性研究》，邵炜译，天津：天津人民出版社，2003年，第16页。

统的、单一的与稳定的文本从此受到了质疑。人们意识到，文本的意义不是固定和一成不变的，生活在物质社会的人类，其精神活动离不开文本的互动。文本不仅仅讲述故事，它更多地通过叙述而产生行为。任何一个文本的产生都离不开它赖以生存的语义场，即文本对话语境。在这个对话语境中，文本的折射意义得到确定和阐释。不管是什么文本，经典文学作品、广告语言、法庭对话或者荒诞派小说，没有一部作品是自立和自足的，莎士比亚剧本也并非出自作者的大脑真空。没有文本是内在的和自我指涉的，它总是指向过去、映射现在，在相关的文本中找到自己的存在。从对话理论出发，一批以来自法国、美国为主的批评家，如德里达、巴特、克里斯蒂娃、里法特尔、热奈特、德曼、布伦、米勒、卡勒等，把互文性理论推向了一个前所未有的深度。他们的著述大大丰富了互文性的研究，为后来的文本意义生成研究打下了坚固的理论基础。互文性也因此渗透到了欧美文学艺术领域的各个方面，自然也会影响到翻译学。

依照哲学诠释学的基本法则，文本的意义是有待于生成，而且是在诠释中常翻常新的。这就为翻译学研究中确立所谓源文本"意义的流动性"奠定了理论基础。既然源文本意义是流动的，重译现象就必然会发生。针对特定源文本的单一译本的存在，只能从一个侧面说明源文本缺乏充分的被引入的可能性，在译入语的文化环境中，源文本乃至译本可能缺乏充分的影响力，因此才不需要重译。当然，从理论上讲，复译是证明源文本在双语环境中的重要性的明显表征之一。但翻译活动究竟不是单纯的阅读和语言转换过程，它是个复杂的社会工程，制约并且决定着翻译的因素很多，在实践上我们也并不支持无限度的复译。所以，在现实的层面，复译是有限度的。每一次复译都是对源文本的一次再诠释，在时空中必然增加译本和译者主体的存在感。这也是文本生命"再造和延续"的组成部分。

　　二十世纪九十年代以来，学界对于文学翻译的复译问题有过许许多多的讨论，翻译研究者们的努力往往仅满足于突破传统意义的线性的时间限制，即"源文本—译本 1—译本 2—译本 3……"的模式。我们在此小节中拟提出"文学翻译主体研究的空间理论构想"，试图转换一个思路，重点考察文本外在的、点性的（地域）因素，将翻译文本置于知识权力社会关系"空间批评"理论的思考中。比如我们后文将要谈到的"民国三李"同译《包法利夫人》的翻译研究个案中，时间的间隔似乎就不那么重要，译者的语言表现却带有明显的地域性特征。

　　对于广大读者来说，实际上并不存在本来意义上的原著，译著就是他们的"原著"。译著是原著生命的延长，从某种意义上来说，译著的诞生也意味着原著的死亡。因此译者的主体作用，是一部作品是否能成为译入语的文学经典组成部分的一个关键，占据着翻译空间权力的核心。我们要研究空间如何通过自身的意义系统，表达意识形态、宗教信仰、民族关系、生态伦理等多维意义。而此处的空间，并不仅是一个地理学的概念，更是给一部文学作品的翻译空间以"社会定位"。实际也是想从文本地理意义上的自然属性，转向关注其社会属性。

　　正如前文所述，我们试图将后殖民文艺理论中的"他者"概念，运用到文学翻译批评的空间研究中，把源文本与译文本都看作是某种空间的表征（représentation d'espace），它们与生产这个空间的社会生产关系、社会秩序紧密相关，从而控制着人们的语言、话语、文本和逻各斯，进而支配着翻译的产出，按照主客体的权力意志，来重构一个民族的文化（文学）空间。

　　我们说，将文学翻译研究关注的焦点转向译者的主体性研究，空间的自我、身份呈现、"他者空间"的概念等等，文学翻译批评者潜意识里的

"文本中心主义"和"作者中心主义"，也会在译者的空间里涂上他者化的色彩，这些都是文学翻译空间中的身份印记。二十世纪九十年代以来，基于文化地理学基础上发展起来的空间批评理论，也是一种超越过去任何一种文学批评的社会学阐释方法。我们在这里想做的，是还原作家和不同译者的空间构建过程及其文化意义。在地理层面上、文化层面上、社会层面上、心理层面上，翻译无疑都是一种空间的迁移，不光是文本语言、故事被迁移，人物的文化身份、作者的个体构成，都因为空间的改变，经译者之手，会发生巨大的变形。过去的复译研究多是平面维度和线性的历史维度，我们拟提供一个新的空间维度的研究，因为空间从根本上是一种与人的创造性相关的主观空间，是人的生存方式。翻译主体研究理应把空间与译者的生存状态、主观感知和创造设想联系起来思考。

空间批评理论下的翻译主体研究，打破了时间轴系在文本分析中的垄断地位，将焦点投向空间地理、人文社会的功能，将翻译主体的生存和创作空间作为分析问题的对象，诠释翻译的空间结构形成的文化意义和社会境遇。文本（原文和译文）：被写作、被阅读、再被重新写作、再被重新阅读……源文本和译本，不光是创作主体不同、翻译主体不同、读者不同，还有地理文化社会空间的不同。译者的地理文化社会空间，是指某个时代语境下的空间，是一个无限开放的、充满了矛盾的过程，是各种力量构成对抗的场所（比如赞助人制度与翻译，政府机构、出版社、舆情和意识形态等，都会影响译者主体的客观生存和主观翻译立场）。所以我们认为翻译不仅仅是个人的选择，也是社会力量的选择。译者与读者，甚至与原作者的互动，都构成了一种空间权力的关系。翻译是面向未来的，施加给读者，也会接受读者的检验。谁是特定空间里最大的权力拥有者？这都是我们在翻译研究中需要思考的问题。

另外，译者的心理空间也很重要。译者的心理空间是社会空间的映射，迥异的心理空间会造成迥异的翻译结果。译者的权力，当然是译者赋予自己的，但也有强加的部分。翻译中总存在这样那样的"力"，有时来自政治，有时来自文化，但更多的还是译者的个人意志。表面上看，原作者是缺席的，可是在文本的权力空间场中，他却也是无处不在的。译者通过不断努力，一直想让文本成为"同一个"，却永远制造的是"另一个"。这"另一个"可以是复数的，还可以是未来无限的另一个（如经典文学作品的复译）。

原作者的手稿透露了文本"生成"的过程，是另一个空间的产物，又以固定了的最后的文本与译者发生新的空间关联，译者若能触及其文本"生成的"那个过程和空间，才能更接近"原意"，也就是翻译的"真"（vérité），即巴别塔所营造的"纯语言"的空间。再来说说语言，在这个无数所谓"后黑格尔哲学家"们关注的主题上，法国当代哲人小说家莫里斯·布朗肖（Maurice Blanchot）的空间语言观就很值得借鉴。首先他区分了日常生活语言与文学语言，后者类似于海德格尔所说的元语言，或者说诗的语言。文学语言并不由原作者完全掌控，它只是把原作者召唤来并拥入怀中。这种看法似乎是说文学反过来作用在原作者身上。布朗肖最重要的作品《文学空间》[1] 就是从谈论文字的孤独开始，意思是文字与创作者之间彼此并不是从属的关系，作品永远也不属于作者，它只是在召唤作者表达，不停地表达，一旦停下就失效。在布朗肖看来，文学是一个无限的空间，是一个陌生的领域，是相对于日常存在的不存在，所以写作是一个孤独的过程，作者非但不拥有作品，而且进入了被抛弃的另一个世界。此

---

[1] Maurice Blanchot，*L'espace littéraire*，Paris：Gallimard，1988.

在，对于他来说似乎是个非常不稳定不可捉摸的时刻，我们可以将其理解成一种不断指向存在的倾向，也就是不断写作的欲望。布朗肖还引入了时间不在场或者"无时间的时间"的概念。"写作，就是投身到时间不在场的诱惑中去。""不仅不是一种单纯的否定方式，正相反，这是一种无否定的、无决定的时间，——当此处也正是无任何地方、当每样东西退缩到自己的形象中，并且当表示我们的那个'我'陷入无相的中性的'他'之中而自我认识时。"[1] 无时间里的存在是无存在，也就是说，写作证明了不存在的这个存在本身。这里的"他"指的是"我"的失去，个性的失去，也即在世的存在，作者在世身份的失去。"写作，就是去肯定有着诱惑力威胁的孤独，就是投身于时间不在场的冒险中去，在那里，永无止境的重新开始是主宰。"[2] 这种万劫不复看似自我超越，让我们想起了尼采的永恒反复论，终点并不重要，或者说终点其实永远也无法达到，超越本身才是有意义的，这个超越也就是"我"不断地进入"他"。那么，翻译，又何尝不是一种用"我"的语言不断地进入"他者"的过程？

第四节　译本的接受及其再诠释

翻译活动的基本功能是沟通异域文化，通过输入和接受新的精神元素以达到丰富本民族文化的目的。由此，翻译的主要目的和动机是指向译本的接受诠释循环圈。译者在翻译的时候，必然会考虑到译本接受的可能存在空间。这个以接受主体为核心的考察活动，也是翻译学应该研究和重视的。

1　Maurice Blanchot, *Le livre à venir*, Paris: Gallimard, 1959, p. 33, p. 35.

2　同上，p. 57。

以接受者主体为核心的诠释循环圈可以下列图示说明：

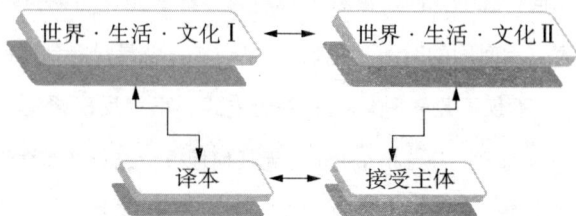

这一图示标明的是组成或者影响翻译接受主体的各类因素。如果单从接受的角度来看，接受主体即文学作品的读者应该被置于中心。但是，鉴于读者对于"世界·生活·文化Ⅰ"的特定内容主要是通过阅读译本而获得的（暂时排除专业读者即翻译评论者），因此，姑且以上述线性图示来表达。如果将视角置于接受主体的起点朝前观之，则可以看到影响接受主体的直接因素有"世界·生活·文化Ⅱ"以及"译本"，而"源文本"对于不能直接阅读的接受者来说，是一个间接的隔离因素，作为译本的直接承受者，排除专业语言读者，普通读者不会去关注源文本，因此上述图示未将其列入其中。

文学翻译活动不同于一般性的文学写作，其最大不同，是翻译必须回到流通的环节才会起作用。一个人可以以写作为最终目的，不求发表，甚至不寻求被他人阅读。但翻译的开展，多半会以流通并且被阅读为目的。不考虑流通的翻译，除非是课堂练习，否则没有存在的意义。而那些完成了翻译但未进入流通环节、失去阅读机会的译本，往往是无效的翻译。一方面，可能是译者自身的水平及其翻译能力的发挥欠缺，其翻译成果未能达到预期的底线；另一方面，其对源文本的选择以及采取的翻译策略，未能与出版方及赞助人对于阅读接受者的预估取得协调，最终的结果是译本被束之高阁，不能进入阅读流通的环节。总而言之，如果说在文学艺术创造的领域，还能存在一种无任何目的和功利考虑的"为艺术而艺术"的创造活动的话，那么在翻译领域，只享受翻译的过程而不求结果的翻译，即便是存在，也不构成我们正在进行的文学翻译主体研究领域的"研究标的"。

翻译活动的发生，来源于译入语文化社会环境对于外来文化的了解和输入兴趣，而这一需求必然以文学趋动力的形式注入到翻译活动之中。这就诞生了翻译研究中的所谓"操控"现象。译本的可接受与否，是译者主体必然需要面对的问题，而译者对于这种来自于接受主体的欲求，不得不做出恰当的反应。

关于当代中国读者对于译者主体性问题的想法，有一位学者做了个有趣的调查，我们认为非常有价值，值得在本书中加以引用，具体内容如下：

关于读者认识和接受译者主体性程度的调查分析[1]：

笔者曾对 48 名工科院校的大一与大四的学生进行过问卷调查以及两家翻译委托者（其中一家为科研机构，另一家为企业）进行过访谈，目的是分析他们对译者主体性的认识水平和接受程度，探讨译者主观能动性是否有时被过分夸大，是否有底线和极限，从而验证译者主体性能动与受动因素之间互相影响。……调查共分三部分：第一部分是了解读者阅读译作的目的、习惯；第二部分是调查读者对译者所拥有的操控权利和主观能动性的认识与理解；第三部分是通过读者对不同版本的译文做出喜好选择（其中有一种是被认为是译者较好地发挥主体性对译文做了大量修改与删减的

---

[1]　华东交通大学外国语学院陆秀英，以"一般读者对译者主体性的认识和理解"为动机，做过一个有关文学翻译接受问题的调查，发表于《华东交通大学学报》2008 年第 4 期。

译文，另一种译文在文字和内容上保持基本对应）。整个调查将通过问卷以及访谈的结果分析读者对译者主观能动性的接受和认识程度。……调查结果显示：有 25 名（占 55.6％）被调查者选择了阅读翻译作品的目的是学习异国的文化习俗，了解异国的社会发展以增长见识，而 22.2％被调查者认为他们阅读翻译作品纯粹为了消遣；大部分的调查者都表示不会阅读同一部作品的不同译本（占 55.6％）或者只偶尔读一读（42.2％），而且他们也更倾向于阅读汉语本土作品，认为本土语的语言表达方式更容易接受（53.3％）；68.9％的被调查者希望阅读的译文带有异域文化与风味。这说明：大多数目的语读者期冀从译文中学习异族文化，翻译过程中文化因子的移植应当采取"异化"的手段，同时要求译者在对原著进行文字转换时能够符合汉语的语言表达习惯，而过于欧化的语言只会徒增阅读的难度。……第二部分问卷的结果可以发现，读者对于译者的主体性认识和理解非常的矛盾，一方面既希望在翻译中要考虑到读者，占 68.9％（31 人），读者有权做信息的调节，占 48.9％（22 人）；译文应符合译入语的表达习惯，占 51.1％（23 人）；替换成译语文化所熟悉的东西，占 40％（18 人）；另一方面又希望译者尽量直接翻译源语文化（21 人，占 46.7％），尽量不要改变原文的信息（18 人，占 40％），而且成功的翻译应该考虑原作者因素（12 人，占 26.7％）。被调查者作为读者，既希望译者能够尽量保留源语的文化和信息，又希望译者考虑读者的接受心理和阅读习惯，使译文"好读"，而这种矛盾心理在第三部分的表现更加突出。

尽管上述学者进行的这一番调查还存在着一些缺陷，比如选取样本太少，取样范围也仅仅限于一所工科高校，还不大符合社会学调查的规范，但我们认为，此文的调查动机立意颇高，调查结论很能够说明一些问题：译者的主体性是否应该有一个"度"，如何把握译者主观能动作用的底线和极限？这也就回应了我们在绪论中所提到的"翻译伦理"问题，说到底也就是文学翻译中的"忠实"问题，译者应该忠实于谁，其标准和限度又是什么？世界翻译学界近四十年来研究的"文化转向"，与以往结构主义的翻译学观点相悖离，很大原因也是在于后者对"翻译的主体性"这一问题的严重忽视。上述学者的调查报告无疑给大家敲响了一记警钟。

在当代翻译理论中，将翻译活动中的非"语言"因素对翻译活动的影响讲得最为透彻的是欧美"操控学派"。翻译学中的操控学派与"多元系统论"的主张有着密切的渊源关系。以色列学者埃文-佐哈尔（Itamar Even-Zohar）提出的多元系统论的观点，将翻译系统视作是一个独立的系统，与军事、社会、文化等多重系统相互作用，译文就是在这种"合力"的作用下形成的。英国当代翻译理论家特奥·赫曼斯（Theo Hermans）和苏珊·巴斯奈特最先将操控理论用于翻译研究，美籍比较文学家安德烈·勒非弗尔对这一翻译观进行了系统论述，翻译理论的"操控学派"正式形成，并且很快在世界译学研究领域产生了广泛而深远的影响。勒非弗尔所著的《翻译、改写及文学名声的控制》一书指出，控制文学创作和翻译的因素有内外两种：内因是以评论家、教师和翻译家为主的所谓"专业人士"，外因则是拥有"促进"或"阻止"文学翻译行使权力的人或机构，即赞助人。巴斯奈特更把翻译看作是译者摆布文本的一个过程，在这里多元论取代了单一的忠实原文的教条，原文这个概念本身受到了来自多方面的质疑。她还在研究中对原文与原意进行了深入探讨，认为所谓清楚无疑的原文原意是不存在的，真正的翻译不是对原文亦步亦趋地顶礼膜拜，而是主动地把握甚至吞食原文，为我所用。这一研究方法的提出，宏观上而言，将翻译活动当作整个社会文化系统中的一个环节，特别是把翻译重点从原文、原作者转向了译者和目标读者。继而引出了翻译学研究的一个重大问题，即对译者主体的强调："由谁译"、"为何译这个"以及"为何这样译"等等。我们再从微观的角度言之，翻译的操控学派还强化了以下一系列的问题：第一，翻译是对原文的改写，而一切改写都是译者对文本的操纵，要经历信赖、侵入、吸收与补偿等阶段，译者充分调动自己的各种知识对原文达成新的哲学诠释；第二，任何翻译都是出于某种文化目的，目的决定手段，译者按自己所意识到的译入语文化需要，决定翻译策略；第三，任何翻译都是不确定的，译者的误读、偏见、创造性叛逆等有一定的必然性；第四，翻译是一种创造性活动，有它的"意向读者"和"潜在读者"，为了充分实现其翻译的价值，使译作在本土文化语境中发挥特定的作用，译者就必须关注其潜在读者的"期待视野"，从而决定其恰当的翻译策略。

第五节　主体间性与翻译批评

从主客体的哲学界定来说，翻译活动涉及三类主体，即作者主体、译者主体和接受主体，三种主体的关系可简单图示为：

如图所示，三种主体之间的关系是双向制约、互相诠释的。这样的复杂关系，用西方哲学的术语讲，就是主体间性。

这一诠释循环圈是以译者主体为核心，以连接作者、读者为目的的主体间性的诠释循环圈。此诠释循环圈中最重要的问题是，从主体间性观照翻译，即翻译的主体间性，可分为两个方面：一是作者主体和译者主体的主体间性，即译者通过原文和原作者对话，完成第一阶段的翻译任务；二是译者主体与读者主体的主体间性，即译者与译文读者之间的对话。两种对话都借助于文本来实现。翻译是各个主体之间，包括作者、译者、读者在和谐对话中产生意义的过程。

　　文学翻译的接受者可以分为三类：一是非专业读者（不懂外语的普通读者）；二是语言专家、懂外语的专业人士；三是专门的翻译批评者（特殊接受主体）。这三类分别蕴含了不同的接受模式及其翻译评价、批评模式。首先，从诠释循环的角度看，对于译本的批评应该是有差别的，针对不同的接受者应该有不同的评价标准。站在翻译研究的角度，应该建构多元、多层次、建设性的翻译批评标准。前文中我们说到，人类步入多元互济、互相对话的阶段，独白时代已经终结。人类的不同语言之间、思想之间的借镜与自我发展，都需要一种新的伦理观。翻译批评和文学批评一样，都属于二度创作，它们为原作续写生命，是原作在新的语境下的价值延伸和重新出发。法国学者安托瓦纳·贝尔曼在他的重要遗作《翻译批评论：约翰·邓恩》[1] 中指出，翻译批评的真正目的，应该是重新呈现、重构形式，补充和更新原作，为下一次的重译做好准备的空间。他认为好的翻译批评者不可缺少三种意识：历史的意识、建设的意识和哲学思考的意识。我们完全赞同上述观点，在我们看来，翻译的过程在某种程度上也是译者对原作不自知的批评过程，译者的批评精神，体现在他对文本的选择、他的翻译立场、翻译策略和对原文文化背景解读的过程中。历史上许多伟大的译者也常常是极具批评意识的人，比如法国开创了诗歌现代性道路的大

1　Antoine Berman, *Pour une critique des traductions：John Donne*, Paris：Editions de Gallimard, 1995.

诗人波德莱尔，他的文学生涯其实是从翻译和艺术批评开始的，他翻译的法文版爱伦·坡作品，至今无出其右者。又比如傅雷先生，他的翻译以文笔传神、态度严谨著称；他在音乐、绘画、雕塑等领域留下的批评文字，也可谓是字字珠玑、精彩绝伦。我国的文学翻译史上曾一再出现经典文学作品的复译现象，这也是几代具有批评精神的中文译者们勇于求真求善的尝试，其中包含了某种反复阐释和更新的价值，从而构成了经典文本生生不息的强大生命力。因此，重视译者、在文学翻译批评中"走向译者"，研究他的"翻译立场"、"翻译规划"和"翻译视野"，提倡一种照亮性的、思辨性的和开放性的"大写的批评"模式，是我们所要极力提倡的，也会在本书的第二部分"个案研究"中加以应用和体现。正如同安托瓦纳·贝尔曼在上述作品中所定义的一种"生产性的批评"（une critique productive），我们完全赞同翻译批评不应仅限于"判断"（jugement），而应该是一种"评赏"（évaluation，这个词译成中文，用"评估"似乎意义有所不及；译成"赞赏"，含义又有所偏离）和"发扬"（illustration）。面对一部质量上乘的翻译作品，批评者应该举着光去打亮那出彩之处，引导读者去发现和体会译者的用心；面对一部平庸或劣质的翻译，批评者应该指出其败笔，分析其失败背后的原因，重新构造出作品复译的空间，而不是简单给出批评者自己的答案。翻译批评在"走向译者"的同时，当然也不能忽视传统的文本对比的方法。原著和译著出版后，接受者层面的短期反应和长期评价，也是走向"译者主体"的翻译批评需要加以重视的资源。

其次，假如以第三类读者（特殊接受主体）为关照对象，我们可以采用绪论里的图示（六）来表示：

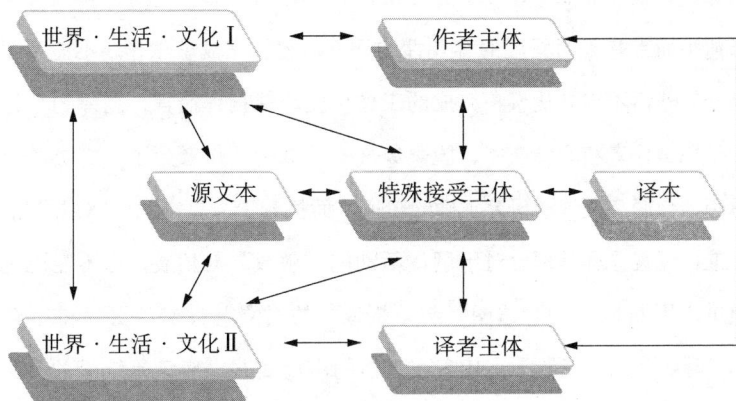

这一图示看上去显得有些复杂，但恰好能够揭示出作为翻译批评者的真正处境。首先，将翻译批评者与源文本以及"世界·生活·文化Ⅰ、Ⅱ"相联系，并且强调其中是双向关系，可以完全排除那些不具备双语和两种文化背景的"伪专业批评者"。其二，将翻译批评者与图示中的两个世界、两类文本、三大主体等七种因素联结，构成互相诠释的双向关系（双向关系是诠释学的基本原则）。就这一点而言，普通接受者是不能与之相比的。其三，由"世界·生活·文化Ⅰ"与"源文本"的关联所决定，翻译批评者比一般的读者更有权利和权威对"译本"做出评论，因而他既是一般意义上的接受者，更是译本的专业评判者。这三个方面，既体现了翻译批评者的特殊性，更是其使命感和责任感的来源。只有勇于直面问题和挑战，乃至把这三个层面都加以考虑和重视的、具备两类文本精读能力的人，才可以去从事文学翻译批评的工作。

有志于文学翻译批评的双语阅读者，一定要秉持专业批评家的伦理规范和道德操守。正如上述图示所示，翻译批评者有十二个方面的相互诠释向度。而将每一个向度，置于两类文本、三大主体、两个世界的视域等因素的综合、整体关照中，以公正之心看待译本的成败、优劣、得失等等，做出清晰而带有不同程度的客观性的评判，才算完成了工作。不能不说，这是一件非常不容易从事和完成的工作。就翻译批评而言，翻译的本体论基础是原文作者和原文文本，脱离原文文本、宣扬"作者死了"之类的泛文化思想，会脱离翻译学研究正确的轨道。而执着于"忠实"、"对等"的刻板标准，无视诠释学理论对于翻译活动的"解放"与拓展，也不能说是与时俱进。不断地强调"透明"与"叛逆"的对立与冲突，更显得不合时宜。"透明"与"叛逆"，其实在具体的翻译实践上应该是统一的、融合的，纯粹的"透明"是高悬的理想，而仅仅强调"叛逆"，也容易将翻译蜕变成一种任性的"创作"。

要进行文学翻译批评，自然需要有理论。然而理论之中，最重要的是翻译范式体系的确立。站在本书所持有的哲学诠释学视角和翻译的六大诠释循环圈的维度上观之，将现代性与传统的经验派译学研究的成就，乃至千百年来世界翻译史上浩瀚的文学翻译实践的成就，凝结成我们当今翻译学研究之共识，是目前翻译学界全体同仁们孜孜以求的目标。虽说已经取得了若干进展，但仍然显得步履蹒跚、任重而道远。

第二章　从文化到文字：文学翻译主体的伦理性研究

近年来，中国学界在翻译研究上的文化转向，引发了对翻译伦理问题的热烈讨论。翻译行为的实施主体——译者，面对被语境化和历史化了的文本，该如何处理"异与同"、"我与他"的关系，这是"翻译伦理"将讨论涉及的最主要问题。作为跨文化交际活动的实施主体，译者在具体实践中全程都无法回避"忠实还是叛逆"的选择，他所采取的翻译策略必定体现了他的文化伦理观。那么，怎样才是"合乎伦理"的翻译主体性呢？

第一节　西方翻译研究的伦理回归

所谓伦理，是指人与人之间相互遵守的道德关系准则。《哲学大辞典》从人与人之间的关系角度，把伦理界定为"道德关系及其相应的道德规范"[1]。即如何处理人与人之间关系，寻找合理合法的准则或规范。翻译伦理，就是在翻译的实践过程和翻译结果上，进行是非判断。翻译伦理不应该等同于翻译规范，而是要强调译者主体在诗学、文化、社会和政治环境中的道德自省和自知能力。翻译活动是一项具有人文意义的活动，作为跨文化交流的具体实践，不光源出语文化会受到译入语文化的推广，译入语

1　金炳华主编《哲学大辞典》，第六卷《伦理学卷》，上海：上海辞书出版社，2007 年。

文化显然也会由于从源出语引进来的新鲜元素，而得到进一步的建构。因此，翻译伦理的研究具有非常强大且广泛的文化意义。传统译学围绕翻译规范、翻译标准等问题的探讨，都忽略了翻译活动实施行为的核心——译者主体。经验派译论也好，盛行于上个世纪六七十年代的语言学派译论也好，都表现出了对译者主体性关照的明显缺失。

译者的主体风格，来源于译者个人的文化修为和审美爱好。译者的主体意识，还包括译者对自己在跨文化交流实践中所担负的文化使命的认识，他不光是要帮助母语文化的读者了解异质文化，还要帮助提升和扩充自己的母语词汇，建构自己的母语文化。对于源出语的文化而言，译者的主体性还体现在他翻译完成之后的后续行为和后续活动之中，比如他为译本写的序言、后记，他与读者的互动，将对该作品的反馈、评论反映至源语文化中，从而也会促进源出语的读者重新认识原著，重新考量和认识自己母语的文学传统。本书的第二部分个案研究中将有一章详细分析"中法文化的摆渡者"程抱一先生，这就是一个极好的例子[1]。

传统的翻译伦理，表现在对于"忠实"、"对等"、"信达雅"等原则的具体遵守上。这一伦理层面上对译者的要求，并不能帮助译者更好地认识翻译的本质问题和文化特性。当代哲学诠释学理论对于文本意义的重新解释，后结构主义者对于逻各斯中心主义的消解，使得传统翻译理论中以"忠实"概念为核心的翻译伦理观受到了质疑。绝对的"忠实"是没有

---

1 另见笔者用法文撰写的文章 *La beauté éthique dans les traductions poétiques de François Cheng*，发表在法国国家图书馆"向程抱一致敬"（2011）国际研讨会的论文集中，*François Cheng，A la croisée de la Chine et de l'Occident*，Librairie DROZ S. A.，Genève，2014.

的，传统的翻译伦理因而站不住脚。随着文学翻译主体性的彰显，人们认识到由于社会文化因素和政治权力因素的介入，翻译研究应该跨越传统伦理，从全球化的角度来重新思考译者主体的伦理追求。学界普遍认为，上个世纪末西方翻译研究文化学派的干将韦努蒂[1]、皮姆[2]、切斯特曼[3]和斯皮瓦克[4]等是较早议及翻译伦理的专家。而事实上，法国学者安托瓦纳·贝尔曼早在 1984 年和 1985 年的两部著作里，就将"回归伦理"[5] 这一概念，作为文化派的"翻译宣言"核心内容提了出来。可以说安托瓦纳·贝尔曼是最早意识到这一问题的西方学者。可惜贝尔曼 1991 年英年早逝，1995 年和 2008 年，贝尔曼的夫人又为他整理出版了两部遗著《翻译批评论：约翰·邓恩》和《翻译的时代》，"翻译的伦理性"仍然是其中的核心概念。我们很乐意在此借用这位法国学者的理念来探讨译者主体的伦理问题。

1　Lawrence Venuti, *The Translator's Invisibility-A History of Tanslation* , London and New York：Routledge/Shanghai：Shanghai Foreign Languages Education Press, 1995/2004.

2　安东尼·皮姆（Anthony Pym）曾经在 2001 年 *The Translator-Studies in Intercultural Communication* 的一期特刊《回归伦理》（*The Return to Ethics*）中，提出"伦理的主体性"概念（ethical subjectivity），总结了进行新型翻译伦理研究的必要性和主要关注点，指出译者的主体性应该是合乎伦理的主体性。

3　Andrew Chesterman, *Memes of Translation：The Spread of Ideas in Translation Theory*, Amsterdam & Philadelphia：John Benjamins Publishing Company, 1997.

4　Gayatri C. Spivak, *A Critique of Postcolonial Reason：Toward a History of the Vanishing Present* , Cambridge, MA：Harvard University Press, 1999.

5　Antoine Berman, *L'Epreuve de l'Etranger* , Paris：Editions de Gallimard, 1984. *La Traduction et la Lettre ou L'Auberge du Lointain* , Mauvezin：Editions Trans-Europ-Repress, 1985. *Pour une critique des traductions：John Donne* , Paris：Editions de Gallimard, 1995. *L'Age de la Traduction-《La tâche du traducteur》de Walter Benjamin , un commentaire* , Paris：Editions de Presse Universitaires de Vincennes, 2008.

迄今为止，贝尔曼的译学专著存世四部，每一部都在西方译学界引起巨大反响，可以说，其富有前瞻性的有关伦理的哲学思考，启发了每一位后来的文化学派翻译研究者。贝尔曼认为："翻译有三大极限目标：伦理性，诗性和哲学性。"贝尔曼所说的"翻译伦理性"，不仅仅意味着传统意义上译作的忠实度和准确性，更重要的是，"意味着将他者作为他者本身予以承认和接受"。他提出在翻译过程中，应该进行的是"面向异的教育"，即要求译入语文化承认并接纳源语文化的"异"，将其植入体内，使译入语文化成为源语"远方的客栈"，依附于"文字忠实"的手段，实现理想的"翻译伦理"。贝尔曼的理想翻译是"文字翻译"（la traduction de lettre），此处 lettre 一词，不是语言学意义上的字和词。它富有更广泛的含义，是"与文字密切相关的一切"，与本雅明所提出的"纯语言"概念类似。在对待"异"的态度上，贝尔曼选择了母亲般的慈祥与包容："在异者自身的语言空间内打开异者。"不强制，不敌视，更不试图去征服，而是触碰异者、接纳异者。翻译是什么？在贝尔曼看来，翻译是将"自我"置于"他者"——即"异"的考验之下的场所。一反"美丽的不忠"、"本族中心主义"式的意译和超译，贝尔曼推崇荷尔德林、夏多布里昂式的"文字翻译"。"翻译伦理性、诗性和哲学性的最终目标，就是要在译入语语言中保留翻译的新鲜面孔，展示它纯粹的新。"贝尔曼以这样一种开阔的胸怀，面对异域文化进行思考，目的就是要滋养译者身处其中的本土文化、改造和丰富本土文化。

第二节　当代中国呼唤怎样的"翻译伦理"？

安托瓦纳·贝尔曼的著作，语言深邃而富有思想的光辉，但由于其观点的"叛逆"，一时在西方招来不少指责和攻击。但同时，或者说短短几年之内，他的学说仿佛一阵风，刮遍了包括中国在内的全球译学界，产生了巨大的反响，吸引了大批的拥趸。无疑，贝尔曼是富有批判精神的，他的理论之所以在西方获得了较高的地位，是因为他质疑了西方百余年来的意译传统。

　　然而，在当代中国的文化语境下，贝尔曼及其他西方翻译文化学者们所主张的"翻译伦理"观，是否也值得中国学者们大书特书呢？我们的翻译研究界在引进这一思想和理念的同时，是否多了一点盲目（如同其他一股脑儿照搬来的理论一样），少了几分反思呢？当代中国究竟应该呼唤怎样的一种"翻译伦理"，恐怕不应是照搬那么简单。一百年前中国新文化运动发轫之初，钱玄同、傅斯年、吴稚晖、陈独秀等新文学的先锋人物曾主张废国文，兴拼音文字。但这些人本身的旧学功夫深邃，中文功底深厚，痛陈文言末流的种种弊病，提倡文字西化，他们算是有资格的。而他们的文字，无论怎样存心西化，都如余光中先生所言，是能"西尔化之"的。如今中国的大学生，甚至大学者，其笔下的中文翻译早已是"西而不化"，"文字忠实"早已有过度之嫌。若将贝尔曼的"文字翻译"和"翻译伦理"观点，当做今天之"他族崇拜主义"者的挡箭牌，岂不是有误于广大西学爱好者，更有辱于贝尔曼的英名了。

　　举个例子，上海电视台曾经有个清谈节目，所谓"锋言锋语"。请注意，"风"字已遭篡改。主持人抛出运动员的心理问题，说："姚明何必care他歌唱得好不好，刘翔何必care他棋下得怎么样，只要不care别人说什么，一切就ok了。"我们不知道这算不算得是某种"文字翻译"，但如果这样的媒体语言任其发展，中文的式微想必是必然的了。英语的围困，网络语言的失控，翻译腔的大行其道……当一个民族的语言生存出现危机的时候，我们的文学翻译是否还要鼓吹什么"异化"和"移植"呢？伦理本无所谓对错，矫枉犹不必过正。面对中国当下汉语发展的现状，我们觉得很有必要对目前理论家们热议的"翻译伦理性"，作一个新的考量。

在西人追求文化"他者性"的同时，我们是否也该蓦然回首，重新审视一下"自我"呢？贝尔曼及其他西方翻译文化学者们所主张的"翻译伦理"观，本身是值得称道的。因为西方学者背靠强势文化，谈及翻译时能以开放、对话的姿态抵抗"本族中心主义"，在翻译研究中秉持"存异为异"的伦理模式，这是非常值得国人尊敬和效仿的。但对于我辈学人而言，当下中国的文化语境，还是要求我们从"他族崇拜主义"中走出来，学学钱锺书、傅雷、余光中等，是时候回归汉语"雅言"的传统了。贝尔曼等西方文化派的"翻译伦理"是否该不加分析地全盘接受，怎样拿捏这个"异化"还是"归化"的度，怎样帮助译者主体处理好"我与他者"的关系，最终寻求一种对话、平衡、自省的解决方案，这正是值得中国翻译研究界再三斟酌的伦理问题。

今天我们的译学界应该大力呼唤汉语文字的复兴，而不是文字的革命。让我们如十六世纪的法国七星诗人一样，在从事文学翻译时竭力"保卫和发扬中华民族的文字"！待得文学翻译界一片"归化"之声，归得"忘乎所以"之时，再找法国人贝尔曼求救，这才称得上是对症下药吧。

第三节　自我与他者：动态伦理中的翻译主体性

上文提到，以译者—译本—接受者为核心构成的翻译活动诠释循环圈，其中重要的问题是：翻译的主要目的和动机是指向译本的接受圈，于是我们必然要考虑到译本接受的可能存在空间。但是翻译活动实际上还有另一重目的，那就是基于本雅明对于"纯语言"的追求，以及安托瓦纳·贝尔曼对之所做出的解释[1]：翻译不只是为了不懂原文语言的读者而做的，译者的任务（La tâche du traducteur）还在于揭示语言背后的东西，找到不同语言的差异之处，通过差异寻回人类语言的最初状态（尽管事实上，已经碎了的语言片断是永远无法完美拼接的），寻找那个永远高高在上的悬搁的"真"。有了这样的一重理解力，所谓"文学翻译没有定本"、"重译具有必然性"等等问题便不容置疑。

繁多的人类语言不过是些分裂后的碎片。以所有的语言碎片为基础加以拼接，也许就可以获得最完全的纯语言。这就是本雅明花瓶的比喻，单个比较的话，这些语言"瓶子"的碎片没有任何相似之处，因此在这些语言碎片中寻找"相似"之处，是毫无意义的；而真正的意义在于把碎片重新组合。这便是译者的"任务"：把碎片语言组合"完整"，呈现出完好的纯语言，至少要得到它的投影。

在巴别塔停建后的世界里，语言的"同一性"已被上帝打破，翻译成了人类交流和文化传播不可或缺的工具。千百年来形成的译学传统围绕着翻译的核心——理解与表达而展开，人们正是由于过分看重翻译的"忠实属性"，强调译文与原文的对等，才在可译与不可译之间展开无休止的争论。而语言作为一种交流的工具，都是人为创造的，并且处于不断的流变之中。语言本身并没有确定的含义，语言具有的所谓含义都是人为赋予的，更何况这种赋予还是任意的。西方表音文字的语音与语义之间结合的任意

1　Antoine Berman，*L'Age de la Traduction*-《*La tâche du traducteur*》*de Walter Benjamin*，*un commentaire*，Paris：Editions de Presse Universitaires de Vincennes，2008.

性就是一个不争的事实。因此，不同文化背景之间的符号系统，只能在"所指"层面达到一定的共享；建立在绝对正确理解上的忠实翻译，只能是一种难以企及的梦想。然而，生活中总是存在着这样的悖论——越是不可能的事情，就似乎越具有必要性。人类重建"通天塔"的愿望就从来不曾放弃，如今"上帝死了"，翻译已成为事关人类自身生存的伟大事业。如果我们承认人类理性的有限性，承认真理存在的相对性，甚至承认无限接近而永不可得是一种可望而不可即的美，那么，翻译何以不能成为一种绝望背景下的、"西西弗斯"式的悲壮而勇敢的努力呢？至此便不由得生出一个迫切而根本的追问——翻译在多大意义上是可能的？也许历经语言学转向、文化转向、伦理探讨的当代翻译学理论，能为我们提供一个新的视角。作者、译者、译文读者这三种平等的主体，六大哲学诠释循环圈，使得文学翻译已不再满足于维持或再现原文的意图，而要从"源语中心"朝"译语中心"转向。翻译的过程是译者力求在语言维度、文化维度的转换上，与源语保持高度的关联，同时顺应译语的文化语境，对原作者的意图进行操纵性的重构。采用灵活多样的翻译策略，不断地做出优化的译文选择，让译文读者轻松地获得作者试图传达的语境效果，使译语获得与源语高度一致的文化效果，这恐怕才是译事最终的出路。

今天，在译学研究的文化学派眼里，译文的作用甚至超过了原文，影响着译入语文化的诗学传统和多元文学体系。比如该学派的代表人物苏珊·巴斯奈特就颠覆了"原作是神圣且至高无上"的传统译论，尤为看重翻译的文化意义，更突出译文中的异质性，来抵抗主流的译入语文化的价值观。劳伦斯·韦努蒂极为赞赏法国学者贝尔曼的"还异为异"主张，提出了"存异伦理"和"存同伦理"的概念[1]，认为只有采取异化的翻译策略才能更好地维护第三世界国家的民族文化。安东尼·皮姆在名为《回归伦理》的一组文章前言中，强调翻译伦理在当下的跨文化交流语境中应该是首先考虑的问题。安德鲁·切斯特曼在《关于圣哲罗姆誓约的提议》一文中总结了回归伦理的五种模式[2]：表现的伦理，服务的伦理，交际的伦理，规范的伦理和承诺的伦理，进一步对译者主体的个性禀赋和自律性提出了要求。近年来，我国的翻译学界也有对于翻译伦理非常出色的讨论，其中段峰在其专著《文化视野下文学翻译主体性研究》中，对于译者的主体性、翻译规范和翻译伦理的关系梳理得十分清晰。王大智在 2012 年出版了《翻译与翻译伦理：基于中国传统翻译伦理思想的思考》，以发生在传统中国的两次大规模翻译运动为历史与实践参照，运用多种相关理论，对华夏民族的传统翻译伦理思想进行了全面的研究。由此我们可以看出，翻译伦理是多元的，也是流动的、不断发展演进的，它的回归为更好地解读文学翻译主体性的问题提供了重要的支持。

1 Lawrence Venuti, *The Scandals of Translation-Towards an Ethcs of Difference*, London and New York: Routledge, 1998, p. 6.

2 Andrew Chesterman, *Proposal for a Hieronymie Oath*, Anthony Pym, ed., *The Return to Ethics*, Manchester: St. Jerome Publishing, 2001.

第三章 "文化走出去"：合乎"全球伦理"的翻译主体性探索

第一节 "全球伦理"构想的提出与传播

全球化是二十世纪八十年代以来在世界范围日益凸现的新现象，是当今时代的基本特征。工业文明的困境是全球化到来的一个前提，现代文明的危机中已经孕育着一个新的时代，人工智能、 5G 甚至 6G 互联网的出现，将大大地改变人与人、人与世界的关系。世界各地频繁爆发的各种各样的危机，把人们从现代工业文明的幻梦中惊醒，促使人们必须要去反思现有的文化模式，思考人类的未来。事实上，边界的概念越来越模糊，虽然国家的边界还是存在，但国与国、民族与民族之间真实的隔阂却在慢慢消失。全球化并不仅止于某一方面，而是包括经济、文化、社会、政治、历史等等。国与国的相互依存度，文化与文化之间几乎已经打破了国界、洲际的隔阂，全球化是真实发生的事情，不容置疑，也意味着人类社会的连接被打乱重续。"全球化"这个词第一次出现在西方的语汇中是 1962 年，而现在，这个词语已经从一个当时的专门术语，变成了今天人们的口头禅。英国《经济学人》杂志把它称为"二十一世纪被滥用的词语之最"。值得注意的是，到了二十世纪九十年代，著名天主教自由思想家、德国图宾根大学教授孔汉思和美国坦普尔大学教授列奥纳·斯维德勒（Leonard Swidler，又译史威德勒）就提出了"全球伦理"的构想。 1990 年 2 月，在瑞士达沃斯世界经济论坛上，孔汉思发表了题为《我们为什么需要伦理标准的演讲》，第一次提出"全球伦理"的说法。1991年他身体力行发起成立了世界伦理基金会。1993年在美国芝加哥，孔汉思和斯维德勒共同起草了《走向全球伦理宣言》。1995年，联合国秘书长德奎利亚尔领导的"世界文化与发展委员会"，响应孔汉思和斯维德勒的构想，呼吁建立一种由共同的伦理价值和原则所组成的"全球伦理"。1996年由三十个政府首脑组成的"互动委员会"呼吁制定一套"全球伦理标准"，以应对在二十一世纪人类所面临的全球性问题。1997年联合国教科文组织启动了"普遍伦理"的研究项目，并于同年分别在法国巴黎和意大利的那波利召开了国际会议，共同探讨建立全球性的普遍伦理的理论与实践问题。

根据全球伦理网[1]主页的解释，"全球伦理"是一种实现跨文化、跨宗教、跨经济体制、跨意识形态，具有共同说服力的价值观、指导原则、个人态度和共同行为的兼容性途径。全球伦理立足于从伦理上对不可转让的人类尊严、决策自由、个人与社会责任及正义的承认。它承认全人类和非人类存在物的相互依赖，并把"关爱·同情"的基本道德态度拓展到我们的整个世界。它可以识别越界的问题，并有助于这些问题的解决，还能够提高大众对人类基本价值观和原则的认识。这些价值观和原则也是建立人权普遍共识的基础。全球伦理增进人与人之间的信任和关怀，促进保护全球环境的爱心和行动。

必须要说明的是，全球伦理并非一种描述新兴意识形态的固定文本，而是一个开放的计划，呼吁各大文明和宗教彼此对话，寻求精神上的通融，从而凝聚关于"人性"的新共识。同时，全球伦理也十分重视个人和

---

1 见"全球伦理"推广网页：www.globethics.net。

机构的地理、文化、宗教、经济和政治语境。它需要有地方性和语境性，这样才能对个人行为和社会结构产生影响。另一方面，人类的文化活动语境如果始终是地方性的，而不与全球伦理相关联，那它就会成为孤立主义。全球伦理赞赏并尊重社会多样性、政治多样性、文化多样性、宗教多样性和生物多样性等多种不同形式的多样性，从而可以减少彼此伤害，促进文化的可持续性。尊崇全球伦理的文化语境，有助于实现多样性的统一。世界上一切的文化和宗教在此指导下都能够提升全局价值观。

全球伦理还提倡诚信、倾听、换位思考、悬置判断和尊重他人信仰的价值观，因为对话参与者的动机各不相同，有些人还带有顾虑和偏见。人与人之间对话的改造性质，将取决于参加者在多大程度上能够保持相互诚实。宗教教义和个人想法，往往是每个参与者准备进行诚实对话的有效手段。全球伦理指导下的改造性对话要求有这样的信念：除非你做了换位思考，或至少做了某种倾听，否则你就不能做判断。改造性对话的重要标志之一，是参与者希望学习他人的价值观，并由此产生丰富自身的价值观。

孔汉思一再强调全球伦理只是一种"态度"，而不是一个"理论"。有了这个态度做基础，我们可以描述理论，构建和探讨新型的翻译伦理问题。台湾著名哲学家、新儒家学者刘述先在《有关"全球伦理与宗教对话"的再反思》一文中说："一方面来说，全球伦理并不取消差异性；在另一方面，它又并未堕入相对主义的陷阱之中。恰正相反，只要每一个精神传统更深刻地往里挖，就会发现，它所追求的超越的、终极的精神泉源，必定溢出自己原有的传统之外，所谓'道可道，非常道'是也。这样的认识会激发一种自我反省、批判的精神，而明白对于传统有创造性的继承，必系于对于传统的超越与更新之上。""把自己的传统与其他传统相比较，就更可以看出自己传统的特色所在，有限之处可以作自我调适改善，不可弃处则可以作进一步的发扬扩充。总之，可以在其他的传统找到一些精神之相契与感通之处，而不必抱残守缺，紧紧株守在自己的壁垒之内。"1
我们知道，没有一个人是生活在真空之中。我们必定是立足于自己的传统之上，去吸收新的经验，而活的传统也必定是一个开放的传统，经过不断的自我扩大与更新，而收获哲学诠释学所谓"视域融合"之效。

台湾学者刘述先在《全球伦理与宗教对话》一书中所归纳的朱子学说"理一分殊"的思想，就是当代新儒家学者对孔汉思等所创理念的呼应，其所继承的是《周易》与时推移的传统，吸纳了恩斯特·卡西尔（Ernst Cassirer）的"符号形式哲学"，对人类文化的发展作出了精神现象学的描述，但抛弃了黑格尔的"绝对"观念。从七十年代以来，刘先生就用一种发展的观点重新阐释传统中国，特别是儒家哲学，抉发其现代意义，使其与世界哲学接头。二次大战以后，西方世界启蒙时代以来的经济主义、物质主义与个人主义受到严重的质疑。东方世界也还具有强烈的反帝、反殖民、反封建思想的趋势，拒绝把西方的一套当作普世价值。但是，西方价值的全球化，已经造成了全球性的普遍危机。而中国的传统文化中显然有重要的精神资源可以援用。我们主张和而不同，多元互济，才能走出当前的困境。于是，当务之急是先推动不同的传统互相了解，共同建构全球伦理。刘先生提出"理一分殊"的思想，绝非儒家传统所独有，在世界各传统中都可以找到"差异中的统一"（unity in diversity）的观念。但我们必须先发展出自己的一套，才能成为多元中的一元，与其他传统交流，产生多元互济的效果。

---

1 刘述先：《全球伦理与宗教对话》，石家庄：河北人民出版社，2006年。

第二节 "全球伦理"视域下的主体间对话

全球化语境中的文明冲突与对话，呼唤一种新型的世界伦理关系。人类的翻译实践活动既然是实现文明间交流与对话的重要手段，在今天的语境下，就必须要纳入到这种新型伦理关系的思考框架中。我们认为，在翻译研究领域里，"全球伦理"也是构建新型翻译伦理、指导翻译主体采取行动的最终参照系。怎样处理好翻译活动中各个主客体之间发生的权力话语关系，在全球化的语境中，怎样帮助中华文化更好地"走出去"，我们迫切地需要一个方向。

我们想要强调在翻译大潮中重新审视中华文化的生存与发展，绝不是一种"本族中心主义"式的倒退，而是在稳住自我根基、保护本国文化独立性的前提下再全方位地开放，再主动地融入全球文化的交流与互动。中华文化的民族性始终是我们的立足点，"文化全球化"最终要实现的也绝不是单一的文化模式，而是各个民族、各个国家高度融合状态下多样统一的文化。由于全球经济危机的爆发，世界政治格局正发生深刻的变化，我国政府在这重要的战略机遇期，制定了"文化走出去"的国家战略。正是在这样的语境下，我们认为国内的翻译理论界更应该引起对"全球伦理视域"这一问题的高度重视。回顾中西漫长的翻译历史，忠实还是创造，归化还是异化，可译还是不可译，诸如此类种种传统的翻译伦理观，自始至终都规约着译者在翻译活动过程中所设定的目标和应尽的责任。不过近三十年来翻译研究领域发生的文化转向，使得这一传统的翻译伦理大厦陡然发生倾斜，人们越来越注意到翻译文本的前世今生中有关"他者"和"自我"主体的存在。翻译行为的实施主体——译者，面对语境化和历史化了的文本, 如何处理"异与同"、"我与他者"的关系, 则是我们所谓"全球伦理视域下的文学翻译主体研究"所要涉及到的最主要问题。

我们需要强调的是伦理问题不是科学问题。前者强调态度以及善恶, 后者讲究认知以及真伪。从伦理的范畴看待翻译, 就不是一个认知意义上论证真伪的问题了, 而是一个求"善"的过程。在文学翻译批评与翻译实践中追求绝对意义的"真", 往往是徒劳的, 如同传说中的所谓翻译的"定本", 是悬搁在理想之上的目标。在现实操作中, 一个称职的译者往往只能抱着虔诚的态度, 苦苦求得一个"善果"而已。文学翻译, 就其本质来说是对话性的。译者的工作就意味着参与对话: 提问、聆听、思考、应答等等。一切语言的表达, 都可被看作是主体间潜在的讨论, 而独语式的沉思, 也可以看成是灵魂与自己和想象读者间的对话。借助于对话和沟通, 多元的、差异性的主体才能在公共生存空间相互依存、达成合理共识。借助米哈伊尔·巴赫金的说法: "从对话语境来说, 既没有第一句话, 也没有最后一句话, 而且没有边界 (语境绵延到无限的过去和无限的未来)。即使是过去的涵义, 即在以往世纪的对话中所产生的涵义, 也从来不是固定的, 终结了的, 它们总是在随对话进一步发展的过程中不断变化着, 并得到更新。"[1] 在"我"与"他者"的沟通过程中, 巴赫金的对话理论显然在思考上既有广度, 又兼具开放性。从广度上来说, "对话"适用多种文化类型的行为, 并且能够在其中容纳不同杂音, 形成一种众语喧哗的状况; 而其开放性的特点, 最突出地体现在对话的"未完成性"。不同语言传统的差异与交流互济, 可以激发出各自语言和文化的活力。必须说明的是, 种

---

1 巴赫金:《诗学与访谈》, 钱中文主编《巴赫金全集》第 5 卷, 白春仁、顾亚铃等译, 石家庄: 河北教育出版社, 1998 年, 第 391—392 页。

族和文化的差异是无法消除，也无法彻底悬搁起来的。法国后现代哲人伊曼纽尔·列维纳斯（Emmanuel Levinas）在他的重要著作《在之外——或本质之上》中，也主张必须尊重他者的"异"，因为只有他者绝对差异性的存在，才能保持人类文化真正的多元和丰富[1]。而本文所采纳的"全球伦理"概念，恰恰也不是追求单一的"同"，而是"理一分殊"、"和而不同"，正如孔汉思所起草的《全球伦理宣言》，虽脱胎于亚伯拉罕传统十诫中有关伦理的四诫，同东方佛教的五诫与儒家传统的五常[2]，其表现虽是万殊，道理却是同一的，绝不妨碍东西方充分沟通和交流，以"存异求同"的态度探寻既融合又独立的人类文化理想。那么，我们依此而提倡的翻译伦理，就应当是让翻译主体首先立足在本民族的精神资源和优良传统之上，再深入东西的堂奥，撷取精华，扬弃偏失，通过创造的哲学诠释或改造，谋求跨文化的共识和人性的会通之道。

正如《全球对话的时代》一书的作者斯维德勒[3]所说，今天的世界已不再是个"定于一"的时代，独白时代终结，我们已步入多元互济、互相对话的阶段。人类语言间、思想间的借镜与自我发展都需要一种新的伦理观。我们将借助孔汉思和斯维德勒对于"全球伦理"概念的推广，来拓展上述有关翻译伦理的讨论。中国译论的研究，曾经经历了固步自封、百家争鸣、西化盛行的时代。今天对我辈而言，重要的在于将开放的伦理意识根植在每一个译者的主体视野之中，与当下的"对话时代"和"全球伦

1　Emmanuel Levinas, *Autrement qu'être, ou au delà de l'essence*, Martinus Nijhoff, 1978, p. 22.

2　刘述先：《全球伦理与宗教对话》，石家庄：河北人民出版社，2006 年，第 51 页。

3　斯维德勒：《全球对话的时代》，刘利华译，北京：中国社会科学出版社，2006 年，第 16 页。

理"的呼唤相互应和。

第三节 "文化走出去"战略与"全球伦理"新导向

1993 年 9 月 4 日，在美国芝加哥，世界宗教会议通过了《走向全球伦理宣言》。在回顾了世界上各种人为的冲突和灾难之后，孔汉思指出，如果没有一种全球伦理，便不可能有更好的全球秩序。他反对亨廷顿[1]的"文明冲突论"，认为东西方文化可以和平共处，前提就是对话。孔汉思曾多次访问中国，因为"中国的传统伦理为我打开了一扇思想之门，它是全球伦理的重要基石之一"[2]。中国文化中的"天道"、"仁"、"中庸"、"生生"、"忠信"等等这些基本的哲学概念，也是全人类的重要伦理遗产。孔汉思被古老的中华文明所吸引，他在中国社科院、北大、清华、人大等地与多位中国学者对话，认定中国传统伦理中的"仁"、"和而不同"、"推己及人"是全球伦理的基本原则，"全球伦理问题与中国伟大人文传统之间确实存在一定的关系。面对失去控制的西方化、毫无约束的个人主义、道德沦丧的物质主义，现在许多人都开始高度关注中国的传统文化和中华民族的未来"[3]。的确，中国的传统伦理价值观能够为全球伦理作出贡献，东方和西方需要进行新的接触、新的对话。中国文化"走出去"战略，是我国在二十世纪之初所提出的文化建设方针。回首这些年，在文化"走出去"的方面，翻译界在取得一些可喜成绩的同时，也仍需追求更大的发展空间。

---

1 Samuel P. Huntington（1927—2008），美国当代政治家，因主张"文明冲突论"而闻名于世。

2 《文汇报》2009 年 11 月 9 日第 9 版《近距离》。

3 《中国社会科学报》2010 年 6 月 1 日第 2 版《特别策划》。

如何"提升文化软实力",如何让"文化更好地走出去"？在针对这一国家战略的探讨和反思中，同样需要倾听中国翻译家们的声音，因为文化输出之术，毕竟翻译居首。中国的东西再好，还是需要言说，还要懂得如何言说。官员、记者说得再多，似乎总有隔靴搔痒之感。在本书的最后一部分，我们就大胆做了一次尝试，让成就斐然的翻译家们坐而论道，侃侃而谈，谈的就是文化与文学输出的重要性，以及如何科学与艺术地输出；是靠自己吆喝、"自说自话"，还是和外方合作一起"言说"；什么样的输出才是高水平和高效益的文化输出等等。这些有益的探讨，对于政策制定者和实施者们来说，不啻是一帖清醒剂和良药。

同时，"文化走出去"作为国家战略，究竟应该采取怎样的"走出去"战术，资金如何到位，人员如何布局？除了加大翻译出版的力度，是否还应该设立国家级的"翻译出版奖"，不光针对中国译者，更要鼓励和奖掖外国译者加入到输出中华文化的事业中来。我们在绪论里说到，自从国际译学界开始翻译研究的文化转向，译者的主体意识就渐渐觉醒。翻译跨越了静止的历史局限和恒定的文本意义，在全球的文化语境中，译者与翻译活动中的其他主体，如作者、读者、出版赞助人等等，形成了多维而复杂的权力关系。那么，在翻译的过程，译者若能具备"全球伦理"的观念，意识到自己的翻译选择、翻译立场和翻译结果，不光能够揭示和解读源出语文化的密码，同时也会悄悄地改变译入语社会的文化特征，他的主体意识担当就会更强。唯有把中国从古到今的文学积淀，烹制成色香味俱全的文化大餐，而不是随手可弃、集尘摞灰的滞销品，其文化魅力、文化竞争力、文化生产力才能令人刮目相看。

目前我们在"文化走出去"的实战中，似乎仍处于"政府强而民间弱"的格局。政府之强，往往仅限于财大气粗和办得成事，而在"产业成败"的履历表上，却乏善可陈，难觅骄人业绩。有些"国家战略"可以暂时做成"赔钱买卖"，重在社会效益；但从可持续发展的角度而言，赔钱的买卖不能永远唱主角。唯有尽快发展健康的中译外文化产业，重视研究中译外的运行机制和发展规律，才是文化走出去的百年大计。译者和出版商如何长袖善舞，借助外力，特别是找到合适的国际出版机构和汉学家、翻译家们通力合作，诠释崭新的中国形象，争取在国际舞台上拥有更多的文化话语权，这是一个迫在眉睫的问题。高屋建瓴的"主体"间对话，必不可少。

第二部分　翻译主体个案研究

第四章　文学翻译主体个案研究之一：《包法利夫人》

福楼拜 1851 年 9 月开始写作 *Madame Bovary*，经五十四个月的笔耕不辍，终于完稿，1856 年 10 月 1 日初次发表在法国《巴黎杂志》（*La Revue de Paris*）上，连载至 12 月 15 日，随即受到当局的抨击和查禁，并在 1857 年年初引发诉讼。出版商米歇尔·列维（Michel Levy）慧眼识珠，愿意倾囊助其出版，法庭上最终胜诉也使得作者声名大噪，1857 年 4 月《包法利夫人》的单行本问世时，两个月内的销售量即达到一万五千本[1]……上世纪二三十年代的中西文化交流，特别是中国的西方文学翻译尚处在起步阶段，然而从 1925 年至 1948 年短短二十几年间，在上海竟然出现了三个不同版本的《包法利夫人》：李劼人译《马丹波娃利》，上海中华书局 1925 年出版；李青崖译《波华荔夫人传——法国外省风俗记》，上海商务印书馆（文学研究会丛书）1927 年出版；李健吾译《包法利夫人》，上海文化生活出版社 1948 年出版。

是什么导致了这一作品短期内重复翻译现象的产生？我们分析原因有三：一、最大的内因是当时中国社会的需要。二十世纪初中国经历了新文学启蒙，知识界从政治上、思想上和文学上都掀起了向西方寻找真理的浪

1　René Dumesnil et D. L. Demorest，*Bibliographie de Gustave Flaubert*，Giraud-Badin，1939，p. 26.

潮。沈雁冰认为，中国文学不应止于文人的消遣，要让中国文学进步，必须学习现实主义文学中的科学理性精神，"校正国内几千年文人的'想当然'描写的积习"，必须要用写实的方法，达到"文学为人生"的目的[1]。鲁迅说："小说的入侵文坛，仅仅是开始'文学革命运动'1917年以来的事。"[2] 向外国文学吸取营养、借鉴经验，是中国现代文学的需要。二、外因则是在该小说无版权问题的前提下，国内出版社之间存在着激烈的竞争。特别是由商务印书馆的旧人陆费逵创立的中华书局，决定以发行最新的小说来对老东家进行全面出击，其主持出版的许多文学书目与商务印书馆重叠。三、译者的个人文学喜好。李劼人在1922年及1944年两度论及福楼拜："（他）是法国近代作家中成就影响皆高，且过去巴尔扎克、乔治桑，同时并驾之左拉、龚古尔、都德亦有不及处。""福氏的作品百年读之亦津津有味，百回不厌。""严谨沉重，内容外表，极其调匀。"[3] 李青崖则在1934年《世界文学》的第一卷第一期撰写长文《关于波华荔夫人传》，强调福楼拜的文学价值[4]。李健吾更是在1935年为福楼拜作传，并接连译出四部福楼拜的作品[5]， 1957年在《包法利夫人》成书百年之际，

1　沈雁冰：《纪念佛罗贝尔的百年生日》，载《小说月报》，1921年第12卷第12期，第8页。

2　鲁迅：《草鞋脚（*Straw Sandals*）·小引》，该文为鲁迅为伊罗生（Harold R. Isaacs）所编《英译中国短篇小说集》（1918—1933）所作的序言，当时没有发表，后来收入《且介亭杂文》。

3　李劼人：《法兰西自然主义以后的小说及其作家》，载《少年中国》，1922年第3卷第10期；《"马丹波娃利"校改后记》，载《抗战文艺》，1944年第9卷第1—2期。

4　李青崖：《关于波华荔夫人传》，载《世界文学》，1934年第1卷第1期。

5　李健吾：《福楼拜评传》，1935年商务印书馆。所译四部作品分别是《福楼拜短篇小说集》（1936）、《圣安东的诱惑》（1937）、《情感教育》（1948）、《包法利夫人》（1948）。

李健吾又曾写下长文《科学对法兰西 19 世纪现实主义小说艺术影响》[1]，表达了自己在审美心理和精神气质上欲与福楼拜合为一体的愿望。

　　由于五四新文学时期中国文学现实主义的缺席、"科学"精神的不足，福楼拜客观冷静的科学写作风格很快被文坛所接受。他在创作中呈现出来的思维模式和审美机制以及创作理念，对人的现实生存状况的神话式的隐喻探索和书写，对中国二十世纪二三十年代的现代作家们的创作产生了较大的影响。如译者之一李劼人就吸收了福楼拜现实主义的创作原则，写出长篇小说《死水微澜》、《暴风雨前》、《大波》等作品，借鉴福楼拜塑造人物的技法，精心刻画出了众多的女性形象，无一不栩栩如生，呼之欲出。"李劼人在创造这（些）个形象时对福楼拜的师承是一目了然的。……（他）通过包法利夫人这个形象开阔了自己的生活视野，引发了新的艺术发现。"[2] 中国文坛在五四新文化运动期间，引进福楼拜这样一位特色鲜明的法国作家，不但直接填补了现实主义文学的缺席，更难能可贵的是，还校正了这一时期中国文坛以文学为游戏消遣、"想当然不务实"的弊病，使得中国现代文学能够沿着健康的方向前进和发展。可以这样说：在二十世纪的上半叶每个有成就的中国作家背后，都隐约看得见一个或几个外国作家的影子，这就使得中国现代文学发展的初期必然地带有一些西方文化色彩。

　　在那个时代译者从事文学翻译的原因，从大的方面来说，皆是缘自新

1　李健吾：《科学对法兰西 19 世纪现实主义小说艺术影响——纪念〈包法利夫人〉成书百年（1857—1957）》，载《文学研究》，1957 年第 4 期。

2　钱林森：《东方的福楼拜与中国的左拉——李劼人与法国现实主义文学》，《南京师范大学文学院学报》，2011 年 6 月第 2 期。

文化运动与新文学发展的需求；就个体而言，情况则不尽相同。有的译者是出于景仰某作家的人格文品，有的是急于传达作品的意蕴，有的则是要引进某种文体形式。文学翻译自然会融进译者的感悟与感情，寄托着译者对读者的希望。还有一些译者，本身是作家，拿翻译作为其创作间歇的调整，或受报刊约稿一时拿不出创作，只能以翻译应命；有的为创作而演习；有的干脆是为了糊口。沈雁冰在《译文学书方法的讨论》中，提出翻译文学书的人"一定要他就是研究文学的人"、"了解新思想的人"、"有些创作天才的人"。[1] 郑振铎随即与之呼应，对于前两个条件表示赞同，对第三条则有异议，郑认为翻译的人，不一定自己有创作的天才，只要他对于本国文字有充分运用的能力，对所译作品的语言有充分了解的能力就可以了。"在翻译上，思想与想象与情绪原文中都是有的，不必自己去创造，所必要的只是文字运用的艺术而已。所以翻译家不一定就是创作家。"[2] 不过，郑也承认，如果用创作天才来翻译东西，他的翻译也许可以比别人好一些。

　　二十世纪从五四运动到整个三十年代，法国小说家和小说作品的译名都比较杂乱。比如今天我们已相对固定的"福楼拜"，那时就有许多种译法：佛罗倍尔（陈独秀）、佛罗贝尔（沈雁冰、李青崖）、弗洛贝尔（李劼人）、福罗贝尔（谢冠生）、福楼拜（张若名、吴达元、李健吾）。李劼人将《包法利夫人》译成《马丹波娃利》。这里"马丹"（Madame）的称呼与书中对男性"麦歇"（Monsieur）的称呼，都源自于音译，比如李劼人在1923年自己创作的中篇小说《同情》（《少年中国》第4卷第4—6期）里也

1　沈雁冰：《译文学书方法的讨论》，载《小说月报》，1921年第12卷第4期，第8—12页。

2　郑振铎（西谛）：《杂谈：翻译与创作天才》，载《文学旬刊》，1921年第2期，第3页。

直接采用了如此的称谓表达。这就是民国初年的文学语言特色：白话与文言相杂，还常借用读音来翻译新鲜事物，比如 Mrs 密昔司，piano 庞霞娜，violin 樊奥琳，telephone 德律风，football 福脱抱儿等等。慢慢地，随着中西译介活动和文化交流的广泛展开，新名词和新事物逐渐被主体文化消化吸收，意译也才逐渐取代了音译，从而丰富了汉语的词汇表达、拓展了汉语的表现力。

　　李劼人是四川籍译者，也是中国文学史上最早发表现代白话小说的作家之一。在 1918 年鲁迅创作《狂人日记》之前，李劼人就已经发表了七篇白话短篇小说。他的《大波》三部曲是中国现代文学史上最早的长篇历史小说，其在文学史上的地位不容低估。后人有颂辞曰"北有老舍，南有李劼人：世情方志之同调"[1]。法兰西文学比较热情浪漫、表达多有夸张，尤其对细节场面及民俗风情十分注重，这些特点都符合巴蜀盆地的文化精神，李劼人在翻译和创作过程中，都会产生一定的价值心理同构效果。在1919 年赴法留学之前，李劼人在国内就已经有了七八年的文学报发表经历。从 1919 年底至 1924 年秋，总共四年零十个月的留法生涯，李劼人在跨文化的学习交流中切实感受到了西方异质文化的冲击，受到了科学实证主义的影响，加上其巴蜀地区区域文化的历史积淀，使他很快认同并接受了巴尔扎克、福楼拜、左拉等法国作家对人物与环境的关系、细节场面和民俗风情对人物性格的强调笔法，感受到法兰西文学中"长河小说"样式的体验，在自己的创作中引入了自然主义式的细节描写，后来被他的中学同学郭沫若称誉为"中国的左拉"。在二十世纪八十年代初，文学界曾掀起一

1　白浩：《"然而，事情却有点奇怪"——李劼人小说的市民文化精神与接受之谜》，载《当代文坛》，2011 年第 5 期。

股李劼人创作讨论热，而相对于他的翻译研究，却谈得较少或不够深入，很少有人知道李劼人是第一个将《包法利夫人》的完整故事译成中文的。[1]

第二位译者李青崖自己没有创作过大部头的作品，但在1922年从比利时学成归国后就参加了文学研究会，并在长沙组织湖光文学社。早期写有著名的文学评论《现代法国文坛的鸟瞰》、《几本谈大战的法国小说》、《关于波华荔夫人传》等文章。在这篇写于1934年7月的述评《关于波华荔夫人传》中，李青崖在注解中提到了李劼人所译的《马丹波娃利》，说明他是知晓甚至读过这部前译的。李青崖真正成名的译作，其实应该算是《莫泊桑短篇小说集》（共三册，1923—1926，商务印书馆）。莫泊桑师从福楼拜，他在精炼和典型句式表达上确实达到了很高的水准，大概是从福楼拜那个时候起，法国文学才愈来愈讲求精炼和朴实的表达，在此之前，小说的理念还是以讲故事、突出情节为主。从李青崖译《漂亮朋友》的开篇看，完全是白描的手法，具有很强的画面感，虽然篇幅不长，但语言含金量很高，非要译者精心雕琢才可。据李劼人的好友李璜日后回忆，李青崖的翻译远比李劼人显得"有功力"[2]，语言干净，具有描述的意味，能达到与原作同样的效果，让人感到时间和动作情节的连续性。

二十世纪三十年代末的中国是一个文化蓬勃的年代，西方进步思想初步涌入，几千年的封建文学传统受到动摇，1933年归国的李健吾同时从事

1　建国前李劼人译的《马丹波娃利》共有四个版本，分别是上海中华书局1925年的初版、1928年和1933年的两次重印版，以及1944年重庆作家书屋出的修订版。译者曾在《抗战文艺》1944年第9卷第1—2期上发表的《马丹波娃利校改后记》中，指出自己一再犹豫，最终仍决定放弃原书后面附录的近二百页的"诉状、辩状和判决书"。

2　李璜：《同学少年李劼人》，载《大成》杂志，1982年9月第106期。转引自陈正茂，《中国的左拉——渐渐被遗忘的大河小说家李劼人》，载《名作欣赏》，2010年第22期。

着翻译、批评和写作的工作，是当时"法归"年轻人当中最锋芒毕露的一个。 1929 年 1 月李健吾在《认识周报》发表《中国近十年的文学翻译》，矛头对准鲁迅、周作人直抒胸臆。 1934 年 8 月，李健吾以刘西渭的笔名在《大公报》文艺副刊发表《伍译的名家小说选》——这更是一个二十七岁的年轻人大胆针砭名人前辈伍光健的翻译，十分引人注目。 1936 年李健吾文学评论集《咀华集》出版， 1942 年《咀华二集》出版，艺术见解独到，分析鞭辟入里，从而奠定了其文坛地位。从那时起，李健吾就将自己的研究课题定性在了"现实主义"的范畴，因为他刚到法国后就听说了九·一八事件，他觉得"我们的国家不需要浪漫主义"，要用文艺来为这个社会、这个国家服务[1]。李健吾译的《包法利夫人》是三个译本当中出版时间最晚的一个（1948 年上海文化生活出版社），从文学语言的角度看，白话文经历了近三十年的孕育发展，渐趋成熟，加上李健吾本人从 1925 年开始积累了大量的法国文学翻译实践，对原文的理解力和在中文的表现力上都显得比同侪更胜一筹。后辈翻译大家罗新璋先生就盛赞其老师译的"包法利"："译笔高明，不琐守原文句法，行文通脱活泼，生气灌注"[2]、"尽传原著之精神、气势，作适当修订，能作'定本'长期流传"。[3]

　　下面我们就从具体的例子，来看看三位译者的处理：

Nous étions à l'Étude, quand le Proviseur entra, suivi d'un *nouveau*

1　参见中国作家网李健吾的女儿李维音的著文《李健吾的书评〈咀华集〉体系和他的为人》，http://www.chinawriter.com.cn, 2015 年 12 月 7 日。

2　罗新璋：《喜看爱玛倩新装》，载《中华读书报》，2003 年 4 月 16 日。

3　转引自艾珉：《〈福楼拜小说全集〉总序》，北京：人民文学出版社，2002 年，第 25 页。

habillé en bourgeois et d'un garçon de classe qui portait un grand pupitre. Ceux qui dormaient se réveillèrent, et chacun se leva comme surpris dans son travail.

Il se leva; sa casquette tomba. Toute la classe se mit à rire. Il se baissa pour la reprendre. Un voisin la fit tomber d'un coup de coude, il la ramassa encore une fois. -Débarrassez-vous donc de votre casque, dit le professeur, qui était un homme d'esprit.

(*Madame Bovary*, p. 1)

校长进来的时候，我们都在自修室里，他后面随了一个穿中等人衣服的新学生，和一个捎着一张大书桌的校役。那般打盹的学生遂都醒了，并且各个站起来时都像正在用功而方惊觉的一样。他一抬身，他的遮阳帽就落在地下，全课堂都笑了起来。他俯身去拾起。一个邻座的学生一肘又把它打落，使他又拾了一次。教习是个漂亮人，便道："把你的帽儿放下好了。"众学生更狂笑起来，这一笑便把这个可怜的孩子越发难住了……（李劼人　译）

校长带着一个未穿制服的新学生和一个搬着书桌的校丁走入自修室时，我们正在温课，那些打盹的都醒了，并且逐个个都站了起来，仿佛都在他们的工作中受了惊似的。他立了起来，他的便帽随着就掉在地下。全班的学生都笑了。他弯腰去拾起便帽。邻座的学生肘了他一下，那便帽仍然又掉了，他又重新拾了一回。"丢开您的盔头吧！"教员对他说，这教员是一个很聪敏的。一阵使这可怜的孩子举止失措的狂笑之声，从学生们口中爆发……（李青崖　译）

我们正上自习，校长进来了，后面跟着一个没有穿制服的新生和一个端着大书桌的校工。正在睡觉的学生惊醒了，个个起立，像是用功被打断了的样子。他站起身：帽子掉下去了。全班人笑了起来。他弯下腰去拾帽子。旁边一个学生一胳膊肘把它捅了下去；他又拾了一回。教员是一个风趣的人，就说："拿开你的战盔吧。"学生哄堂大笑，可怜的孩子大窘特窘……（李健吾　译）

　　这是《包法利夫人》开篇第一章的第一段，福楼拜是用了第一人称复数 nous 做主语，"我们"目睹 Charles 第一天进入班级上课的全过程，由此拉开了小说的序幕。这样的叙述视角是作者有意安排的，使得作者、译者和读者都好像成了班级里的一员，身临其境。在这一小段中，福楼拜特意加上学生口吻的用语 Étude， Proviseur。特别是 nouveau 这个词用的是斜体，更进一步拉开了 Charles 与全班同学的距离，显出另一个群体的力量，而这个群体，表现的是强大的社会习俗如何与一个全新的个体格格不入。其中老师有一句插入语，他的介入也是代表一种强迫的外力，迫使这个新的个体必须融入到集体中去。 Charles 的穿着是 bourgeois 式的，意思是他没有校服，而是穿的平常小富人家的衣服，可他的举止就完全是一个农村孩子的模样。这个孩子本应该进入高年级，却被父亲耽误了教育，没办法插入合适的班级，就像他那顶可笑的帽子，似乎放在哪里都不对。总之，Charles 的一切都是可笑的。福楼拜给《包法利夫人》设计的开头十分精细用心，一词一句都很有讲究，全景式描述教室里的场景，不断制造隔离感和不适感，表达的是一种讽刺荒诞的口吻。

　　三位译者中，只有李健吾发现了这个 nous 的秘密，完全遵循了原作者的叙述角度，李劼人和李青崖显然没有意识到作者有这个视线上的刻意安排。句法层面上，李健吾的简素停顿应和了原文简单过去时所带来的快节奏，李青崖的第一句完全是西式句法，冗长啰嗦，李劼人的白描笔法让人想起成都人摆龙门阵的开篇架势，故事性十足。从词法的层面看，三位译者的语言都带有鲜明的时代特征，也有明显的地域方言的痕迹，比如"帽儿"、"盔头"、"战盔"等等。又比如 nouveau 这个以斜体突出呈现的词，在不远的后文中又以同样斜体的方式出现了五次，不断向读者提出悬念：这个"新人"究竟是谁。只有李健吾在中文里全部还原，用斜体字凸显出来，李劼人和李青崖恐怕都没有明白福楼拜的深意：以斜体面目出现的nouveau 事实上也是小说标新立异的暗示，开局就体现出反传统、反主角的用意，没有主要人物的介绍，也并不是未来故事主要的发生场景。这就是福楼拜的新颖：不止一个人的视线，也不止是一个叙述者，对 Charles 带有温柔而同情的讽刺。福楼拜的主要用词基调是温柔的、讽刺的、啮咬人心的厚颜无耻，传统与新潮、浪漫与现实的描述之间产生了张力，简单过去时的使用，更避免了巴尔扎克式的拖沓缓滞。

C'était une de ces coiffures d'ordre composite, où l'on retrouve les éléments du bonnet à poil, du chapska, du chapeau rond, de la casquette de loutre et du bonnet de coton, une de ces pauvres choses, enfin, dont la laideur muette a des profondeurs d'expression comme le visage d'un imbécile.

(*Madame Bovary*, p. 2)

这是一顶杂凑而成的头巾，在那上面可以寻得出毛胄，军盔，圆箭冠，獭皮遮阳，和睡帽的各种原料，总而言之，就是这些可怜物之一种，所以那不说话的丑态就和笨人的面孔一样带着一种深切的表情。（李劼人　译）

这是一顶希腊款式和东洋款式所成的"混合款式"（译者注略）的帽子，我们从中可以探求那皮质暖帽，骑兵的平顶高盔，圆顶常礼帽，皮质便帽和雪帽的原始形状，总而言之，这是一种寒酸的东西，并且带着笨汉面目一般的板滞风味。（李青崖　译）

这是一种混合式帽子（译者注：熊皮帽是一种既高且圆的军帽。骑兵盔是一种顶子方而且小的战盔。睡帽是一种编结夹层软帽，尖顶下垂，有坠。），兼有熊皮帽、骑兵盔、圆筒帽、水獭鸭舌帽和睡帽的成分，总而言之，是一种不三不四的寒伧东西，它那不声不响的丑样子，活像一张表情莫名其妙的傻子的脸。（李健吾　译）

关于帽子的描写非常细致，对于 Charles 怎么处理这顶帽子，描写也很有动感，有闹剧的效果。帽子是用了换喻和借代的修辞手法，就像 Charles 本人一样，是多元素组合，十足的不伦不类。一个细节：帽子是崭新的，却极没有品位。 Charles 的口齿不清，连自己的名字都念不好。他的世界有种木讷无声的丑，可笑又可怜。三位译者的翻译很有意思，看出来各不相同，却竭尽全力。甚至究竟是顶什么样的帽子，理解上也差得很远，李健吾和李青崖都加了译者注，李劼人还是保持他小说家的率性风格，尽力描摹成中文读者能理解的样子，充满想象。李健吾"不三不四"、"不声不响"、"活像"几个词也用得很好，富有节奏感。

这第一段的内容其实和后面的情节发展没有一点关系，却是个诱饵。先是 Nouveau，然后是这位新生口齿不清地念自己的名字 Charbovary，最后才是 Bovary。福楼拜十分悉心地选择了这几个词，名字里面蕴含了拉丁词汇 bos， bovis，意指笨牛。还有一种解读，听起来像法语单词 charivari，意思是就喧闹嘈杂的声音。李健吾译成可笑至极的"喳包阿牛"，正是

Charles 的突然到来在教室里引发了一场嬉闹的风暴，老师的命令十分无情和残忍，丝毫没有同情心。一开局，福楼拜就借所有的这一切别扭，暗示出了后面爱玛在整个故事中的命运，体现了外省人的虚伪、残酷和冷漠，就像是鲁道夫和郝麦的为人。三种译文比较起来，李健吾最能领会福楼拜的用意，李青崖接近直译，李劼人是意译，有时恨不得自己代替作者去写。殊不知福楼拜的"现实主义大师"称号得来不易，特别是这篇《包法利夫人》，创作的过程可谓呕心沥血，如果不能深得要领，岂不是辜负了原作者。然而原文意义固是一层，文字表达的美感效果又是另一层，这就是作为文学翻译主体研究的区别特征之一。在上个世纪二三十年代，现代汉语的语言规范尚不成熟，李劼人的翻译往往表现出白话、欧化、方言等多种异质语言的杂糅，其中人物的对话更能找到方言、方腔的地方生活色彩。李青崖的翻译竭力模仿西式句法结构，用词极简朴，从句几乎都在四字和六字之间，代词重复，现代读者读来难免觉得不连贯；李健吾的译本有时也刻意牺牲句子的结构复杂性，甚至因为改动和拼凑四字成语，有时也会显得生硬。但三位译者的翻译态度是严肃的，译文中所加注释常常很精到，不但呈现了法文原貌，还添加了自己的理解和思考，给人启发良多。

自 1994 年起，法国鲁昂大学的"福楼拜研究中心"成立了由伊万·勒克莱尔（Yvan Leclerc)教授领衔的团队 [1]，开展了对福楼拜《包法利夫人》大量前期创作及其修改过程的完整手稿研究，是法国"文本发生学"研究的最好范例。福楼拜这部小说的写作时间漫长，共经历了五十四个月。草

---

1 该研究团队重要成员还有 Marie Durel、Danielle Girard 等，具体原著手稿呈现参见鲁昂大学"福楼拜研究中心"网页 http：//flaubert. univ-rouen. fr/ressources/madame _ bovary. php。

稿总是改了又改：有些词被替换、有些段落整个被删除，字里行间或空白处添加了许多修改的内容或额外加注。几遍修改之后再重新誊写，然后又一改再改，定稿前每页普遍已有十来个修改版的存在。其中小说第二部的第九章最为夸张，情节是爱玛与鲁道夫的会面，打下的草稿记录是五十二版。全书定稿前，研究团队总共发现有四千五百四十六片经过了不断修改的草稿页。从中我们可以清晰地解读出福楼拜艰苦的创作历程，其选词造句的纠结与用心。

仍旧回到小说开篇的第一段，根据鲁昂大学伊万·勒克莱尔教授团队的研究成果，这一段从最初的草稿到最后的定稿，经历有五次较大的修改，分别是：

1. Une heure et demie venaient de sonner quand le proviseur entra suivi d'un garçon de classe qui portait un grand pupitre. A gd bruit，on tira à soi ses cahiers fermés-ceux qui dessinaient des bonshommes les cachèrent sous leur atlas，plus d'un qui les pommettes en feu dévorait un mélodrame n'eut que le temps de le fourrer dans son cartons—tout le monde se leva comme surpris dans son travail.

2. Une heure et demie venaient de sonner à l'horloge du collège quand le Proviseur entra dans l'étude suivi d'un <u>nouveau</u> habillé en bourgeois et d'un garçon de classe qui portait un gd pupitre. -Ceux qui dormaient se réveillèrent en sursaut. Il y eut branle-bas subit de dictionnaires ouverts，de cahiers remués，de livres atteints，de plumes qui grincèrent sur le papier <u>et</u> tout le monde se leva comme surpris dans son travail.

3. Une heure et demie venaient de sonner à l'horloge du collège quand

le Proviseur entra dans l'étude, suivi d'un <u>nouveau</u> habillé en bourgeois et d'un garçon de classe qui portait un gd pupitre. Ceux qui dormaient, se réveillèrent et chacun se leva comme surpris dans son travail.

4. Une heure et demie venaient de sonner à l'horloge du collège quand le Proviseur entra dans l'étude, Nous étions à l'étude quand le Proviseur entra, suivi <u>d'un</u> <u>nouveau</u> habillé en bourgeois et d'un garçon de classe qui portait un grand pupitre. Ceux qui dormaient se réveillèrent, et chacun se leva comme surpris dans son travail.

5. Nous étions à l'Étude, quand le Proviseur entra, suivi d'un *nouveau* habillé en bourgeois et d'un garçon de classe qui portait un grand pupitre. Ceux qui dormaient se réveillèrent, et chacun se leva comme surpris dans son travail.

　　从第一稿到最后的定稿，我们仅能够找出有限的几处没有变动过的基本名词（比如 proviseur, pupitre, garcon de classe, surpris, travail）和动词（比如 entra, suivi, se leva），除此之外，所有的形容词、副词、句式都作了调整，环境描写更精炼，似乎每一个被作者最后固定下来的词都是经过精挑细选、饱含深意的。1852 年 4 月 15 日，福楼拜在写给女友 Louise Colet 的信中说："一年以后等小说完成，我会给你看我的全部手稿，你会明白我造一个句子的过程机理有多么复杂。"[1] 很少有作家会为一部作品留下这么丰厚的、一改再改的档案手稿，呈现出写作中的魂牵梦萦、纠缠

1　La lettre de 15 avril 1952, *Lettres de Flaubert*（*1830 - 1880*），édition Conard, 1926 - 1930. édition électronique par Danielle Girard et Yvan Leclerc.

不休：这种狂热地执着追求"散文体的理想范本"，是一种真正的风格的锤炼，福楼拜认为"一句好的散文应该同一句好诗一样，是不可改动的，是同样有节奏，同样响亮的"[1]。他的呕心沥血体现在这些密密麻麻添加在字里行间和空白处的文字、删节号上，一遍又一遍地誊写，只为追求句子的更精确、简练，节奏朗朗上口。从文本发生学的角度看，除了部分被福楼拜本人撕毁的草稿，以及少部分作为礼物赠送给友人的散页，这部小说的所有创作过程都体现在这四千多页不断重复写划的纸页里了。《包法利夫人》的文本（手稿）发生学研究在法国的影响很大，如果我们在译本的比较中能够重视这一福楼拜式的"重新书写"现象，加上不同译者不同时代的阐释再阐释，会非常有意思，值得作为译者主体研究的一个重点关注对象。再看《包法利夫人》最后一章的一个选段，爱玛服毒自杀，临死前产生幻觉，恍惚、迷乱、绝望中又听见拄着拐棍的瞎子悠悠哼唱的小调远远传来：

Et Emma se mit à rire, d'un rire atroce, frénétique, désespéré, croyant voir la face hideuse du misérable, qui se dressait dans les ténèbres éternelles comme un épouvantement.

Il soufflé bien fort ce jour-là,

Et le jupon court s'envola!

Une convulsion la rabattait sur le matelas. Tous s'approchèrent. Elle n'existait plus.

1　La lettre de 22 juillet 1952, *Lettres de Flaubert*（*1830 - 1880*），édition Conard，1926 - 1930. édition électronique par Danielle Girard et Yvan Leclerc.

爱玛于是笑了起来，一种利害的，癫狂的，绝望的笑，似乎看见了那苦人的丑脸，他直立在长夜中就和一位惊怖之神一般。

"这一天烈风萧萧。

她的短裙儿飘飘!"

末后的尾声遂把她掼倒在床褥之上。众人都走到她身边。她已不再生存了。（李劼人　译）

于是她笑了，这笑容是狰狞癫狂而失望的，自以为瞧见那个永远在无尽期的黑暗世界中露出的那个穷汉的丑陋面孔。窗外又唱：

"*这日的风异常活泼，*

而她的短裙翩然翻跃!"

一阵抽搐的动作将艾玛推倒在被褥上了。大众都近前来。她从此不存在了。（李青崖　译）

于是爱玛笑了起来，一种疯狂的、绝望的狞笑，她相信自己看见乞丐的丑脸，站在永恒的黑暗里面吓唬她。

"这一天忽然起大风，

她的短裙哟失了踪。"

一阵痉挛，她又倒在床褥上。大家走到跟前。她已经咽气了。（李健吾译）

Tout à coup, on entendit sur le trottoir un bruit de gros sabots, avec le frôlement d'un bâton; et une voix s'éleva, une voix rauque, qui chantait:

Souvent la chaleur d'un beau jour

Fait rêver fillette à l'amour.

忽然,大家都听见街石上一种大木屐的声音,和一种手杖的探路声。于是乎一片歌声,一片哑的歌声便发了出来,唱道:

春朝淑气迟迟

牵动女郎的情丝。 （李劼人 译）

陡然,大众听见窗前的便道上有一阵木鞋的 keke,和木棒触地的点点滴滴的微响;随后一道嘶而哑的声音唱起来了:

最是那良辰美景的和风

惯引妙年人走入绮怀的梦。 （李青崖 译）

人行道上忽然传来笨重的木头套鞋和手杖戳戳点点的响声。一个声音起来了,一个沙哑的声音开始歌唱:

火红的太阳暖烘烘,

小姑娘正做爱情的梦。 （李健吾 译）

比较看来,李劼人和李青崖的翻译受到中国传统文人诗词的影响,过于风雅和婉约,难以想象这能从一个瞎子流浪汉的口中唱出。李健吾就译得恰到好处,用粗浅易懂的童谣式语汇呈现在读者眼前,十分符合流浪的瞎子的身份。

再看下面的例子:

Mais, dans ce geste qu'elle fit en se cambrant sur sa chaise, elle aperçut au loin, tout au fond de l'horizon, la vieille diligence l'Hirondelle, qui descendait lentement la côte des Leux, en traînant après soi un long panache de poussière.

但是就在她向椅背一仰的姿势里，她遂从天际的深处，远远的望见了那辆旧马车燕儿，它正缓缓的从嫩克斯山坡上下来，在他后面拖着一长条尘埃。（李劼人 译）

但是她在这样靠在椅子上的出神境界中，远远地从地平线上，瞧见那乘带着云雾一般的尘土慢慢地由勒克司山坡下来的老"燕子"邮车。（李青崖 译）

但是她坐在椅子（译者注：前文说罗道耳弗"搬了三张凳子，放到一个窗口跟前，然后他们挨挨挤挤，并肩坐下"。并非"椅子"。）上，身子往后一仰，恍惚远远望见驿车燕子，在天边尽头，慢慢腾腾，走下狼岭，车后扬起长悠悠的灰尘。（李健吾 译）

我们发现，李健吾的译本许多时候无论准确性和可读性都要比另两个高，很多精彩的地方既不背离原文又不拘泥于原文，还能抓住机会充分发挥汉语的优势。

La douceur de cette sensation pénétrait ainsi ses désirs d'autrefois, et comme des grains de sable sous un coup de vent, ils tourbillonnaient dans la bouffée subtile du parfum qui se répandait sur son âme.

这种温柔的感触便这样透过了她从前的愿欲，仿佛大风之下的沙粒，只在那流露于她灵魂之上的妙香呼吸中滚滚飞转的一样。（李劼人 译）

这种感觉的温柔，竟和那压在狂风下面的沙子一般地感动她的往时的渴望。而这些沙子却在那种在她灵魂上发展的香气中旋转。（李青崖 译）

这种甜蜜的感觉就这样渗透从前她那些欲望，好像一阵狂飙，掀起了

沙粒，香风习习，吹遍她的灵魂，幽渺的氤氲卷起欲望旋转。（李健吾译）

　　通篇考察三个在时间上相隔并不遥远的译本，我们发现尽管李青崖在1934年的文章中提及前辈李劼人在1925年翻译的《马丹波娃利》，自己的翻译却丝毫也没有受到前译的影响。相反，从出版于1948年的李健吾的译本中，我们似乎可以发现一些关联。看得出来李健吾的译本和李劼人的译本有着明显的承继关系，很多用词是一样的，有时连句子结构都一样。但再仔细看，李健吾是如同福楼拜创作时那样，一句一句地在推敲，并无掩盖"师承"的意思，但对于整个作品也有基于自己理解上的重塑。特别是有一些内涵复杂的表述段落，李健吾是推倒原译、重新设计过的，呈现在读者面前的译本要成熟许多。虽然到了李健吾版本出版的1948年，翻译已经是"戴着三重镣铐跳舞"（前有原著和两位李译的存在），那些沿用的词句仍旧能够脱胎换骨，融贯一气。这大概是由于李健吾有戏剧翻译和创作的训练和喜好，因此译文中常常出现活泼别致的表达和文雅精妙的处理，有些语句的音节特别和谐，行文有非常鲜明的节奏感，可以说把现代白话文提高到了一定的高度。

　　就准确性而言，固然李劼人对原文的理解稍有缺陷（其好友李璜曾帮他审校，后来在回忆旧友的文章中直白地指出过这个问题[1]），但他对于文学翻译的态度是十分严谨且认真的。三个译者当中，李劼人是最勤于

1　李璜：《同学少年李劼人》，载《大成》杂志，1982年9月第106期。转引自陈正茂，《中国的左拉——渐渐被遗忘的大河小说家李劼人》，载《名作欣赏》，2010年第22期。

写译者附言、译后记和译序的，因而留下了大量独到的翻译见解，体现了他对文本的审慎选择和批评精神[1]。比如他看重读者对于翻译的接受，曾尝试修正小说中的人名、地名和物名，采取自成体系的音译方法，既让读者了解法语的原汁原味，又能找到汉语中最适宜的表达，还常常在译者序言中加以说明。作为一个富有创作激情和天赋的小说家，李劼人对作品风格的体悟也极有情趣，非一般译者所能及："……他描写的功夫不如左拉有时的犷厉，……只是极微妙，极轻倩，……很带有一点初春连翘的香气。"

"……无论译者如何谨慎，而欲将平民化文章的神气笔致要一丝不走的译出，我想除非把中国汉文的句法字法通通改过不可。"[2] 从上述的几段译文对比中，我们也不难看到李劼人的胜处，恰恰是他在翻译中的适度创造，然而是基于对作者的意图、感情和风格的揣摩和捕捉，因为他对于严又陵的翻译"信、达、雅"三原则还是一再信服与遵循的[3]。

李青崖在对原文的理解上更严谨些，语句通顺、简洁流畅，尽量沿用西语句式，逻辑稍嫌繁复；语言多为描写与写实，少见议论与抒情，比较接近原著的风格，但明显缺乏色彩和表现力，李青崖的译本是三者之中最缺乏文采的。晚他二十年出版的李健吾译本就要进步许多，事实上，在翻译《包法利夫人》之前的十多年，李健吾已经写出了《福楼拜评传》

---

1 呈现李劼人之翻译评论和翻译观点的重要文章有：《〈斯摩伦的日记〉译者附言》（1922），《〈文明人〉译者序》（1934），《〈马丹波娃利〉校改后记》（1941），《〈小心〉重版小言》（1942），《〈小东西〉改译后细说由来》（1943），《〈单身姑娘〉译者序言》（1944）等等。

2 李劼人：《〈斯摩伦的日记〉译者附言》（1922）。

3 李劼人：《〈马丹波娃利〉校改后记》（1941）；《〈小东西〉改译后细说由来》（1943）。

（1935 年）。中国素有小说评点的传统，近代许多翻译家也继承了这一传统，李健吾就是代表，在他的这部译著中也是前有译序后有跋，详细介绍了作者的生平、创作氛围、题材的社会文化背景与作品的艺术特点，表达了译者的主观看法，还通过文中括号或脚注和尾注添加注释，可谓用心良苦、倾注感情，因而受到读者热烈的欢迎，"傅译传人"罗新璋先生就称李健吾的《包法利夫人》可谓定本，后人再尝试去翻译就是画蛇添足了。

就上面所谈的"民国三李"的翻译研究案例来看，文本间隔时间仅二十几年，译者的语言表现却带有明显的空间性特征。如果我们把源文本与译文本都看作是某种空间的表征，与生产这个空间的社会关系、秩序紧密相关，那么不同的译者和读者以及他们所处的时代、社会，就能形成或重构由主客体的权力意志支配的新的翻译空间。本书的第一部分提到"文学翻译主体研究的空间理论"，关注的焦点就是文学翻译空间里不同主客体的身份印记。我们在这里想做的就是还原作家、文本和同一时期不同译者的空间构建过程及其文化意义，因为翻译在地理层面、文化层面、社会层面和心理层面上都是一种空间迁移。空间的本质，据柏拉图所言，是一切制造的载体；据笛卡尔所言，是世间万物无所不在的内在秩序；据康德所言，是人所拥有的先天直观形式，传达给知性和理性进一步认识思考的重要中介；据法国先锋理论家们所言（福柯、布朗肖、巴什拉、列斐伏尔等），从根本上是一种与人的创造性相关的主观空间，是人的生存方式。"文学翻译主体研究的空间理论"，即主张应该把空间与原作者、不同译者和读者的生存及主观感知联系起来思考。翻译不仅仅是个人的选择，也是社会力量的选择。译者与读者，甚至与作者的互动，可以说是构成了一种空间权力的关系。翻译是面向未来的，其文本既施加给读者，也得接受读者检验。原作者福楼拜的手稿透露了源语文本"生成"的过程，是过去空间的产物，但又以固定了的最后的文本形式与译者发生新的空间关联。后来的译者若能触及其文本"生成"的那个过程，才能更接近"原意"，也就是我们所谓翻译的"真"（vérité），也即巴别塔所营造的"纯语言"空间。借瓦尔特·本雅明的话说，抵达这个空间就是译者的任务。

第五章　文学翻译主体个案研究之二：
《若望克利司多夫》

　　罗曼·罗兰的十卷本 *Jean-Christophe* 创作于 1904 年至 1912 年，最初发表在法国著名诗人查理·佩吉（Charles Peguy）主持的文学杂志《半月笔谈》（*Les Cahiers de la Quinzaine*）上，1905 年其第一卷就获得了法国"费米娜文学大奖"。接下来的十年里尽管争议不断，瑞典皇家学院仍然将 1915 年的诺贝尔文学奖颁给了这位"在写作中追求真实、充满同情心的伟大的理想主义者"。中国读者普遍认为这部长河小说最初的译者是傅雷，傅译本《约翰·克利斯朵夫》"几乎无人不晓，其中相当大一部分人还是这部作品热烈的赞美者、崇拜者"[1]。傅译本的开头四个字"江声浩荡""像铀矿一样释放出巨大的能量，对阅读者的心灵产生巨大的冲击"[2]。为此，许钧在《中国翻译》2002 年的第 3 期上专门撰写了万字长文，从"作者、译者和读者的共鸣与视界融合"的视角，探讨了傅雷、许渊冲和韩沪麟三个译本的开头译法，指出傅译本开头的这四个字，"并没有仅仅限于原文的字面意义……而是基于他对原作整体的理解与把握……达成了他与原作者视

1　傅敏：《傅雷谈翻译》，北京：当代世界出版社，2005 年，第 132 页。
2　邰耕：《一句话的经典》，载《东方文化周刊》，2001 年第 37 期，第 35 页。

野与思想的沟通与融合。"[1] 2006 年纪念傅雷先生逝世四十周年的研讨会在上海南汇召开，定题为"江声浩荡话傅雷"；两年后，南京大学召开傅雷先生百年诞辰纪念大会，罗新璋先生发言，题目是"江声依然浩荡"，可见傅译《约翰·克利斯朵夫》开头的"江声浩荡"四个字，是如何地深入人心！

然而种种史料表明，在傅译《约翰·克利斯朵夫》之前十年，已经有一位才华横溢、颇受罗曼·罗兰本人激赏的中国年轻人，翻译了此书的前三卷（《黎明》、《清晨》、《童子》），其中第一卷的第一部和第二部的部分章节，刊登在 1926 年《小说月报》第十七卷第一期到第三期，这个年轻人就是敬隐渔。据张英伦《敬隐渔传》记载："一个二十三岁的中国青年，通晓拉丁文和法文，初试文学生涯，读了您的 *Jean-Christophe*，受到您心灵的猛烈气息的不可抗拒的驱动，……请求您允许他将其翻译成中文。"[2]这段话出自 1924 年 6 月 3 日敬隐渔写给罗曼·罗兰的第一封信。几经辗转，同年的 7 月 17 日，这封信寄到了罗兰在瑞士的"维尔纳夫隐庐"奥尔加别墅。和当年的托尔斯泰给素不相识的法国青年学生罗曼·罗兰热情回信一样，这位 1915 年的诺贝尔文学奖得主也欣喜异常地立刻给敬隐渔回了信："你要把《若望克利司多夫》译成中文，这是我很高兴的。我很情愿地允许你。……你若在工作之间有为难的地方，我愿意为助。你把难懂的段节另外抄在纸上，我将费神为你讲解——若是在生活上无论何事我能够为你进言，或是指导你，我很愿意为之。……惟愿我的克利司多夫帮助你们在

---

1 许钧：《作者、译者和读者的共鸣与视界融合》，载《中国翻译》，2002 年第 3 期，第 26 页。

2 张英伦：《敬隐渔传》，北京：人民文学出版社，2016 年，第 84 页。

中国造成这个新人的模范，……愿他给你们青年的朋友，犹如给你一样，替我献一次多情的如兄如弟的握手。"[1] 这封回信于 8 月下旬抵达上海，敬隐渔喜出望外并且备受鼓舞，立刻将回信译成中文，交给 1925 年第十六卷第一号的《小说月报》发表。敬隐渔认为大师对他本人毫无保留的支持，无疑也是对全中国的青年人和一个东方伟大民族的支持。这让敬隐渔深受感动，也更加坚定了翻译 Jean-Christophe 的决心。

那么 Jean-Christophe 究竟是一部什么样的小说，它在法国的接受状况如何，敬隐渔又是怎样发现这部小说、经历了怎样的翻译过程？他的译文与傅雷的相比有何不同，体现了怎样的译者主体价值？在这之后的八九十年里，罗曼·罗兰的这部作品在中国又经历了怎样的命运？我们将在下文中一一展开。

第一节　Jean-Christophe 的诞生与其在法国和中国的命运

1904 年，罗曼·罗兰在欧洲文明面临危机和毁灭的背景下，开始创作一部极具人文主义理想色彩的长河小说，此刻的欧洲正走在分裂的十字路口。 Jean-Christophe 并不是一个人的姓，只是名，因为在罗兰的心中，他的主人公无疑是圣徒： Jean 这个名字容易让人联想到《圣经》中的施洗者约翰，他在约旦河中为人施洗礼，劝人悔改。河，自然也是小说里的重要意象。 Jean-Christophe 以河开始，以河结束，罗曼·罗兰用沿河溯源式的写法，把欧洲文明的发展顺序倒过来叙述：从德国浪漫主义—法国古典主义—意大利文艺复兴—古希腊罗马。小说的主人公最终是在意大利罗马找到了心灵平静的归宿。婴儿的意象也贯穿了这部故事的开头和结尾，在罗兰

1　张英伦：《敬隐渔传》，北京：人民文学出版社，2016 年，第 87 页。

看来，婴儿象征着欧洲文明的新开端，但背负婴儿渡河的结尾异常沉重，"老望着黑洞洞的对岸"，表明当时的作者对人类的未来完全没有把握。果然，就在小说全部完成的第二年，第一次世界大战爆发。不光欧洲的文明走上十字路口，战争的狂热席卷人心，欧洲的文学也面临着巨大的挑战。罗曼·罗兰这部展示超越国界的人类大爱的长河小说，充满了年轻人的奋斗精神和抗拒黑暗的英雄主义，文字一流、理念高尚，从而获得了 1915 年诺贝尔文学奖评委的青睐，然而却一直没有得到法国读者的认可，在后来的法国文学研究史中也很少被提及，这又是为何呢？

我们认为其原因有三：首先是罗曼·罗兰鲜明的反战立场和世界大同的人道主义主张，他在 1914 年的《日内瓦报》上发表了《超乎混战之上》。但当时法国人的战争情绪已被煽动起来，民族主义近乎狂热，很多智者都失去了理智，知识界也对其群起而攻之，如安德烈·纪德、保罗·克洛代尔、亨利·马西斯、热内·约阿奈等等。罗兰逆流而上呼唤世界和平和人类友爱，处境十分艰难，在国内被视为叛徒；原因之二是 1917 年俄国十月革命爆发时，罗曼·罗兰明确表示反对外国干涉"工农苏维埃共和国"，他说："苏联存在的事实本身就是向剥削者的旧世界的挑战，对被剥削的各国人民来说，苏联是他们的典范和希望。" [1] 这些都是和法国的知识界主流观点相违逆，并饱受批评的；第三是因为经历过两次世界大战之后，欧洲人民已经不再相信理想和传统，罗曼·罗兰的作品充满了理想主义，但两场大战却完全打消了人们的理想和奋斗精神，欧洲人对自己文明的信心也已经大大下降。战后的欧洲文学界开始流行超现实主义和荒诞派，要追求语言真正的恒常——文字本身，或曰语言游戏，追求某种白纸上

1　1932 年罗曼·罗兰在世界反法西斯大会上的发言。

的猎奇。文学的根本已不再是反映时代和叩问心灵，欧洲出现了层出不穷的文学新观念和新写法，罗曼·罗兰的小说仍然继承和弘扬着文艺复兴以来的欧洲传统，被认为是落后于时代、不合时宜的，因而被彻底地扔进了历史的故纸堆。

　　不过在中国，情况却大不相同。罗曼·罗兰在小说中塑造了一个理想的悲剧英雄，向读者们传达了他要从伟大的人物中汲取力量的光明想法：尊重人性，大勇主义，无国界的兄弟情谊，自由和真理。 *Jean-Christophe* 中暴风雨一般鼓舞人心、自我超越的形象，在中国读者群里获得了巨大的成功。尤其是抗日战争前后，中国很多地区的青年人都处于精神苦闷之中，经历着难以忍耐的生活压迫。这部小说以强大的冲击力唤醒了遭受欺辱和侵略的国人灵魂之火，以及战斗的勇气。一些文艺界知识分子也早已深感文学对于青年的激励作用。罗曼·罗兰笔下的主人公毫不伪饰、绝对真诚又不屈不挠，给无数处于苦闷之中的中国青年读者以安慰！诚如茅盾所言："而且我们也不能忘记，当我们这时代的伟大的思想家艺术家鲁迅先生的《阿Q正传》由敬隐渔君译为法文而在法国出版时，罗曼·罗兰读了以后曾是如何感叹而惊喜的；当《若望克利司多夫》第一次和广大的中国读者见面时，罗曼·罗兰在《若望克利司多夫向中国的兄弟们宣言》的寥寥数语中，给我们以多么大的鼓励。那时我们正在大革命的前夜。正如鲁迅先生所说，从淤血堆中挖个窟窿透口空气的千千万万争民主、求光明的青年们，看到了罗曼·罗兰对我们的号召。"[1]

　　自十九世纪初开始，以现代工业为基础的军事技术的进步，明显拉开了中国与西方之间的差距。之后的一百年时间里，由于帝国的衰败和封

---

[1] 茅盾：《永恒的纪念与景仰》，载《抗战文艺》，1945 年第 10 期，第 2—3 页。

闭，以及内部和外部战乱频仍，也造成了中国文化在某种程度上的巨大缺失。正像罗曼·罗兰在 1925 年 9 月敬隐渔访问他之后的一篇日记里所写："最令人难过的是，得知今日中国似乎不仅丧失了对思想的兴趣，也丧失了对语言——它过去的艺术语言的兴趣……现代中国背负着一个腐烂的正在死去的伟大过去，它深感屈辱，正设法摆脱它，却又无以取代……这真是多少世纪积累下来的巨大灾难。整个人民都要重新开始。"[1] 罗曼·罗兰以他的作品书写了欧洲最优秀、最灿烂的文明传统的部分，中国的文学界十分欢迎并且需要。对平庸的拒绝，追求超越、优雅、真诚的艺术，欧洲文学本身所具备的深刻思想性和理想主义，中国人一直十分感兴趣，尤其是二十世纪经历了文革之后的一代中国年轻人，自带深深的悲剧色彩，内心有解不开的英雄情结，罗兰的这本书代表了理想主义，代表了人类良心的正义和艺术的真理，对他们的人生无疑具有深刻的引导意义。所以，如果要问对中国二十世纪的年轻人产生影响最大的文学作品是什么，答案一定会有罗曼·罗兰的 *Jean-Christophe*。

　　文学作品的接受与一个时代的社会历史背景以及文学趋势密切相关。翻译也会对原作的命运产生重要影响。不可否认的是，现存最早的全译本《约翰·克里斯朵夫》，是由傅雷先生于上世纪四十年代初完成的，其译笔已是精彩异常。但当我们经由张英伦先生的引导，在 1926 年的《小说月报》上读到比傅雷动手翻译的时间早了十年的敬隐渔的初译本，竟有惊为天人之感！待进一步深入文本细细研读，了解了译者与原作者极不平凡的交往过程，实在是抑制不住内心的兴奋之情。想起早年谢天振先生曾嘱托：有必要好好再写一写罗曼·罗兰。也有中文系的郜元宝教授感叹：听

1　张英伦：《敬隐渔传》，北京：人民文学出版社，2016 年，第 119 页。

说有这么一个版本的存在，却从没有看到过任何评论文章。这一切终于促成这次钩沉的尝试，扫却被岁月沉积遗忘的瑰宝上的尘土，让它发出原本令人惊叹的光芒。

第二节　敬隐渔首译的《若望克利司多夫》

　　敬隐渔是中国首位翻译《若望克利司多夫》和《阿Q正传》的人，是将《若望克利司多夫》领进中国的第一个人，也是将鲁迅推向世界的第一人。得出这个结论的是旅法学者、法国国家科学研究中心研究员张英伦先生。 2016 年 9 月，人民文学出版社以两卷联体精装本的形式，再版了张英伦所著的《敬隐渔传》（原题为《敬隐渔传奇》）和新编撰的《敬隐渔文集》[1]。此作一问世，立刻在法国文学研究界和中国现代文学研究界引起轰动，因为在此之前，关于敬隐渔的资料少之又少，就算提及，也仅限于"民国书刊资料库"里极其有限的几条索引，丝毫没有引起学界的重视。张英伦先生"一改以往'传说'的风格，通过考据、比较、分析，首次披露大量从未公开过的史料，将敬隐渔的个人活动置于当时的政治、文化、教育大背景下，全面、系统、客观地描绘了敬隐渔短暂而充满传奇色彩的一生，可谓迄今最翔实、最科学、最接近史实的关于敬隐渔的作品"[2]。张先生十年一剑，循着敬隐渔生前的足迹实地探访、调研，查阅了几乎所有与之相关的书信、日记，所刊发的译文、小说和评论，以最翔实的第一手

1　张英伦：《敬隐渔传》，《敬隐渔文集》，北京：人民文学出版社，2016 年。这两部作品揭开了上世纪初鲜为人知的文坛天才、翻译家敬隐渔的身世，及其对中国现代文学史所作的贡献。

2　见"济史馆章华明的博客"，王细荣博士：获赠张英伦先生大作《敬隐渔传奇》。http://blog. sina. com. cn/s/blog _ 652847de0102vp92. html。

资料，最"笨拙"的研究方法，最"朴实动情"的文字，将中法文学交往史中一个光芒四射的天才人物呈现在读者面前，不光具有里程碑式的学术价值，也具有高超的文学价值，填补了中国现代文学史上的一段空白。在笔者看来，关于敬隐渔，至目前为止，张英伦先生的研究和介绍可以说是最权威的，本文中涉及敬隐渔生平的许多相关史料，也大多出自这两本书。

根据张英伦先生调研的结果，1925 年敬隐渔留学法国，终于登门拜访到仰慕已久、有着通信往来的罗曼·罗兰，成为大师认识的第一位"中国小兄弟"。在接下来将近五年的时间里，罗曼·罗兰在生活和学业上都竭尽所能地指点、呵护这个来自遥远东方异国他乡的年轻人，尤其是对他所表现出来的语言天赋和文学才华赞不绝口："敬隐渔的文学才能毋庸置疑。即使在他迷乱之时，他的作家才华也令我惊叹。他对法语风格的驾驭，在外国大学生中十分罕见。" [1] "那封信（指 1929 年 11 月 2 日，敬致罗兰的最后一封信）多么才华横溢，对一个外国人来说真是出类拔萃！他的自我剖析，尽管被性的顽念和食而不化的尼采和弗洛伊德词句弄得似是而非，但却显示出不平凡的灵性。" [2] 张英伦在他的《敬译〈阿 Q 正传〉漫评》里写道："敬隐渔虽非生长于法国，但他自幼在四川深山老林里的天主教修院特有的拉丁文和法文环境中生活和学习，法文和拉丁文一样，犹如他的第二母语。他虽然年轻，却已经是一个相当成熟的作家、翻译家。" [3]

那么曾让敬隐渔初次阅读后即感到血脉贲张的 *Jean-Christophe*，后来又冒昧写信、最后动了亲自去法国寻找罗曼·罗兰的念头的这部作品，他

---

1 张英伦：《敬隐渔传》，北京：人民文学出版社，2016 年，第 293 页。

2 同上，第 292 页。

3 同上，第 164 页。

的法译中题名为《若望克利司多夫》，究竟翻译得怎样呢？这部最早由敬隐渔介绍给中国读者、后来又湮没在历史的尘埃之中的译作，与广大中国读者所熟悉的傅雷译本有何不同？

我们首先来看看小说开篇的第一句：

Le grondement du fleuve monte derrière la maison. La pluie bat les carreaux depuis le commencement du jour. Une buée d'eau ruisselle sur la vitre au coin fêlé. Le jour jaunâtre s'éteint. Il fait tiède et fade dans la chambre. (Romand Rolland，1931，tome1，page 19)

江声自屋后奔腾上来。自天明以来，雨点敲着玻窗。一股水沫沿着破隙流下。淡黄的天气渐渐黑了。房中是一片温暖淡泊的气象。（敬隐渔译，1926 年《小说月报》版）

江声浩荡，在屋后奔腾。整天的雨水打在窗上。一层水雾沿着玻璃的裂痕蜿蜒流下。昏黄的天色暗淡了。室内是一股燠闷之气。（傅雷译，1946年骆驼书店版）

江声浩荡，自屋后上升。雨水整天的打在窗上。一层水雾沿着玻璃的裂痕蜿蜒而下。昏黄的天色黑下来了。室内有股闷热之气。（傅雷译，1952年平明出版社版）

江流滚滚，震动了房屋的后墙。从天亮的时候起，雨水就不停地打在玻璃窗上。雾气凝成了水珠，涓涓不息地顺着玻璃的裂缝往下流。昏黄的天暗下来了。屋子里又闷又热。（许渊冲译，2000 年湖南文艺版）

屋后江河咆哮，向上涌动。从黎明时分起，雨点就打在窗棂上。雨水在雾气弥漫中顺着窗玻璃的裂隙汩汩下淌。昏黄的天色暗下来了。屋里潮湿，了无生气。（韩沪麟译，2000 年上海译文出版社版）

    Jean-Christophe 的开头，原文是"主＋谓＋状"非常简洁的一个单句："Le grondement du fleuve monte derrière la maison."。敬隐渔也译成一个有力的单句作为全局开篇："江声自屋后奔腾上来。"我们注意到敬隐渔虽然没有明写"Le grondement"究竟是一种什么样的江声，但汉语"江"和"声"字自带的鼻腔元音，以及后面使用的动词"奔"和"腾"，还有最后的方向补语"上来"，都造成了一种短促有力的音响效果，自有一股宏大的气势扑面而来，很好地还原了罗曼·罗兰原句里"grondement"、"monte"和"maison"三个单词共有的元音音节 [õ] 所营造的声效，译文简洁而富于乐感，连贯而不输气势。第二句稍长一点："La pluie bat les carreaux depuis le commencement du jour."。敬隐渔在这里处理成加逗号的二段式复句，按照汉语的表达习惯，将状语提前："自天明以来，雨点敲着玻窗。""雨点"和"敲"字，依然是声音的主谓搭配，本身就有效果，不需要多余的修饰。第三句："Une buée d'eau ruisselle sur la vitre au coin fêlé."感觉声音逐渐由强到弱，以至消失、短暂地休止。敬隐渔译成"一股水沫沿着破隙流下。"和原文一般简短，"水沫"、"破隙"滑落得无声而蜿蜒。最后两句："Le jour jaunâtre s'éteint. Il fait tiède et fade dans la chambre."天色渐暗，叙述者的视线由室外转向室内。敬隐渔的倒数第二句"淡黄的天气渐渐黑了。"若是把"天气"改成"天色"，就符合现代汉语表达习惯了。最后一句："房中是一片温暖淡泊的气象。"至少，用"温暖"和"淡泊"来翻译 tiède 和 fade 是完全可以的。

    诚如笔者在本文开头所提到的，傅雷先生的译本以"江声浩荡"四个字开篇，多年来广为中国读者所熟悉和推崇。但在笔者看来，"浩荡"用来形容江声，特别是用来解释 le grondement，是比较别扭的。若是单纯描摹江流的气势，用"浩浩荡荡"，就很舒服，当然古人也有用"浩荡"来形容看不见的、却可以感知的事，比如"天风浩荡"，"皇恩浩荡"……但是傅雷译本的开头将原本的简单句译成二段式复句"江声浩荡，在屋后奔腾"（1952 年的版本改成"江声浩荡，自屋后上升"），笔者认为就有点哲学诠释过度，啰里啰嗦，与敬隐渔的"江声自屋后奔腾上来"相比较，后者更自然，意在言外，自带动感和气势。再对比后面的译文，"雨点……敲"要比"雨水……打"要好，傅译"一层水雾……蜿蜒而下"也有点奇怪，"水雾"如何能蜿蜒流动呢？ tiède 和 fade 这两个法文单词，傅雷译成"燠闷"，以及日后又修订为"闷热"，都是不对的。 tiède 是"温度不冷也不热"的意思， fade 指光线暗而平淡，并没有"闷"和"燠热"的意思。2000 年后出的两个新版本，虽然也都出自大家手笔，仔细对比考察原文后，就会发现可争议的地方也很多，译评家许钧先生曾写过一篇有趣的文章，来对比后面这三个版本的开局，本文在此不再赘述。[1]

我们再来看一句：

Le vaste flot des jours se déroule lentement. Immuables, le jour et la nuit remontent et redescendent, comme le flux et le reflux d'une mer infinie. Les semaines et les mois s'écoulent et recommencent. Et la suite

---

1　许钧：《作者、译者和读者的共鸣与视界融合》，载《中国翻译》，2002 年第 3 期，第 23 页。

des jours est comme un même jour. (P. 26)

　　韶光的波涛，浩浩荡荡，徐徐地演漾。昼夜循环，好似无涯大海的潮浪，流连不已。一星期又一星期，一月又一月，辗转复辗转。日日的蝉联仍好似一日。(敬隐渔译，1926 年《小说月报》版)

　　流光慢慢地消逝，昼夜递嬗，好似汪洋大海中的潮汐。几星期过去了，几个月过去了，周而复始循环不已的日月仍好似一日。(傅雷译，1946 年骆驼书店版)

　　先不说翻译，我们发现敬隐渔在这里用了"浩浩荡荡"，加上头一个例子里的"奔腾"二字，我们认为张英伦先生说得很有道理："傅氏对敬译不无借鉴，但他出色地完成了敬隐渔开启而未竟的壮举。"[1] 看得出来年轻的傅雷初译是有所本的，至少看得出前辈敬隐渔的影子。再来细细分析上面这一句，我们不得不佩服罗曼·罗兰真诗人的本色：短短的几行字，因为使用了大量的摩擦辅音音素 [l]、[m]、[r]，读起来就造成一种时光凝滞、缱绻缠绵的效果。"Le vaste flot des jours se déroule lentement." 好比是十二音节的亚历山大体诗歌，敬隐渔放弃了贴近原文的简单句，用了三段式的复句和三个叠词——"浩浩""荡荡""徐徐"，来形容时光之河的奔流不息，又落韵"韶光""浩荡""演漾"，营造出了歌咏的腔调。最后，敬译那"日日的蝉联仍好似一日"和傅雷的"周而复始循环不已的日月仍好似一日"相比，我们当然又看到了借鉴的痕迹，但敬隐渔有意重复的"星期"、"月"、"辗转"、"日日"，就是用了十二分的心思的流连，可惜傅

1　张英伦：《敬隐渔传》，北京：人民文学出版社，2016 年，第 139 页。

雷却没有学得来。总体而言，这一句的翻译，敬隐渔带给我们的是巴赫式的音乐感觉，文字好比是音符，简简单单，却通过对位、变化，达到一种极其丰富的循环和深层次的抒情。罗曼·罗兰的小说充满了音乐精神，敬隐渔的翻译不拘一格，句与句之间都能感受到原作者的呼吸与节奏，非常好地再现了这种音乐精神。

Le fleuve gronde. Dans le silence, sa voix monte toute-puissante; elle règne sur les êtres. Tantôt elle caresse leur sommeil et semble près de s'assoupir elle-même, au bruissement de ses flots. Tantôt elle s'irrite, elle hurle, comme une bête enragée qui veut mordre. La vociération s'apaise: c'est maintenant un murmure d'une infinie douceur, des timbres argentins, de claires clochettes, des rires d'enfants, de tendres voix qui chantent, une musique qui danse. Grande voix maternelle, qui ne s'endort jamais! Elle berce l'enfant, ainsi qu'elle berça pendant des siècles, de la naissance à la mort, les générations qui furent avant lui; elle pénètre sa pensée, elle imprègne ses rêves, elle l'entoure du manteau de ses fluides harmonies, qui l'envelopperont encore, quand il sera couché dans le petit cimetière qui dort au bord de l'eau et que baigne le Rhin... (P. 27)

江声如号，破岑寂而上，侵侵乎，有驾驭万物之势。时而微波浅濑，慵慵懒懒地，助万类的沉眠。时而狂号怒啸，似乎觅人而啖的野兽。喧阗渐歇：如今是温柔无限的微声，铿然的轻籁，如嘹亮的钟铃声，小儿的笑声，娇婉的唱歌声，一片跳舞的乐音——永久不停歇的慈母哐儿的声音！这声音安慰了历代先人，如今传流到婴儿身上了；于是沁濡他的思想，萦绕他的梦寐，涤浴他的身体，直到他将来僵卧在那林江边的渺小的坟园之中，仍旧围着他长鸣不已……（敬隐渔译，1926 年《小说月报》版）

江水淘淘作响。万籁俱寂，它的声音愈益宏大了；它威临着万物。时而它抚慰他们的睡眠，连它自己也像要在波涛声中入睡了。时而它激怒狂吼，好似一头噬人的疯兽。终于它的咆哮静止了：那才是无限温柔的细语，银铃的低鸣，清朗的钟声，儿童的欢笑，又似低吟浅唱的歌声，萦迴绕舞的音乐。永远不歇的伟大的母性之声啊！它催眠着儿童，有如千百年来催眠过在他以前的无数代的儿童一样；它渗透他的思想，浸润他的幻梦，它的滔滔汩汩的和谐如大氅一般包裹着他，直到他躺在莱茵河畔的小坟上时还是围绕着他。（傅雷译，1946 年骆驼书店版）

罗曼·罗兰是描景抒情的天才，上文的这段描写极富动感，情景交融，充满了人性的温暖和思想的光辉。敬隐渔将原文开头的三个独立的句子合而为一，中文变成了一个四段式的复句，显得自然连贯，气势如虹，明喻、暗喻、转承、起合不着痕迹。他的选词很用心、很考究，断句也是极老练、酣畅淋漓，既能与原作者的谋篇布局节奏同步，又能让自己的译文浑然一体，这仿佛就是用中文写成的一般。反观傅雷的这一版初译稿，由于过分贴近原文的句子结构和成分，亦步亦趋，代词的使用就显得很笨拙，就在这短短的一段里，一共用了九个“它”和七个“他”，读起来有些绕口。敬隐渔使用排比、并列、反复和递进的修辞手法，非常巧妙地避免了那么多的代词重复，在阅读的体验上显然更胜一筹。可惜的是原文最后一个定语从句，“que baigne le Rhin…”所修饰的成分应该是“le petit cimetière”，敬隐渔没有译出来，傅雷的译文竟也忽略了。

第三节　译者与作者之间

敬隐渔是在 1923 年 7 月前后从友人处借到法文版 *Jean-Christophe* 的前两卷，读后喜欢异常，于是纯凭兴趣开始翻译，时年二十二岁，并于 7 月 25 日完成了第一篇文学评论《罗曼·罗朗》，发表于同年的《创造日》第十六期至第十九期。这篇文章事实上写的并非是关于作家本人罗曼·罗兰的批评，而是从艺术的方面集中讨论了他的代表作 *Jean-Christophe*。在这篇文章里，敬隐渔先后引用了十几位古希腊罗马和法国的大作家，与罗曼·罗兰作对照，显示了极为开阔的文学视野和文学功力。他对于罗兰的理解不光是理念上的，更是情感上的，殊为难得。张英伦先生评论说："唯因他和罗兰在思想上共鸣、艺术上相通，他的翻译才能这么好地再现和传达罗兰原作的神韵。"[1] 张英伦认为敬隐渔的中文和法文同样好，同样出色，"中西兼长，相倚为强"[2]，这个评价是十分客观且有说服力的。敬隐渔对法语语言的理解程度高，对法国文化、宗教背景知识十分熟悉，对文学有悟性，为人态度又极其诚恳和谦逊，心地纯良，这些都是吸引大师罗曼·罗兰的地方，甫一见面就愿意倾心相授、倾囊相助。得知敬要想翻译 *Jean-Christophe*，不仅"很情愿地允许"，罗曼·罗兰"还主动提出愿为其解答翻译中的疑难……版权的事全不计较"[3]，并以书相赠，写下《若望克利司多夫向中国的兄弟们宣言》作为敬译本的序言。可见译者和作者之间是达成了高度的默契和彼此信任的。极为可惜的是，由于敬隐渔的早逝，

1　张英伦：《敬隐渔传》，北京：人民文学出版社，2016 年，第 137 页。

2　同上，第 79 页。

3　同上，第 89 页。

期待中的全译本没有完成，甚至尚未发表的前三卷手稿也不知所终。

　　傅雷在 1927 年冬自费留学法国， 1931 年秋回国（敬隐渔 1925 年至 1930 年在法国，傅雷却与之无交集）。在法期间，傅雷与罗曼·罗兰也从未见过面，在 1936 年之后才有了单纯的书信往来。 1931 年春，傅雷开始翻译罗曼·罗兰的《贝多芬传》。 1934 年 3 月 3 日，傅雷从上海写信给罗曼·罗兰，请求其授权出版"名人三传"的中译本。傅雷的第一封信写得很诚恳，除了请求罗兰授权发表，还向大师请序："如蒙赐复，并俞允发表回信在译本中作为序言，本人将欢喜若狂。"[1] 罗曼·罗兰在敬隐渔之后，虽然相继认识了几位中国的留学生，但没有一个人能够真正完成他的作品翻译。现在傅雷一下子完成了"名人三传"，对他来说实在是一个惊喜，很快便按要求写了一封代序的长信，还夹上两张照片。傅雷后来把罗的回信译成中文，冠题《罗曼·罗兰致译者书（代序）——论无抵抗主义》，作为《托尔斯泰传》的中译序言。傅雷的第二封信写于 1934 年 8 月 20 日，在信中，他除了告知大师收到了回信，还回答了关于敬隐渔回国后下落的问询："敬隐渔的情况经多方打探，未获确讯。一说此人已疯，似乎可能，因为听说已不止一次；另一说已经去世，唯未有证据。"[2] 傅雷致罗曼·罗兰的第三封信于 1936 年 3 月 10 日寄出，附有《托尔斯泰传》及《弥盖朗琪罗传》两本样书，并告诉罗兰一个消息："我的出版社最近向我提议翻译大师的名著《约翰·克利斯朵夫》，并已于昨天签订合约，年底前完成。"他预料罗曼·罗兰一定会同意，却没有等到回信，于 5 月 20 日向罗兰发出另一封信："《约翰·克利斯朵夫》之《黎明》已译竣，在此冒昧

1　刘志侠：《罗曼·罗兰与中国留学生》，载《新文学史料》，2017 年第 2 期，第 90 页。
2　同上。

请教未能确切译出之疑点，尚望赐言释惑。"疑点共十一项，另纸列出。几
天之后，他收到了罗曼·罗兰对他前信的回答："恕未能提供任何授权。"
并建议他直接联络法国出版人阿尔班·米歇尔，显然，罗兰本人是不想更
换译者的。年轻执拗的傅雷碰了钉子却没有收手，仍然给大师写信争辩
"中国没有参与国际版权公约，不必请求外国出版商之准许"。并随信仍寄
出第二、第三、第四张疑难表。罗兰显然是生气了，不再亲自回信，嘱夫
人去信回绝了傅雷的一切请求[1]。尽管如此，傅雷仍不管不顾地陆续在五年
内完成了《约翰·克利斯朵夫》的全部译稿[2]，却也因为弄僵了与原作者的
关系，从此不再与罗兰通信，也不再译罗曼·罗兰的任何作品。在 1953 年
11 月 9 日致友人宋奇的信中，傅雷甚而写道："试问，即以十九世纪而论，
有那几部大作让人读的下去的？……至于罗曼·罗兰那一套新浪漫气息，
我早已头疼。此次重译，大半是为了吃饭，不是为了爱好。流弊当然很
大，一般青年动辄以大而无当的辞藻宣说人生观等等，便是受这种影响。
我自己的文字风格，也曾大大的中毒，直到办《新语》才给廓清。"[3] 这
番评论固然有着历史的局限和色彩，却也能显示出傅雷在某些方面的性
格。尽管傅雷"出色地完成了敬隐渔开启而未竟的壮举"[4]，傅译版《约
翰·克里斯朵夫》在日后也影响巨大，但其中译者与作者之间的这段故事

1　刘志侠：《罗曼·罗兰与中国留学生》，载《新文学史料》，2017 年第 2 期，第 91 页。

2　罗曼·罗兰著，傅雷译《约翰·克利斯朵夫》于 1937 年 1 月在上海商务印书馆出版第
　　一册，随后 1941 年 2 月在上海和长沙的商务印书馆推出了第二、三、四册。抗战后的
　　1946 年 1 月，骆驼书店根据初译本推出四卷全本。解放后的 1952 年，上海平明出版社
　　根据傅雷亲自修订的稿本，重新出版一套全译本，此后的傅译本《约翰·克利斯朵夫》
　　均以此版本流传。

3　傅敏：《傅雷文集（书信卷）》，北京：当代世界出版社，2006 年，第 587 页。

4　张英伦：《敬隐渔传》，北京：人民文学出版社，2016 年，第 139 页。

却也让人玩味。

一切经典，唯其经过了漫长时光的淘洗、为大多数人所传颂，而成其为经典。罗曼·罗兰的长河小说 *Jean-Christophe*，经过敬隐渔、傅雷等中国几代翻译家的移译和嬗递，成为了法国文学翻译史上的高峰。翻译是文学经典生命的延续，经典需要重译，因为每个严肃的译本都是独特的"这一个"，优秀的译本都是不可绕过、也不可替代的。译者作为一个特殊的理解和阐释主体，翻译的过程，对于他而言不仅只是一个认知和表达的过程，而且还是存在的过程，一种诗意的存在，体现了译者自身的诗性价值，因而带有他自身的一切文化特质。翻译中最富有弹性的美学层次，便是译者笔下匠心独运、施展本领的解构空间。因此，我们可以对同一部作品能够拥有各方面不相上下、众多的不同译本，做出合理的解释。翻译的实质不仅是对原作品意义的追索或者还原，还是译者主体一个能动的、理解诠释的过程，是译者主体之自身存在方式的呈现，是译者在理解他人的基点上对自我本性的一次深化抒发。我们主张的翻译批评，其终极目的也不应该只满足于挑出文本的对错，评判译本的好坏，而应该是彰显译者的智慧和精神气质，为他的创造行为进行鼓掌、喝彩。优秀的翻译作品，是译者主体具有诗意的、创造性的伟大劳动成果。

对于广大母语读者来说，实际上并不存在客观意义上的原著，译著就是他们的"原著"。译著是原著生命的延长，从某种意义上来说，译著的诞生意味着原著的死亡。因此，译者的主体作用是一部文学作品真正成为译入语的文学经典组成部分的关键，占据着文化传播权力空间的核心。法国思想家莫里斯·布朗肖曾说："写作，就是去肯定有着诱惑力威胁的孤独，就是投身于时间不在场的冒险中去，在那里，永无止境的重新开始是主宰。"这种万劫不复的看似自我超越，让人想起尼采的永恒反复论，终点并不重要，或者说终点其实永远无法达到，超越本身才是有意义的，这个超越也就是让"我们"不断地进入"他者"。那么，翻译，又何尝不是一种用"我们"的语言不断地进入"他者"的过程?

第六章　文学翻译主体个案研究之三：
傅雷的翻译艺术

　　傅雷先生是一位爱真理、爱艺术甚过自己生命的翻译大师。他的翻译作品，洋洋洒洒五百万言，对我们这些乐于遨游在译海文波中的法语初学者，无疑是一眼开采不尽的、蕴藏丰厚的七色矿脉。弘扬和传承傅雷先生的翻译艺术，今天，是我们这一辈的责任。本章拟从主体论的角度谈谈傅译作品中所体现出来的诗性创造，以及面对这样的翻译经典，我们应该采取怎样的批评策略。

第一节　关于主体批评

　　传统的翻译研究大多集中在语言文字转换的层面上，以"忠实"为尺度，考量译本与源文本的"相似性"，从而引发出关于翻译的性质、翻译的标准以及翻译技巧等诸多方面的讨论。时下最热闹的研究，又多冠以"文化"之名，从语言的层面，转移到了翻译行为所处的语境以及相关的制约因素上，如意识形态、社会观念及赞助人制度等。翻译的主体论研究，并不试图超越或者背弃上述的理论成果，只是把主要的研究精力放在翻译行为的主体——译者本身，以相关作品为透视点，通过尽可能丰富的附加材料，来揭示该译者在文学翻译的动态过程中所拥有的翻译视野，所采取的翻译策略，所体现出来的翻译风格，从而证明其不输于原作者的文化创造者身份。我们期待通过这样的研究，能改变长期以来中外文学界对于翻译家主体地位的忽视和误解。

从主体论的角度来思考，傅雷先生和他的翻译作品就是我们最理想的研究对象，也将是最具有说服力的范例。

关于译者的翻译策略和翻译风格问题，似乎没有必要在此多费笔墨。我们首先想解释清楚的是"翻译视野"这一概念。这个名词取自已故的、备受译学界推崇的法国当代哲学家贝尔曼的理论。在《翻译批评论：约翰·邓恩》一书中，他给予"翻译视野"这样的定义："它是考察翻译主体之文字、文学、文化、历史等各参量的总和，它决定了该主体在翻译过程中的感受、思维和行动。"[1] 更为关键的是，贝尔曼随后还点出了这种视野的两面性："它一面标明了译者选择方向、铺展其行动的起点，并为这行动开辟出一个空间；另一面，又设立了其闭合之门，为所有的可能划定了一个圈。"[2] 也就是说，"翻译视野"既是译者旋转舞步源起的地平线，又是一座边界清晰、永远也跨不出去的舞台；既是译者发挥主观能动的源泉，又是带着"前有"、"前见"和"前设"烙印的人文背囊[3]。研究它，可以帮助我们更好地了解译者，了解其翻译策略的选择。而正是这"翻译视野"和"翻译策略"，制约着作品最终达成的"翻译风格"。伴随着漫长的翻译实践过程，译者的认知能力不断提升，新的经验不断积累，以上三个因素周而复始，互补互动，就会形成一个越来越强烈的"气场"，其翻译

1　Antoine Berman, *Pour une critique des traductions*：*John Donne*，Paris：Gallimard，1995，p. 79.

2　同上，p. 80。

3　海德格尔语，转引自郭宏安等：《二十世纪西方文论研究》，北京：中国社会科学出版社，1997 年，第 190 页。

作品的主体色彩也会愈发浓厚，渐渐地"自成一派"。但凡大师，必然拥有这种可贵的"气场"，体现在作品中，就是基于"忠实"理念之上的"创造力"特征。下面以傅雷先生和他的翻译作品加以说明。

第二节　主体论视域下的傅译批评

在法国文学翻译领域，傅雷先生不仅是一位实践家，更是一位思想家[1]。要研究这样一位大师的"翻译视野"，仅仅局限在他的相关翻译论述里是远远不够的。从傅敏先生主编出版的大量珍贵资料中，我们可以从三个方面归纳出傅雷先生作为翻译主体所拥有的人文视野：

一、傅雷先生的社会历史观。傅雷先生是极有社会正义感和责任感的典型的爱国知识分子。在阴霾蔽日的黑暗社会，他之所以献身艺术、立志翻译，是希望在艺术的殿堂里，在西洋的文化中，能寻找到至善至美的真理，用文字来"挽救一个萎靡而自私的民族"[2]。1949 年以后，多少有些出于政治上的无奈，傅雷先生把主要的精力用于翻译巴尔扎克的作品，累计超过二百万字。他只想"简简单单做个人民"，"竭尽愚忱，以人民身份在本岗位上为社会主义建设事业效忠"[3]，把巴尔扎克"顶好"的东西译出来，让中国人民了解"资本主义社会的病根"，看到"善与恶，是与非，美与丑的强烈对比"[4]。在复杂的意识形态争斗中，傅雷先生从不随波逐流，

1　许钧、宋学智编《走进傅雷的翻译世界》，北京：高等教育出版社，2008 年，第 4 页。

2　傅敏编《贝多芬传》译者序，《傅雷译文集》第十一卷，合肥：安徽人民出版社，1982 年，第 7 页。

3　傅敏编《致马叙伦》，《傅雷文集》书信卷（上），合肥：安徽文艺出版社，1998 年，第 251 页。

4　傅敏编《傅雷译文集》第一卷，合肥：安徽人民出版社，1982 年，第 3 页。

始终怀抱着一个正直的知识分子"崇高的理想，忠于自己的艺术，确立做人的原则"[1]。一生中最痛苦的日子里，傅雷先生仍在致友人的信中写道："弟虽身在江湖，忧国忧民之心未敢后人；看我与世相隔，……爱党爱友之心亦复始终如一。"[2] 正是这样一颗真诚透明的赤子之心，这样普惠苍生的博大胸怀，才能使译者无论身处顺境、逆境，都拥有不绝的创作激情和一丝不苟的工作态度。

　　二、 傅雷先生的艺术观。傅雷先生终其一生都在追求美，沉迷于自由理想的艺术世界。他不仅是美的创造者和传播者，还是美的布道者。从他对文学、绘画、音乐等艺术的诠释文字中，我们能清晰地捕捉到他关于美的理念。他强调从事艺术创作的人首先要融入角色，与被哲学诠释的对象身心交融，才能达到灵动、传神的境界。在《论张爱玲的小说》里，他这样表述："小说家最大的秘密，在能跟着创造的人物同时演化……忘记了自我，陪着他们作身心的探险，陪他们笑，陪他们哭……"[3]；谈到翻译巴尔扎克作品《幻灭》时，他说："与书中人物朝夕与共，亲密程度几可与其创作者相较，目前可谓经常处于一种梦游状态也。"[4] 中、西方不同门类的艺术纵然有着天壤之别，傅雷先生却能找出其"师法自然"的共通之处："理想的艺术总是如行云流水一般自然，……一露出雕琢和斧凿的痕迹，就

1　傅敏编《致牛恩德》，《傅雷文集》书信卷（上），合肥：安徽文艺出版社，1998 年，第 263 页。

2　傅敏编《致楼适夷》，《傅雷文集》书信卷（上），合肥：安徽文艺出版社，1998 年，第 247 页。

3　傅敏编《论张爱玲的小说》，《傅雷文集》文学卷，合肥：安徽文艺出版社，1998 年，第 187 页。

4　范用主编《致梅纽因》，《傅雷全集》第二十卷，沈阳：辽宁教育出版社，2002 年，第 201 页。

变为庸俗的工艺品而不是出于肺腑，发自内心的艺术了。"[1] "中国艺术最大的特色，……都讲究乐而不淫，哀而不怨，雍容有度；讲究典雅，自然，反对装腔作势和过火的恶趣；反对无目的地炫耀技巧。而这些也是世界一切高级艺术的共同准则。"[2] 作为传递、移译东西方艺术精品的使者，傅雷先生对自己的文化身份有着清醒的认识："惟有真有中国人的灵魂，中国人的诗意，中国人的审美特征的人，再加上几十年的技术训练和思想酝酿，才谈得上融合中西。"[3] 这些思考性的文字看似不具体涉及翻译，却时时处处影响着他的翻译实践。

三、 傅雷先生的文字观。五四运动以后，白话文作为书面文字获得推广，傅雷先生是早期的实践者之一，可是他也不避讳其中的缺憾："文言有它的规律，……任何人不能胡来，词汇也丰富。白话文却是刚刚从民间搬来的，一无规则，二无体制，结果就要乱搅。"[4] "普通话其实是一种人工的， artificial 之极的话。……把它的 colloquial 的成分全部去掉的话……所剩的仅仅是一些轮廓，只能达意，不能传情。……主要原因是我们的语言是'假'语言。"[5] 怎样弥补白话文的这种先天不足呢？那就要"好好选择字眼"；要注意"语言流畅，用字丰富，色彩多变"，才能"表现出感情、感觉、感受及思想的各种层次，就如在演奏音乐一般"，努力创造出"生动、灵秀、隽永"的有文艺价值的"真"语言。傅雷先生最忌讳的就

1 傅敏编《傅雷文集》书信卷（下），合肥：安徽文艺出版社，1998 年，第 491 页。
2 傅敏编《傅聪的成长》，《傅雷文集》艺术卷，合肥：安徽文艺出版社，1998 年，第 348 页。
3 傅敏编《傅雷文集》艺术卷，合肥：安徽文艺出版社，1998 年，第 228 页。
4 傅敏编《傅雷谈翻译》，北京：当代世界出版社，2006 年，第 22 页。
5 同上，第 23 页。

是翻译文字"太死板"、"文句公式化"，"色彩不够变化，用字不够广"，反对直接"照搬旧文体的俗套滥调"。他主张"创造中国语言，加多句法变化"，在对原作意义有百分之百的把握之后，"可以大大的放胆"，"尽量丢开原作句法"，把原文的气息、情调、意味和漂亮流利的现代白话文结合，要叫人觉得"尽管句法新奇而仍不失为中文。"他主张："理想的译文仿佛是原作者的中文写作"，既要兼顾"原文的意义与精神"，还要"注意译文的流畅与完整"。傅雷先生对自己有这样苛刻精进的文字要求，难怪其数百万言的译作，会成为备受中国读者推崇的范文，形成独有的"傅雷体华文语言"。

罗新璋先生曾说过这样一句话："对译事心胸手眼不同，译品自当另有一番境界……"[1] 在笔者看来，这正是对译者主体的"翻译视野"最好的诠释。正因为拥有上述独一无二的"翻译视野"，傅雷先生在从事翻译创作时，才会从选材到方法都具备与众不同的偏好和观念。下面我们想用一些例句来具体说明，在不同的文本和语境下，傅雷先生所采取的不同的翻译策略：

一、"传神达意，不在形似而在神似"。

Dans la journée même，elle écrivit à madame de Bargeton，née Négrepelisse，un de ses charmants billets où la forme est jolie，qu'il faut bien du temps avant d'y reconnaître le manque de fond：

《Elle était heureuse d'une circonstance qui rapprochait de la famille une personne de qui elle avait entendu parler，et qu'elle souhaitait connaître，car

---

1 傅敏编《傅雷谈翻译》，北京：当代世界出版社，2006年，第2页。

les amitiés de Paris n'étaient pas si solides, qu'elle ne désirât avoir quelqu'un de plus à aimer sur la terre; et, si cela ne devait pas avoir lieu, ce ne serait qu'une illusion à ensevelir avec les autres. Elle se mettait tout entière à la disposition de sa cousine, qu'elle serait allée voir sans une indisposition qui la tenait chez elle; mais elle se regardait déjà comme son obligée de ce qu'elle eût songé à elle. 》(*Illusions Perdues*)

她当天回了一封亲热的信给特·奈葛柏里斯家的小姐，特·巴日东太太。信里的话说得非常好听，你直要在社会上混了相当时间才会发觉内容空虚。

"久闻大名，不胜仰慕；有机会同家属相聚，更其高兴。巴黎的友谊并不可靠，所以很想在世界上多一个知己，否则长此与外人往来，未免过于虚妄。大姑倘有差遣，无不效劳。实因小恙，不能前去拜访。辱承垂念，先布谢忱。"

这个例句绝对不能将原文与译文字字对照了来看，无论从句法还是用辞上傅雷先生都是不拘泥于原文的。然而这段话翻得太妙不过，为了贴近原文的语气，传达原文里用第三人称和条件式所构成的虚情假意和无聊的客套，傅雷先生创造性地采取了在白话文中糅入文言和"旧小说的套语"，腔调显得极考究又极造作，内容又极空虚，很巧妙地传达了巴尔扎克所要营造的讽刺效果，可谓"出神入化"。

二、"超以象外，得其环中"。

C'était **la première fois de sa vie**, vraiment **ovine**, que Schmucke

proférait de telles paroles. Jamais **sa mansuétude quasi-divine n'avait été troublée**, il eût souri naïvement à tous les malheurs qui seraient venus à lui; mais voir maltraiter son **sublime** Pons, **cet Aristide inconnu, ce génie résigné, cette âme sans fiel, ce trésor de bonté, cet or pur!...** il éprouvait l'indignation d'Alceste, et il appelait les amphitryons de Pons, des bêtes! (*Cousin Pons*)

谦恭了一辈子的许模克，这种话还是**破题儿第一遭出口**。他素来**超然物外，荣辱不系于心**，自己要临到什么患难，可能很天真地一笑置之；但看到**高风亮节，韬光养晦**的邦斯，以那种**豁达的胸襟，慈悲的心肠**而受人凌辱，他就不由得义愤填胸，把邦斯的居停主人叫做畜牲了！

这段话里的几个加粗的字词组是很难翻译的，有口语性的表达（ovine, proférait de telles paroles），傅雷先生将其处理成方言（破题儿第一遭出口），几个比较抽象的、形容好人品的名词结构，傅雷先生将其译成含义高贵的汉语成语（超然物外，荣辱不系于心，高风亮节，韬光养晦），字义虽不尽相同，意味却丝丝入扣，可见傅雷先生在理解上极为细腻的揣摩，和文字使用上超凡的驾驭能力。

三、"将原作（连同思想、感情、气氛、情调等）化为我有，仿佛是原作者的中文写作"。

Joie, fureur de joie, soleil qui illumine tout ce qui est et sera, joie divine de créer! Il n'y a de joie que de créer. Il n'y a d'être que ceux qui créent. Tous les autres sont des ombres, qui flottent sur la terre, étrangers à la vie.

(*Jean-Christophe*)

欢乐，如醉如狂的欢乐，好比一颗太阳照耀着一切现在的与未来的成就，创造的欢乐，神明的欢乐！惟有创造才是欢乐。惟有创造的生灵才是生灵，其余的尽是与生命无关而在地下漂浮的影子……

Créer, dans l'ordre de la chair, ou dans l'ordre de l'esprit, c'est sortir de la prison du corps, c'est se ruer dans l'ouragan de la vie, c'est être Celui qui Est. Créer, c'est tuer la mort. (*Jean-Christophe*)

创造，不论是肉体方面的或精神方面的，总是脱离躯壳的樊笼，卷入生命的旋风，与神明同寿。创造是消灭死。

这两段文字选自《约翰·克里斯朵夫》。我们看不出这里有什么翻译的痕迹，这简直就是傅雷自己的话、自己的心声。请看他这本书的《译者献辞》和《〈贝多芬传〉译者序》，色彩和语调同样地浓烈、同样地富有激情，译者与原作者已经融为一体，你中有我，我中有你，气息相融，心灵相通，文字的界限和区别早已消化于无形！用傅雷先生自己的话说："一边译，一边感情冲动得很。""自问最能传神的就是罗曼·罗兰，……"还有什么比这个更理想的翻译境界呢！值得指出的是，傅雷是十分注意区分不同作家的风格的，看他译的巴尔扎克、罗曼·罗兰和伏尔泰，风格真是截然不同，原因就是每一次的翻译创作，都要事先定一定原作者的"taste"和"sense"，都要酝酿一次新的情感投入，来寻找心灵的应和。

四、人物对话："传神达意，铢两悉称，自非死抓字典，按照原文句法拼凑堆砌所能济事"。

-Tiens，Birotteau，sais-tu ce que je pense en t'écoutant? Eh bien! Tu me fais l'effet **d'un homme qui cherche midi à quatorze heures.** Souviens-toi de ce que je t'ai conseillé **quand il a été question de** te nommer maire：**ta tranquillité avant tout!**《Tu es fait，t'ai-je dit，pour être en évidence，comme mon bras pour faire une aile de moulin. **Les grandeurs seraient ta perte.** 》Tu ne m'as pas écoutée，**la voilà venue notre perte. Pour jouer un rôle politique，** il faut de l'argent，en avons-nous?... Laisse donc les autres êtres des ambitieux. Qui met la main à un bûcher en retire de la flamme，est-ce vrai? **La politique brûle aujourd'hui...** (*De la Grandeur et de la Décadence de César Birotteau*)

"皮罗多，你知道我听着你的话有什么感想？你是**骑驴找驴，多此一举**了。别忘了**人家派你**当区长的时候我劝过你：**人生在世，第一要过太平日子！**我说的：'你要出名，好比拿我的胳膊去做风车的翅膀。**荣华富贵要断送你的。**'那时你不听我，**现在可闯祸了。**要在官场做个角儿，先得有钱；咱们有没有呢？……别人有野心是别人的事。把手伸进火里去总得带些火星出来，是不是？**今日之下，政治是烫手的。**……"

这是《赛查·皮罗多盛衰记》中皮罗多太太数落丈夫的一段话，语气自然是很"白"的。首先是习语"un homme qui cherche midi à quatorze heures"的翻法。若是直译成"一个下午两点钟还在找正午的人"，中国读者一定会看不懂。译成辞典上所解释的"自寻烦恼"，文学色彩似乎又不够，傅雷先生巧妙地添加了一个形象词"你是骑驴找驴，多此一举"，太妙了，可谓两全其美。"quand il a été question de"这样的句式表露出皮罗多太太对丈夫的不屑，译成"人家派你……"的口气，很贴切。"ta tranquillité avant tout！"这是一个不完整的名词句，若是也用一个不完整的名词句"安逸最重要"，分量还嫌不足，傅雷先生加上了"人生在世，第一要……"，轻而易举地加重了教训的语气。"la voilà venue notre perte"这句，傅雷先生没有照搬原文的用辞，而是用汉语口语"现在可闯祸了"，显得十分自然。最后一个漂亮的动词"brûle"很难译，政治怎么能"燃烧"呢？译成"烫手的"，合情合理，傅雷先生选词真是老辣又地道。再看下面这段对话：

-Comment，**je vous assassine**?... dit-elle **en se montrant** l'oeil enflammé，ses poings sur les hanches. **Voilà donc la récompense d'un dévouement de chien caniche**... Dieu de Dieu! Elle fondit en larmes，**se laissa tomber sur un fauteuil**，et ce mouvement tragique causa la plus funeste révolution à Pons. -Eh bien! dit-elle en se relevant et **montrant aux deux amis ces regards de femme haineuse qui lancent à la fois des coups de pistolet et du venin**，je suis lasse de ne rien faire de bien ici **en m'exterminant le tempérament**...（*Cousin Pons*）

"怎么!**我要你的命**?……"她突然闪出身子，红着眼睛，把拳头插在腰里。"**做牛做马，落得这个报答吗**?……哎哟，我的天!"她眼泪马上涌了出来，**就手儿倒在一张沙发里**；这悲剧式的动作对邦斯又是个加重病势的刺激。"好吧，"她又站起身子瞪着两个朋友，眼睛里射出两颗子弹和一肚子的怨毒。"我在这儿不顾死活的干，还不见一点好，我受够了。……"

这是《邦斯舅舅》里的一段。傅雷先生把恶毒的西卜女人撒泼无赖的样子传达得活灵活现，那动作："闪出身子"、"就手儿倒在"、"射出两颗子弹和一肚子的怨毒"；那语气："做牛做马，落得……"、"不顾死活的干……受够了"——真是十二分地贴合人物的身份和脾性，令人顿生厌恶。为了逼真地再现说话者的神态，傅雷先生在选词、造句与行文修辞等方面的确很费心思，用他自己的话说，是力求做到"真正和原作铢两悉称"。[1]

金圣华在《从〈家书〉到〈译文集〉》一文中提到："傅雷的翻译由初期的稚嫩生疏，至后期的成熟练达，经过了蜕变与演进，终于形成了如今脍炙人口的'傅译体'。"这就是说傅译作品早已自成一派。在笔者看来，这是水到渠成的事。每一位有个性的译家，无论他如何自我克制，也不可能做一个翻译中的"隐形人"，译文之中无处不见他的足迹。傅雷先生的风格就是不模仿，不照搬，凭着卓绝的艺术眼光、深厚的文学功底、百倍的细心和耐心，去追求原文艺术所蕴含的真谛和深意，探寻翻译技艺的最高境界。在字里行间，我们读到的是译者的心声，我们也同样能感受到译者的呼吸，笔触的轻重，节奏的快慢……译者就是一个独幕剧里全身披挂的主角，用翻译作"道具"，在母语文字的舞台上展现他内心的张力。这是一项需要才情的工作，需要灵性的工作，唯有创造才是欢乐，唯有创造才是正道，而傅雷先生就是深谙此道的"道中高人"。

---

[1] 转引自金圣华：《从〈家书〉到〈译文集〉》，载香港《明报月刊》，1986 年 9 月号第 249 期。

第三节 译者是一种诗意的存在

我们说翻译的主体批评，是借助译者"翻译视野"、"翻译策略"和"翻译风格"的研究，来彰显译者主体不输于原作者的文化创造者身份。作为一个特殊的理解和阐释主体，翻译的过程，对于译者而言，不仅只是一个认知和表达的过程，而且还是存在的过程，一种诗意的存在。他不仅重现文本意义，更通过这种重现，体现了他自身的诗性价值，因而带有他自身的一切文化特质。他所创造（翻译）出来的文本意义，不仅取决于客观存在的作品本身，更取决于读解主体（译者）的"在"的状况和与文本对话的过程。

原作文本以它自己的历史语境，限定了译者主体理解的随意性；而译者呢，他从"此在"（即人对自身存在的感知和体验）出发，赋予文本新的意义。这样一来，译者主体进入文本，在解读中，文本的历史语境同时被渗入译者当下的理解。伽达默尔指出，文本解读，不仅要注意到历史上流传下来的作品本身的意义，还要注意到作品在读解过程中所产生的效果[1]。历史的真实和理解的真实，二者融合，构成了文本的意义。一代代的译者（读者）不断地介入阅读，又不断地重写文本的意义，产生不同的效果，这些效果不断地积累起来，就构成了所谓翻译的效果历史。

走得再远一些，借用德里达的解构主义阐释学观点：语言不过是从能指到所指的游戏，其本身是不确定、不可靠的；没有任何东西是充分存在于符号之内的，也没有任何交流是完全成功的[2]。在他的抨击下，确定性、

---

1 转引自蒋成禹：《读解学引论》，上海：上海文艺出版社，1998年，第25页。
2 转引自成中英：《论中西哲学精神》，上海：东方出版中心，1991年，第81页。

真理、意义、理性和明晰性等观念都已经变得空洞无物。一切结构都在不断运动变化，一切都可以被解构，翻译也不应该例外。

我们在前文中说过，一切经典，唯其经过了漫长时光的淘洗、为大多数人所传颂，而成其为经典。傅译作品的艺术美学价值，是一种"独异"的存在，是独特的"这一个"，它是不可绕过，也不可替代的。即或是将来的某一天，我们以及后代之中的某一位，译出一部皇皇巨著，假设可以拿它来与傅译比肩，我们也只能说翻译史上又耸起了一座高峰，可是它不会超越，不会遮盖，更谈不上取代傅译作品的艺术魅力。

在上海，笔者常常参加翻译界同行们的聚会，喜欢聆听身边的学长们畅谈译事、针砭时弊，对人对事也不免有激越锋利的批评之声。但每每说起傅雷先生，莫不是敬仰有加，交口称赞。大家赞赏的不仅是先生在译事、学问上的成就，更是先生的品格，先生的骨气。种种回忆，种种怀念，唯有从白发苍苍的前辈们口中掠得一鳞半爪，虽是一鳞半爪，却也受用终生。世界上很少有哪个翻译家，一位无官无职、与世无争、只求克己的纯粹的翻译家，在离开这个世界四十二年之后，依旧凭着他带有鲜明个性的翻译作品，依旧凭着人们口口相传的精神骨气，赢得越来越多读者的尊重和爱戴，引发民间久盛不衰的纪念和关注。

2008 年是傅雷先生诞辰一百周年，世界翻译大会就在先生的故乡——上海召开，来自世界各地的翻译家们汇聚到这里，向这位中国翻译界的一代宗匠致敬。会议期间，有人说起一事：2008 年恰巧也是世界范围内最有影响力的指挥家卡拉扬的百年诞辰，他与傅雷先生的生日居然只相差两天。据档案记载，卡拉扬 1933 年在萨尔斯堡加入了纳粹党。指挥家这样解释他的行为："摆在我面前的那张加入纳粹党的申请，等于是一道门槛，跨过它就意味着可以得到无限的权利和对乐团的资助。"相比于卡拉扬的现实和曲意逢迎，傅雷先生的绝世风骨更值得我们钦佩。按照中国人的人格观念来审视，这两者的相差不可以道里计。

傅雷先生是我辈之"头顶上的星空"，需要时时对之心生敬畏，如同敬畏恒常。让我们像傅雷先生那样忠诚地担当和恪守文人的尊严和使命，让我们遵循英勇的贝多芬的指引："世上最美的事，莫过于接近神明，而把它的光芒撒播于人间。"[1]

---

1 《傅译传记五种》，北京：三联书店，1983 年，第 189 页。

第七章　文学翻译主体个案研究之四：
《追忆似水年华》 [1]

二十世纪初的法国文坛已经预感到了一阵"新的颤栗"，文学所要求的不再是自然主义那刻板不变的时钟时序，也不再是象征主义脱离历史进程的纯美的永恒，而是"重新找到一个与生存及时间的新的真正的接触" [2]。而这种"真正接触"在1913年至1927年相继出版的七卷本《追忆似水年华》（以下简称《追忆》）中得以充分实现。马塞尔·普鲁斯特笔下的这部旷世巨作，共计二百五十万余字，其内容之浩繁，结构之复杂，涵义之深奥，令人叹为观止。法国文学界视之为"不可移植"的民族文化精华，各国翻译界也称其为"体现翻译难度之极限"的典型作品。无论对于怎样的翻译高手，这部作品都毫无疑问是一个严峻的挑战。

普鲁斯特之名在中国最早出现可以追溯到1923年，沈雁冰在《小说月报》的第十四卷第二号上登过一篇短小的文章：《新死的两个法国小说家》，提到"一是陆蒂（Pierre Loti），一是普洛孚司忒（Marcel

---

1　此文是笔者在复旦大学开设的硕士课程《法国文学与翻译批评》课堂研讨题目之一，学生郭欣赏和朱佳慧通过文本细读，找出了不少好的例子供大家讨论，笔者在此基础上加以扩充和修改，遂成此章，特此说明。

2　Etienne Brunet, *Le temps chez Proust*: *Analyse quantitative*, Marche Romane, 1982, pp. 39 – 56.

Proust)"。 1933 年 7 月 10 日和 17 日，天津《大公报》的文艺副刊连载了曾觉之 (1901—1982) 为纪念普鲁斯特逝世十周年而写的两万字长文《普鲁斯特评卷》，这是中国学者第一次系统介绍、分析和评论这位对于法国读者而言都嫌行文过于细腻冗长的作家。 1934 年 2 月 22 日，《大公报》文艺副刊上刊登了卞之琳译的《睡眠与记忆》，选自《追忆》开篇"贡布雷"的几段文字，这是普鲁斯特的作品第一次被译成了中文，不过是由英文版移译而来。或许真的是因为阅读的难度太大，关于《追忆》的中文翻译随后就沉寂了整整半个世纪。直到上世纪八十年代，翻译这部皇皇巨著的计划终于又被重新提上日程。南京译林出版社迫于其篇幅之长、难度之大、时间之紧迫，最终决定由十五名国内顶尖的法国文学专家来共同翻译《追忆似水年华》。 1989 年 6 月，由李恒基和徐继曾先生翻译的第一卷《在斯万家那边》终于问世，后面的六卷也于两年内陆续出版，可谓集出版界一时之盛，这一版《追忆》也是迄今为止唯一的一套中文全译本。但是，毕竟一个作家的单独一部作品由十五人合译，在翻译的遣词、造句、章法、修辞等等叙事风格方面很难完全统一，有太多的细节需要改进。终于在二十一世纪初，当年十五位参与者之一的周克希先生和徐瑾和先生，分头决定以一己之力重译《追忆》。 2004 年 5 月，周克希率先完成第一卷的重译本，由上海译文出版社出版，改书名为《追寻逝去的时光》。 2010 年 5 月，译林出版社隆重推出徐和瑾的重译本，书名仍沿用旧版《追忆似水年华》。虽然两位译者最终由于种种原因[1]仍是没有能够实现当年"以一己之力译完

---

1 徐和瑾先生因病不幸于 2015 年 8 月去世，生前已重新译完《追忆似水年华》的前四卷，生命垂危之时仍在翻译第五卷。2014 年周克希先生在接受媒体采访的时候表示，由于年龄和精力的缘故，决定不再翻译余下的四卷。因此，市面上能找到的周译本分别是第一卷的《在斯万家那边》、第二卷的《在少女们身旁》和第五卷的《女囚》。

普鲁斯特"的宏愿，但中国的读者们在前几卷上好歹有了更加自由的选择。

在此章中，我们将选择《追忆似水年华》第一卷的三个不同译本，即李恒基先生的《在斯万家那边》（前半卷，1989 年南京译林版），周克希先生的《去斯万家那边》（2010 年人民文学社版）以及徐和瑾先生的《在斯万家这边》（2010 年南京译林版），开展有关译者主体性的对比分析与研究。

第一节　卷名之争与译者的介入

根据本书绪论中所建立的文学翻译主体研究的理论模型来看，任何翻译文本都包含了"两个世界"、"两类文本"和"三大主体"的基本内容。从文学的源文本通过译本、被译作读者所接受的角度来看，翻译过程中最不容忽视的一个主体便是译者，译者与读者的主体间性也很重要。尽管面对着同样的原文，但由于译者主体所处的时代背景、认知结构和翻译目的、读者对象等都不尽相同，所以或多或少，翻译活动的每一个步骤都会留下译者介入的痕迹和主体间性的特质。首先，我们着重来谈一谈书名和卷名的翻译。

从普鲁斯特给友人的信中我们可以知道关于书名 *A la recherche du temps perdu*，他是颇费心思的。 1913 年普鲁斯特首先完成了足以独立成书的三卷本《斯万家那边》、《盖尔芒特家那边》和《重现的时光》（如今的七卷本系作者在第一次世界大战期间不断增写的结果），但当年所设想的卷名是上卷称作"失去的时间"，下卷称作"复得的时间"，中卷暂不定名。由此可见作者的最初计划就是写一部以时间为轴心，且首尾呼应的

"时间小说"。时间是小说真正的无形的主角，普鲁斯特想呈现给读者的并不是对无边时间的追溯，而是想表现时间的繁复交错。他的兴趣在于表达时间流逝的最真实的形式，即空间化的时间。这种时间流逝内在地表现为回忆，外在地表现为生命的衰老。观察回忆与生命衰老之间的相互作用，追求某种新的永恒，充满了狂喜和理想主义色彩的永恒，这就是普鲁斯特小说世界的内核。

1989 年译林出版社为十五人版的全译本定名为"追忆似水年华"，据此书的责任编辑韩沪麟先生撰文所言，是组织了多位专家集思广益的结果[1]。卞之琳先生随即撰文表达了不同的看法，提出"普鲁斯特小说巨著的中译名还需斟酌"[2]。果然，周克希先生响应卞之琳的呼吁，在 2004 年重译第一卷时为全书改名为"追寻逝去的时光"。周克希认为得到普鲁斯特本人认可的英译本名为 In Search of Lost Time，非常朴素，看上去甚至就像是一篇哲学论文的题目，而"追忆似水年华"这一中文表达过于缠绵绮丽，有违普鲁斯特的初衷。 2010 年译林出版社推出徐和瑾先生的独立重译本，仍然坚持沿用"追忆似水年华"。翻译研究家许钧先生（也是当年的十五人之一）在 2008 年撰文梳理了《关于普鲁斯特小说译名的争论与思考》[3]，他发现从徐和瑾先生在 1997 年的观点来看，他是不同意用"追忆似水年华"这一译名的，七年之后重译时却用了，说明"其中必有出版社

---

1 韩沪麟：《普鲁斯特的〈A la recherche du temps perdu〉定名始末》，载《中国翻译》，1988 年第 3 期，第 38—39 页。

2 卞之琳：《普鲁斯特小说巨著的中译名还需斟酌》，载《中国翻译》，1988 年第 6 期，第 25—29 页。

3 许钧：《关于普鲁斯特小说译名的争论与思考》，载《外语教学》，2008 年第 29 期，第 72—75 页。

的意见在起作用，……总书名的选择就不仅仅是译者本人的选择，而是涉及到'读者期待'、'约定俗成'或'翻译赞助人'的意愿等多种因素了"[1]。许钧的看法恰恰证实了我们前文中所提到的文学翻译主体研究的模型架构，翻译从来不是一个简单的语言转换问题，理解和再表达都是在一个新的历史与文化语境中发生，原作者的意图，文本意义的模糊性，译者的主观感受和读者的阅读期待等等，在目的语新的语境中，得要接受方方面面的考验。

对书名的争论莫衷一是，分卷名的译名当然也免不了分歧。本章着力探讨的是《追忆》第一卷三个不同译本的译者主体性，单看卷名 *Du côté de chez Swann* 的翻译差异，就非常有意思。译林版李恒基用的是"在斯万家那边"，译林版徐和瑾用的是"在斯万家这边"，人民文学社版周克希用的是"去斯万家那边"。虽然仅仅是个别字的差别，细微之处却也足以见得各位译者对普鲁斯特作品理解的不同。"这边"还是"那边"，就要看小说叙述者如何界定自己所处的位置。第一卷小说主人公马塞尔的面前有两条路：斯万家那边，象征着新兴资产阶级的豪华府邸；盖尔芒特家那边，标志着老派贵族阶级的大宅门。马塞尔对两边都有着向往之情，他一边想法子成为斯万家的座上客，与斯万的女儿谱写一段纠结的恋曲；另一方面，他也通过结交公爵夫人的外甥贵公子圣卢，最终成了盖尔芒特家的密友。1989 年译林版的译者李恒基即采取了主人公的这个中间立场，"在斯万家那边"，暗示了自己终究是个旁观者，与斯万家还是有涂抹不去的距离。马塞尔见证了两家三十年的浮沉恩怨、世事变迁，情感是平淡而疏离的。

1　许钧：《关于普鲁斯特小说译名的争论与思考》，载《外语教学》，2008 年第 29 期，第72—75 页。

徐和瑾的第一卷定名为"在斯万家这边"，他在新译本的后记中做了详细解释：2002年徐先生应法国普鲁斯特之友协会的邀请，参加伊利埃-贡布雷市的"山楂花日"的活动，刚走出火车站就看到一张地图，左上方标着 Côté de Guermantes（盖尔芒特家那边），左下方标着 Côté de chez Swann（斯万家这边）。徐先生说他"豁然开朗"，这张地图暗示了小说主人公马塞尔是从斯万家这边的立场和角度出发。第一卷的第二部"斯万的爱情"有故事中的故事之感，讲述在马塞尔出生之前斯万和奥黛特的爱情，充满幻想、嫉妒、欲望和痛苦，这恰是马塞尔在情感上认同的爱情范式，与斯万心有戚戚，所以，译者选择了让主人公站在"斯万家这边"。

最特别的译法是周克希版的"去斯万家那边"，从原文卷名的表述看，"Du Côté de"是介词短语，表示"在 XX 的边上"，周先生却创造性地用了动词"去"，体现了很强的主观行动意愿。在他的翻译随笔札记《译边草》中，周克希曾谈及他与主持编纂伽利马出版社"七星文库"本普鲁斯特全集的法国专家让-伊夫·塔迪耶当面讨论书名的场景：塔迪耶认为第一卷的书名略带方言色彩（普鲁斯特在给友人的信中也提到过这一点），而且具有动态，Du Côté de chez Swann 有点像"咱们上斯万家那边去嘞"[1]。

由此可见《追忆》翻译的难度，一个小小的卷名就暗含了这么多的讲究，几个单词就让译者产生了这么多的分歧。三位译家各显神通、各执一词，对读者而言倒也是幸事，能够领略到出发语文本提供的更多的遐想空间。

第二节　译者的语言风格

1989年6月南京译林出版社推出《追忆似水年华》全译本的第一卷，

1　周克希：《译边草》，上海：华东师范大学出版社，2012年，第166—167页。

其中前半卷就是由李恒基先生担纲翻译。普通的中国读者似乎没怎么听说过这位译者的名字,但在法国文学圈内,李恒基的译作口碑和才华,绝不亚于他的两位北大西语系的同班同学柳鸣九和罗新璋。李先生擅长于诗歌翻译(雨果、拉马丁)和外国电影理论研究,法国小说译过一些(巴尔扎克、萨特、大仲马、圣比埃尔、萨德等),虽然数量不多,却篇篇质量上乘。只可惜天妒英才, 1999 年 8 月李恒基先生因病离开人世,留下这半卷《追忆》的开篇之作成为译界传奇。尽管人们对于由十五位译者拼接而成的普鲁斯特风格再现诟病多多,看法不一,但对于担纲开篇重任的李恒基先生的译笔却是赞叹有加,评论界的钦佩之声远远盖过了质疑,大家普遍认为第一卷前半部分的头开得非常好。其实,任何一种文学作品,有了首译,后来者在此基础上再进行重译,都不是一件简单的事。换种角度看,重译者也是批评者,是对于原作者和首译者的一种不自知的批评。重译者在后面的翻译过程中,总不免会对原文本和前译本进行审视、揣度、深思和改造,因此,只要是负责任的重译,总是会给源出语文本带来更多的可能,这是一项富有建设性和挑战性的工作。周克希和徐和瑾在 2004 年之后推出的两个独立译本,显然也都是勇气之作,他们各自的语言风格鲜明,主体意识强烈,重译本也具备各自流传的历史性价值。

我们举几个例句来看一看:

Quel bonheur, c'est déjà le matin! Dans un moment les domestiques seront levés.

谢天谢地,总算天亮了! 旅馆的听差就要起床了。(李恒基　译)
太好了,已经是清晨了! 旅馆的服务生一会儿就要起床。(周克希　译)

真走运，天亮了！过一会儿，旅馆的侍者就要起床。（徐和瑾　译）

　　首先，对于"Quel bonheur"，李恒基先生译成了"谢天谢地"，不仅表现出了主人公内心的雀跃和盼望达成，并且这样的表述方式，具有浓厚的汉语俗语色彩，属于归化的翻译策略。而周克希先生的"太好了"就是现代口语，译得比较轻松活泼。徐和瑾先生的"真走运"则体现了他一贯秉持的"文字翻译"理念，既保留原文的词意，也沿用原文的词序和句式，相对地刻板、朴素，却偏向书面化，没有传递出原文口语的情绪色彩。

　　其次是对"domestiques"一词的翻译。我们可以看到，李恒基先生译成了一个能体现旧时代色彩的词汇"听差"，是解放前人们对仆人的通称，比如在曹禺的《雷雨》第二幕中就有"这上上下下多多少少听差都得我支派"，明显带着阶级社会的特征。周克希先生翻译的"服务生"，则是一个海派方言词汇，也是相对比较现代的称呼，尤其是中国沿海地区改革开放以来第三产业蓬勃兴旺，"服务生"这种称呼在宾馆和酒店被使用得非常普遍。徐和瑾先生翻译成"侍者"，早在《左传·襄公七年》中，就有这种表达，指随侍左右听候使唤的人："侍者谏，不听；又谏，杀之。"不过，现代社会这种表达方式多用在笔头语言中，相比于"服务生"，"侍者"显得更书面更呆板。显而易见，三位译者的选词风格迥然不同。

　　接下来，我们再看另一个选段：

Et où, le feu étant entretenu toute la nuit dans la cheminée, on dort dans un grand manteau d'air chaud et fumeux, traversé des lueurs des tisons qui se rallument, sorte d'impalpable alcôve, de chaude caverne creusée au sein de la chambre même. [1]

　　况且那时节壁炉里整夜燃着熊熊的火，象一件热气腾腾的大衣，裹住了睡眠中的人；没有燃尽的木柴毕毕剥剥，才灭又旺，摇曳的火光忽闪忽闪地扫遍全屋，形成一个无形的暖阁，又象在房间中间挖出了一个热烘烘的窑洞。[2]（李恒基　译）

　　还有，那儿的壁炉通宵生着火，没有燃尽的劈柴不时爆出火星，暖意融融、雾气腾腾的空气像一件宽松的大衣裹住睡着的我，让我感到恍如睡进了一间看不见的凹室，置身于房间深处一个温暖的巢。[3]（周克希　译）

　　在卧室的壁炉里，整夜都生着火，人睡觉时仿佛穿着一件用热空气制成的大衣，这大衣烟雾弥漫，上面有焦木复燃发出的道道亮光，犹如无法捉摸的凹室，在房间中央挖出的温暖洞穴。[4]（徐和瑾　译）

　　首先，李恒基先生的译文词汇结构采用了 ABB、ABAB、AABC、ABCC、AABB 等构词方式，十分灵动，一气呵成，"熊熊的火"、"热气腾腾"、"毕毕剥剥"、"忽闪忽闪"、"热烘烘"等词，体现了李先生深厚的驾驭文字的能力，行文充满律动，热烈的气氛也油然而生。这些表达方式很对国内读者的胃口，读者仿佛身临其境，不由自主地被带入到原作者

1　Marcel Proust，*Du côté de chez Swann*，Moscou，Editions du Progrès，1976，p. 33.

2　普鲁斯特：《追忆似水年华 I 在斯万家那边》，李恒基、徐继曾译，南京：译林出版社，1989 年，第 7 页。

3　普鲁斯特：《追寻逝去的时光　第一卷　去斯万家那边》，周克希译，北京：人民出版社，2010 年，第 7 页。

4　普鲁斯特：《追忆似水年华　第一卷　在斯万家这边》，徐和瑾译，南京：译林出版社，2010 年，第 7—8 页。

所营造的画面之中。相比之下，周克希先生的行文风格较为质朴，但是也很富有情感色彩。与其他两段译文明显不同的是，周先生这一段第一人称"我"的色彩更为浓郁。李恒基先生与徐和瑾先生都选择把泛指人称代词"on"翻译成"人"，中文里一个较为中性的第三人称表达，就像一位叙述者在讲述一个故事。而周克希先生则把"on"直接翻译成了第一人称"我"。在"我"的感觉里，空气是"暖意融融的"，而不仅仅是"热气腾腾"或者"热空气"。"热气腾腾"和"热空气"更偏向于一种客观的描述，而"暖意融融"则更多地糅杂着"我"的感觉，更加具有主观性。特别是"chaude caverne"一词的翻译，足以说明这一点。李恒基先生把它翻译成"热烘烘的窑洞"，徐和瑾先生则翻译成"温暖洞穴"，而周克希先生则翻译成了"温暖的巢"，这并不只是简单地叙述了一个地理位置，而是勾画出了一个更具有温度和情怀的家的感觉。徐和瑾先生的译文最为严谨凝炼，句子结构等基本上没有太大的变动。我们可以看看"on dort dans un grand manteau…"这一个小分句，徐和瑾先生的翻译语序和原文基本保持一致："人睡觉时仿佛穿着一件……的大衣"。而李恒基先生和周克希先生则都变换了语序，选择把"大衣"作为主语，而不再是"人"或者"我"。

第三节　译者的身份

在文学翻译的过程中，译者究竟是一个什么样的身份呢？是"隐身人"，是"透明的玻璃"，是"仆人"，还是"叛逆者"？在充分理解原文的基础上，每个译者的主观动机不同，其创造性的工作所带来的主体价值也必然不同。请看以下例证：

L'habitude! aménageuse habile mais bien lente, et qui commence par laisser souffrir notre esprit pendant des semaines dans une installation provisoire, mais que malgré tout il est bien heureux de trouver, car sans l'habitude et réduit à ses seuls moyens, il serait impuissant à nous rendre un logis habitable. 1

习惯呀！你真称得上是一位改造能手，只是行动迟缓，害得我们不免要在临时的格局中让精神忍受几个星期的委屈。不管怎么说吧，总算从困境中得救了，值得额手称庆，因为倘若没有习惯助这一臂之力，单靠我们自己，恐怕是束手无策的，岂能把房子改造得可以住人？2（李恒基　译）

习惯！这位灵巧而又姗姗来迟的协调大师，它总是要让我们情绪低落地在一个临时住处连续几星期饱受恶俗趣味的苦楚，但尽管如此，能找到它毕竟是非常值得庆幸的。因为要不是有习惯上了场，单靠我们自己那几下子，是根本没法让一个房间变得可以住人的。3（周克希　译）

习惯！真不愧为改变能手，只是改变得十分缓慢，它先是让我们的思想在暂住的地方痛苦几个星期；但不管怎样，能找到这种改变之能手还是值得庆幸，因为没有习惯的帮助，单靠自己的力量，我们的思想就想象不出一个可以居住的住宅。4（徐和瑾　译）

1　Marcel Proust, *Du côté de chez Swann*, Moscou, Editions du Progrès, 1976, p. 34.

2　普鲁斯特：《追忆似水年华 I 在斯万家那边》，李恒基、徐继曾译，南京：译林出版社，1989 年，第 8—9 页。

3　普鲁斯特：《追寻逝去的时光　第一卷　去斯万家那边》，周克希译，北京：人民出版社，2010 年，第 8 页。

4　普鲁斯特：《追忆似水年华　第一卷　在斯万家这边》，徐和瑾译，南京：译林出版社，2010 年，第 8 页。

　　首先，李恒基先生的翻译在开头部分，直接把"习惯呀"当作呼语，紧接着便是一个第二人称的单数"你"，恍若真的是在和"习惯"面对着面，互诉衷肠，和原文一对比便可了然，译者的身份在此处是非常凸显，在不失原文意思的基础上，李恒基先生并没有一字一句地对应语序，而是力求使文字变得更加形象化、富有节奏感。接下来，李先生又用了"额手称庆"、"一臂之力"、"束手无策"等等，一连串的成语信手拈来，如行云流水，韵味十足。至于最后一句，李先生也没有照搬原文的句式，反而把陈述句改为了反问句，语气上更为强烈、真切，整体风格大胆而又不失真实。再来看周克希先生的译文，语序结构基本上与原文保持一致，没有太大的变动。但是，当我们细细品读时，却发现周先生的用词十分考究，经得起推敲。比如原文中"lente"一词，周先生没有按照惯常的译法写成"缓慢"、"迟缓"，而代之以"姗姗来迟"，这样就很传神，相信读者不仅能真切地看到一位大师正缓缓走来，还能意会到主人公对这位大师有些微的怨念。接下来，在描写"痛苦"时，我们会发现前面有一个形容语"饱受恶俗趣味"，原文中其实并没有相对应的这个形容语，这大抵是周先生在理解之后加入了自己的描述，使这一份痛苦更为具象化。徐和瑾先生的译文最大特点就是尽可能地在内容和形式上都和原文保持高度一致，很好地诠释了他"文字翻译"的理念，让译者尽可能成为一个"隐身者"。徐先生的文字虽然缺乏华丽和灵动的色彩，但是在句法构造上颇有建树，我们可以看到徐先生灵活自如地使用断句，把原本普鲁斯特式冗长的句子经过巧妙处理，变得精准又不失凝炼，原汁原味。

　　最后，我们还有必要提一下这三个译本的注释。经过比较，我们不难看出，徐和瑾先生的译本中加入了大量的脚注，解释得非常详尽，尤其是对一些历史事件和《圣经》、典籍人物所作的补充说明，极富含金量，为不了解源出语文化背景的读者们带来了极大的便利和认知补充。举个关于"查理六世"的例子，徐和瑾的脚注如下："查理六世（1368—1422），法国瓦卢瓦王朝国王（1380—1422），通称可爱的查理或疯子查理，1392年患间歇性神经病，在位期间王权衰落，大封建主结党营私，人民群众接连举行起义，1415年英国重新挑起百年战争，并大败法军，占领巴黎。1420年5月英法双方缔结《特鲁瓦条约》（1420），规定其死后王位由英王亨利五世兼领。这里提到的扑克牌源于法国作曲家弗罗芒·阿莱维的歌剧《查理六世》。"[1]　再回过头查看另外的两个译本，周克希先生也做了关于"查理六世"的脚注，但相当简单，仅仅是点出了人物的主要身份，寥寥数语而已："神圣罗马帝国皇帝，又是奥地利大公和匈牙利国王。"[2]　至于李恒基先生，则未对查理六世作出说明。

跳出传统的语言对比策略和"信、达、雅"的翻译标准等，当我们把目光转向译者，转向译者的主体性，发现这不失为一种新的翻译批评思路。本文通过对《追忆似水年华》第一卷的三个译本从卷名到个别例句的分析，试图将注意力放在翻译的过程中译者所体现的主观能动性上，再一次诠释文学翻译主体研究的理论重点，就是从文本中去探寻译者介入的痕迹，和三大主体间性的特质。对于李恒基先生来说，在充分尊重原文内容的基础上，他的表达更偏向于中文现成的习惯用语，译者的主观意愿是趋向于走近读者，用"归化"的方式带给读者最大的阅读舒适感和愉悦感。

1　普鲁斯特：《追忆似水年华　第一卷　在斯万家这边》，徐和瑾译，南京：译林出版社，2010年，第60页。

2　普鲁斯特：《追寻逝去的时光　第一卷　去斯万家那边》，周克希译，北京：人民出版社，2010年，第62页。

他的行文断句大胆活泼，辞藻瑰丽，哪怕对于原文的形式有所"叛逆"也在所不惜。与之对比最强烈的是徐和瑾先生，他的译文严谨刻板，除力求内容精确之外，在形式上也争取做到最大限度地与原文保持一致。透过徐先生的译文，我们常常能直接找回原文的句式结构，但有不少有违中文习惯的译法，读者难免觉得佶屈聱牙。徐先生主张"文字翻译"，译者应该就是一面"透明的玻璃"，仿佛就是为了牺牲自己而存在，但事实上，由于西式句法的保留、遣词造句的还原度高，注释详尽而充分，中文读者反而更容易体会到译者的存在感，这块"玻璃"时常会变得雾蒙蒙。至于周克希先生，他的风格介于李恒基与徐和瑾之间，既做到了尽量准确地表达出原文的意思，句式大体不离原文太远，也并没有一字一句刻板地对应原文的结构。在忠实内容的基础上，周先生总是不露痕迹地加入一些自由元素和情感色彩，译文灵动而活泼，每每让读者有眼前一亮的感觉。或许，这就是所谓"尽可能的忠实，必不可少的自由"境界吧！

第八章　文学翻译主体个案研究之五：
《不能承受的生命之轻》

2003 年夏，坊间最热门的文艺类书籍，莫过于上海译文出版社的米兰·昆德拉系列了。关于书名《生命中不能承受之轻》还是《不能承受的生命之轻》这样其实无关痛痒的争论也被媒体炒得轰轰烈烈。说这种争论无关痛痒，其实倒也有一个好处，就是居然把千百万中国读者的视线从关注作品本身，移向了翻译的结果；从米兰·昆德拉延伸到了两位可爱的中文本译者：作家韩少功和翻译家许钧。随着译者们被媒体推到前台，"译"字重新又引发了公众的兴趣。

然而与惯常的名家名译有所不同的是，将这套装帧精美的书前后翻遍，找不到人们所惯见的译序译跋，也就是说译者们在完成了他们的文字转换过程后，统统沉默了。而据我私下询问得知，这种沉默是不太情愿的。原因是昆德拉对中译本出版提出了要求：忠实原著，译者不得擅自改动原文或添加评论文字。

当然昆德拉一向清高，这回的清高又有轻视他人劳动之嫌。然而昆德拉错了吗？笔者以为他自有他的道理。记得笔者曾在巴黎高等翻译学院进修，教授给过一篇出自昆德拉的文章，题目是：忠实的艺术（*L'art de fidélité*）。把"忠实"不光看作是干巴巴的教条，而称之为"艺术"，这让我心为之一动。

　　昆德拉在文章中写道:"一部文学作品是否完全可译? 人们是否能把作者的美学意图毫发不损地搬迁到另一种语言中去? 这是一场赌博,一场针对翻译的豪赌。"[1] 意思是说,译者若是能奉献出一篇忠实的翻译作品,原作者就成了赌桌上的大赢家。接下来昆德拉提到那句著名的格言:翻译好比女人,要么忠实,要么美丽,所谓美人必是不忠。"这是我所听到的最愚蠢的蠢话,"作者愤愤不平道,"翻译唯有忠实,才能言之美丽。"

　　那么,昆德拉的忠实,其内涵又是什么呢? 作者自己的解释又有点出乎我意外:"翻译的忠实并不是一个机械的、教条的概念,而是需要某种发明的能力(inventivité)和创造的能力(créativité)。翻译的忠实堪称是一门艺术(un art)。"[2] 这里的三个法文单词内涵十分耐人寻味,似乎不是一两句话能够解释得清楚,需要每一位读者去"悟",里面既包含了翻译的性质、方法、过程,还有译事中主客体交互的关系等等深层因素。"小说家的分量,不仅仅寄存于他的想象力,更在于他笔下精准的语义。"——昆德拉是相当高明,也是相当清醒的,对于自己的作品,他从情节到每一个字词都极为珍视,他不希望自己的作品被编译者擅改后泛滥于超市书架,而是向中译者提出了翻译的最高要求:忠实于原著,这种忠实不是字面的、机械的,而是要在语言文字转换的过程中,融入译者的"发明能力"和"创造能力",将他的作品还原为艺术(而不是"宁信勿顺"、生搬硬套的产物)。

　　看来昆德拉是深谙翻译之道的,事实上他也的确是位翻译高手。他的清高里并不含有对于译者劳动的轻视,反而透着他对这些异域阐释者们十

1　ESIT,Année universitaire 2001 - 2002,cours du perfectionnement français pour les non-francophones.

2　同上。

分的了解和期许。我倒是有点同情昆德拉，身为原作者，他对自己的作品将在异国他乡经历怎样的冒险，是有点听天由命的意思。正好比婴儿来到了这个世界，其未来的长相是像父还是像母，全靠上帝的一双手来任意拿捏了。虽不说"原作者死了"[1]，却也只能做个旁观者，将这双上帝之手交给译者。

　　昆德拉只是一个例子。其实，在文学翻译的范畴内，原作者和译者的关系远远不是"忠实"二字道得清的。当原文本离开母语环境，摆在目的语译者的面前，接下来的整个过程，自然是由这位新的创造主体来独立操控。译者是实施翻译行为的唯一主体，这一点无可争辩[2]。我们这里要讨论的，是撇开世俗种种对于翻译行为所提出的"任务"、"要求"和"标准"，仅从译者主体本身，来对其创作处境作一个内省式的分析。

第一节　翻译主体意识中的二律背反

　　翻译不等同于创作，一位清醒的译者自然知道"忠实"是翻译的第一要旨；而一个高明的译者，更应该知道翻译不能没有创造，一味的"愚忠"实际上就是背叛。这里的"忠"与"叛"就是我们所说的翻译主体意识中的第一层二律背反。它既是译者在翻译实践中所面临的最大困境，又是贯穿整个翻译理论史的一条主线[3]。由它而衍生出的一对又一对矛盾（主

1　罗兰·巴尔特：《作者之死》，转引自张隆溪《二十世纪西方文论述评》，北京：三联书店 1986 年，第 169 页。

2　参见《中国翻译》2003 年第 1 期，有多篇文章针对翻译主体这一概念进行了讨论。

3　Robert Larose, *Théories contemporaines de la traduction*, Québec: Presses de l'Université du Québec, 1989.

人—奴仆耶？摹仿—创造耶？美丽—不忠耶？等等），构成了译者主体举手投足间左顾右挡的重重障碍。而关于这些争论，早已持续了几千年，此消彼长，最终难有定论。既然说不清楚，不妨换个看问题的角度。依笔者所见，"忠实"还是"叛逆"，就翻译策略而言，决不该是彼此对立的两个概念。"忠实"究竟忠实于什么？"叛逆"究竟能到一个什么样的地步？归根结底，还是译者主体对于自身的一个角色定位的问题。

事实上，人们长时间以来对于翻译活动"忠实性"概念的误解，正是来源于对翻译本质的不了解和对译者创造能动性的忽视。说到译者主体的角色定位，讨论得比较多的还是译者创作处境的尴尬。有许多译家曾自比为"文学界的苦力"，面临着"一仆二主"的双重压力。例如英国翻译评论家约翰·德莱顿就打过这样的一个比方，认为译者好比就是一个在别人的庄园里劳动的"奴隶"，整日给葡萄追肥整枝，然而，最后酿出的酒却是主人的[1]。正因是"卖身为奴"，自然要比"作者低一头"，身为原文的附庸，当然是亦步亦趋，战战兢兢，以做个精确的"翻译机器"为己任，丝毫不敢发挥主观能动性。这样做出来的翻译，特别是文学翻译，很难说会有什么情趣可言。也许他实现了表面形式上的"忠实"，却在内涵意蕴上与原文"背道而驰"。

Il ne trouvait ce geste ni obscène ni sentimental, c'était seulement un geste incompréhensible qui le déconcertait par l'absence de signification.
(Kundera, *L'insoutenable légèreté de l'être*, Gallimard, 1984, p. 132)

---

1 谭载喜：《西方翻译简史》，北京：商务印书馆，1991年，第153页。

这个动作谈不上下流也一点不深情，这只是一个与他毫无关系的没有含义的看不懂的简单的动作罢了。（大三学生课堂习作）

上面的译例告诉我们：字字直译会引起非常明显的错误。译者若稍加利用自己的创造性，采用意译的方法，结果就是峰回路转。而这也往往是不同译者之间差别最大的时候。董桥先生曾有妙论："下等译匠是'人在屋檐下，不得不低头'，给原文压得扁扁的，只好忍气吞声。高等译手是'月上柳梢头，人约黄昏后'，能跟原文平起平坐，谈情说爱，毫无顾忌。"[1]

同样的上面这段文字，换一种译法便成为：

他不觉得这一举动淫荡或是伤感，这只不过是个看不明白的动作，没有意义，令他不知所措。（许钧译，《不能承受的生命之轻》，上海译文出版社，2003，第106页）

屠岸先生就认为该将"一仆二主"的说法，换成"一身而二任"，译者既应是作者的朋友，又该是读者的朋友。既然是朋友，便要不离不弃，不偏不倚，大不必过分地"洋化"而去谄媚那位原作者朋友，也不能因"创造"过度而唐突了这位值得尊敬的好友[2]。在笔者看来，翻译主体只有把自己定位在与原作者平等交朋友的角色上，才能够真正地融入原作，与原作者达到精神上的契合。翻译实为忠实与再创造并重的艺术，只有当译者也能够运思命笔，充分发挥其主体的创造力量，在有限的空间里拓展自由的

1　董桥：《乡愁的理念》，北京：三联书店，1991年，第59页。

2　许钧：《文学翻译的理论与实践》，南京：译林出版社，2001年，第71页。

领地，用自己的灵魂去触及原作艺术的精髓，"入乎其内，出乎其外，神明英发，达意尽蕴"[1]，才能够诞生翻译的精品。事实上，大凡一部成功的译作，往往是翻译家翻译才能得到辉煌发挥的结果。泯灭译者的创造生机，只能导致原作品和它的译作之艺术生命的枯竭。

所以说，在那层"忠"与"叛"挥不去的阴影里，译者在主观意识上决不能自甘为奴仆。译文虽然起始于原文，在很大程度上却是译者心血的结晶。在艺术创造性方面，他与原作者是平等的。德国学者 W·本杰明甚至认为：译文与原著的关系如同一条切线与一圆周相交。译文与原著只是轻轻地一碰而过。其意思随后顺其自己的方向，在译文语言的"语言流"中无限地延伸漂泊[2]。这样的说法似乎又矫枉过正，但我们不妨取它的意象，作图如下：

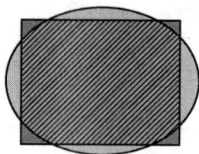

好比原作是圆，译作是方，那无法重叠的部分必是存在的，区别只在多少而已，圆的阴影是译者之所失，方的阴影为译者之所加。两个创作实体，重叠的部分越饱满，说明译作的效果越好，但无论如何，也已经覆上了一层翻译者主体自身的色彩，正像再透明的玻璃，也有着自己的折光率。因此说，优秀的翻译作品本身也已经变成了译入语言的艺术品，必然

---

1 罗新璋：《中外翻译观之"似"与"等"》，载《三十年文选》，北京：中国工人出版社，1994 年，第 284 页。

2 王守仁：《谈翻译的忠实》，载《山东外语教学》，1996 年第 2 期。

有其独创的艺术价值，如钱春绮译的歌德、傅雷译的巴尔扎克、草婴译的托尔斯泰，早已成为中国文学的一个组成部分[1]，影响了一代又一代中国作家的写作风格。

这样看来，译者在翻译中是绝对的主体角色。"忠实"还是"叛逆"？这个哈姆雷特式的问题似乎不应该彻底地对立起来。叛逆也可以是为了创造，创造又必须是具有信度的创造，最终的目的还是为了做到"忠实"。昆德拉所推崇的"艺术的忠实"，也就是我们的老祖宗孔子所说的境界：随心所欲，不逾矩。

第二节　译者的主体性参与

上文提到了译者在翻译中具有主体性。所谓主体性，指的就是翻译主体在翻译的这一动态过程中所起到的主观能动作用。

参考法国释意派翻译理论的观点，文学翻译的再创造过程分为四个步骤：理解—释义—再表达—核校[2]。仔细分析，在前半个环节中，译者的主要任务是解读原文。作为原文的一个特殊的读者，他除了根据原文产生再造想象外，还要对原文的各种形象进行主体性选择和再创造。人们常说，有一千个读者就有一千个哈姆雷特。这一过程因为译者的主体性的参与而变得能动与不确定。在下半个环节中，译者的主要任务是用译入语表达原文的艺术效果，这也同样要求译者在译入语环境中调动各种语言手段，创造性地再现原作。这样看来，无论译者如何自我克制，他也不可能做个

1　笔者十分赞同谢天振、陈思和等提出的"翻译文学是中国文学的一个组成部分"的观点。

2　许钧等编著：《当代法国翻译理论》，武汉：湖北教育出版社，2001年，第163页。

"隐形人"。译文之中无处不见译者的足迹。与其说他像个摄影师原封不动地把对象摄入镜头，倒不如说他像个画家，是凭借自己的理解来表现对象。

伽达默尔在论及海德格尔的存在分析时曾说：理解是"在世之此在实现自己的原初形式。就其是存在的潜在性和'可能性'而言，早在其因种种实用的和理论的兴趣而向不同的方向分化之前，它（理解）就是此在之'在'的方式"[1]。这也就是说，人类的理解和阐释活动，并不只是一种理论上的建构，相反，从本体论上讲，它就是人类之存在方式的体现。由此我们想到，译者（特别是从事文学翻译的译者），作为一个特殊的理解和阐释主体，他本身就是一种诗意的存在。翻译的过程，对他而言，不再仅是一个认知和表达的过程，而且还是存在的过程。他不仅重现文本意义，更通过这种重现体现了他自身的存在，因而，他在再表达的过程中带有他自身的一切特质。

在笔者另一篇关于译者主体性讨论的文章中，曾经提到现代阐释学方法在翻译研究中的应用[2]。今天，我们仍然坚持这一理论在翻译主体研究中的有效性，其基点就是始自施莱尔马赫，历经狄尔泰、海德格尔、伽达默尔、姚斯、保罗·利科直至德里达的关于理解和阐释的理论。在笔者看来，这一理论最大的贡献，就在于使人这一"读解主体"从文本中剥离，与文本产生对话，以其自身之"在 Sum"，去把捉"思 Cagitationes"之在[3]，也就是说，文本意义不仅取决于客观存在的作品本身，更取决于"读

---

1 张隆溪：《道与逻各斯》，成都：四川人民出版社，1998 年，第 18 页。

2 袁莉：《关于翻译主体研究的构想》，载许钧、张柏然主编《面向 21 世纪的译学研究》，北京：商务印书馆，2002 年。

3 蒋成禹：《读解学引论》，上海：上海文艺出版社，1998 年，第 22 页。

解主体"的"在"的状况和与文本对话的过程。

　　说到翻译，就文本而言，它以自己的历史语境限定了译者主体理解的随意性；就译者而言，他从此在（即人对自身存在的感知和体验）出发，赋予文本以新的意义。这样，译者主体进入文本，在解读中，文本的历史语境同时被渗入译者当下的理解。伽达默尔指出，文本解读，不仅要注意到历史上流传下来的作品本身的意义，还要注意到作品在读解中过程所产生的效果[1]。历史的真实和理解的真实，二者融合，构成了文本的意义。一代一代的译者（读者）不断地介入阅读，又不断地重写文本的意义，产生不同的效果，这些效果不断地积累起来，就构成了所谓翻译的效果历史。

　　我们不妨走得再远一些，借用德里达的解构主义阐释学观点：语言只不过是从能指到所指的游戏，其本身是不确定、不可靠的；没有任何东西是充分存在于符号之内的，也没有任何交流是完全成功的[2]。在他的抨击下，确定性、真理、意义、理性和明晰性等等观念都已经变得空洞无物。一切结构都在不断运动变化，一切都可以被解构。翻译也不应该例外，翻译中最富有弹性的美学层次，便是译者笔下匠心独运、施展本领的解构空间。正因为这样，我们可以对同一部作品能够拥有各方面不相上下、众多的不同译本做出合理的解释，也正因为这样，翻译的主体活动在文本解读的过程中，便具有了诗意的、创造的性质。翻译的实质是译者主体能动的、理解诠释的过程，也是译者主体之自身存在方式的呈现。

　　请看伏尔泰作品《老实人》（Candide）的两段翻译：

1　蒋成禹：《读解学引论》，上海：上海文艺出版社，1998年，第25页。
2　成中英：《论中西哲学精神》，上海：东方出版中心，1991年，第81页。

Cunéconde laissa tomber son mouchoir, Candide le ramassa, elle lui prit innocemment la main, le jeune homme baisa innocemment la main de la jeune demoiselle avec une vivacité, une sensibilité, une grâce toute particulière; leurs bouches se rencontrèrent, leurs yeux s'enflammèrent; leurs genoux tremblèrent, leurs mains s'égarèrent.

句妮官德的手帕子掉了地下去，功第德捡了它起来，她不经意的把着了他的手，年轻人也不经意的亲了这位年轻姑娘的手，他那亲法是特别的殷勤，十二分的活泼，百二十分的漂亮；他们的口合在一起了，他们的眼睛发亮了，他们的腿摇动了，他们的手迷路了。（徐志摩　译）

居内贡把手帕掉在地下，老实人捡了起来；她无心的拿着他的手，年轻人无心的吻着少女的手，那种热情，那种温柔，那种风度，都有点异乎寻常。两人嘴巴碰上了，眼睛射出火焰，膝盖直打哆嗦，手往四下里乱动。（傅雷　译）

在早期新文学的诗人、散文家中，徐志摩是很杰出很特殊的一位，他的文字以感性浓烈、节奏明快、词藻瑰丽、想象洒脱而建立自己的风格。就是看他的译文，也同样能在字里行间找出他抹不去的浪漫遐想和飞扬的色彩。

傅雷先生算得上是中国最优秀也最富有个性色彩的翻译家之一，这段文字很符合他一贯的语言风格：行文讲究对称，用句简短，多四字结构，节奏感也很强。文如其人，从中我们也能感受到他为人严谨刚直的一面。

我们这里要强调译者是一种诗意的存在，就是要说明翻译主体不仅仅是传统观念中所谓的"语词的摆渡人"。那些打着"忠实"的旗号，只是试图追求语词对应上的精确的做法，在文学翻译中是肤浅的，也是危险的。文字是什么？特别是书面文字，在柏拉图看来只是一种不可靠的外在摹写，真理，只能栖居在内在言说之中，即直觉和灵魂的回忆中。也诚如黑格尔所说：内在的思想被外化为语言时必然会异化。[1]

以备受争议的庞德英译汉作品为例，《论语》第一句话："子曰，学而时习之，不亦说乎？"中国字繁体"习"是由两个要素构成的，上面一个"羽"，下面一个"白"，然而它的意思却并不是"白羽"而是"实习"。庞德抓住"习"字中"羽"的意象，遂把这句话翻译成"学习中季节飘飘飞去，不也是一件高兴的事吗？"无疑，这是很好的诗，但却是很坏的翻译。

一部真正好的翻译作品，往往是由原著风格和译者风格掺糅而成的。在这一点上，音乐演绎与文学翻译之间存在着许多共通的地方。以乐谱为例，它们只能依赖演奏家的演绎才能拥有生命力。同理，原文在不懂外语的读者眼中是没有意义的，只有经过译者的译介，才能在第二种语言环境中重生。既然同一乐谱可以展现千姿百态的演绎，那么同一作品为什么不能有多种多样的翻译？而不同译者个性有异，天赋不同，经他们的手笔，自然会产生不同的译品。但是基本上，伟大的演奏家不会将贝多芬弹成莫扎特，将肖邦弹成德彪西，成功的翻译家也是如此。不同的译者，在尽量将原作的思想、风格传达给读者的过程，其实也是将其自身的在（打有海

1　张隆溪：《道与逻各斯》，成都：四川人民出版社，1998 年，第 61 页。

德格尔所谓前有 vorhabe、前见 vorsicht 与前设 vorgriff 烙印的主体特征） 1
展现出来让读者去体察品位的一个过程。

第三节　翻译过程中多元主体的内在独立与交互性

上文我们说到，译者是实施翻译行为的唯一主体，这一点无可争辩。

但是，当我们谈到与翻译活动全过程相关的所有因素时，翻译的主体
无疑是多元的，它们分别可以表述为：原文本主体、原作者主体、母语阅
读主体、译者主体（甚而包括复译者主体）、译文本主体，还有译语阅读主
体。这里之所以将文本也列为主体，是因为笔者所持有的阐释学翻译理论
的观点，认为所有的理解和阐释行为都是一种主体间的对话，其中人与文
本是一个互为主体的关系，文本的意义会因主体间互动结果的不同而略显
差异。在这些文学翻译的多元主体中，体现了它们**彼此的内在独立性与交
互性**，其中交互主体性也可称为主体间性。

根据现代哲学诠释学理论，翻译过程中译者对原文的解读，实际上是
把自己的心灵投射于外在的文本主体之中；一部作品，原作者主体的意识
并不重要，重要的是翻译者如何对待原作者的意识。伽达默尔从胡塞尔的
现象学中借用了"视野"和"主体间性"等术语，他认为理解活动乃个人
视野与历史视野的融合，文学不是一种指向客观世界的对象性活动，而是
一种主体间性的交流活动 2。文学翻译，就其本质来说，也是主体间（译者
和原作者）通过对象（文本主体）互相沟通、对话的形式。译本既是译者

1　郭宏安等：《二十世纪西方文论研究》，北京：中国社会科学出版社，1997 年，第 190
页。

2　Hand-Georg Gadamer，*Vérité et méthode*，Paris：Editions du Seuil，1976，p. 140.

对原文现实化、显现化的结果，也是他对文本的过去与现在、本性与它性之间调节与应用的结果。

梅洛·庞蒂指出，在主体之间的交流中，存在着他人和自我之间已构成的一种共同的基础，各主体都是一种圆满的相互性中的相互合作者。而依海德格尔所见，交互主体性是人的此在的一种基本结构的相互关联[1]。梅洛·庞蒂的思想与海德格尔的理性发展是相互平行的，亦即，主体与客体之间的关系不再是古典唯心主义所设定的认知的关系——在此，客体总似乎是主体的建构物——而是存在的关系，通过两者关系的易位，主体就是他的认知对象，他的外部世界，他的历史境遇。主客体你中有我、我中有你，达到理想的"视野融合"，钱锺书所言的翻译的"化境"，也就是如此吧。

我们这里再回到昆德拉作品的翻译这个话题上。 *L'insoutenable légèreté de l'être* 这本书，抛开关于题目的争论，试从内容着手进行比较，笔者发现想简单地作出判断说孰优孰劣是愚蠢的，任何一种倾向都缺乏百分之百的说服力。原因正是由于两个译本在其诞生的过程中，受到了上述种种多元主体因素的交互影响，从而造成了呈现在中国读者面前的两部文本风格迥异：

文本主体选择之不同。 韩少功译本出版于 1989 年，当时我国还没有加入伯尔尼版权公约。韩少功先生所依据的英译本并没有经过原作者的参与，全书有多处细节与原作稍有出入。这样转译而来的作品，用柏拉图的话说，似乎"是与真理隔了三层"。许钧译本由上海译文出版社经昆德拉授权出版，而且所依据的法文本是经过原作者亲自修订的（二十多年来，米兰·昆德拉移居法国，都是在用法语出版他的作品），具有版本的权

1　多尔迈：《主体性的黄昏》，万俊人等译，上海：上海人民出版社，1992 年，第 46 页。

威性。

原作主体介入之不同。 当年韩译本无版权问题困扰，翻译起来相对自由，还附有精彩的译者前言。诚如韩先生所说，他呈现给读者的是一个他"个人理解中的昆德拉"[1]。许钧的译本出版时受到版权合同和昆德拉本人的诸多局限，出于对原作者的尊重，许译本采取的是相对保守、自觉消隐的翻译策略。

译文接受主体之期待视野不同。 韩译本出版时，正值我国改革开放初期，作品投入市场后，取得的社会效应可谓"振聋发聩"。书名《生命中不能承受之轻》早已先入为主，深深地印在每一位读者的心中，难以抹去。十四年过后，中国人的意识形态、社会观念甚至文学品位都发生了很大的变化。许译本的出现，无论从文体上还是内容上都让当今的中国读者们见怪不怪了。不过，市场对大名鼎鼎的昆德拉依然买账，加上媒体的力量，读者们仍想通过一个更加权威的版本，来揭开这位捷克作家的真正面纱。据说昆德拉这部作品的许钧译本销量已超过两百万册。

译者主体的"在"之不同。 归根到底，真正左右最终结果的关键性因素，还是在于人。正是由于两位译者自身气质、禀赋、经历的不同（套用海德格尔的哲学诠释学概念，就是所拥有的前有 vorhabe、前见 vorsicht 和前设 vorgriff 的不同），而造成了翻译的结果也不尽相同。这是一个有趣的课题，有待在对本书所有的创作主体进行深入调查后进一步展开。我们这里想说的是，韩少功译本因其作家的创作个性而显得自由奔放、笔触圆融，普通读者读来一定是赏心悦目的。可是在内容的对应上，韩译本却显

1　昆德拉：《生命中不能承受之轻》，韩少功、邸刚译，北京：作家出版社，1989 年，第13 页。

得比较粗糙，加减文字也颇为随意。许钧的译本可谓句句精确，内容上堪称权威，经得起仔细推敲，唯其不足的是略输文采。或许是译者刻意要保持其"带血牛排的原汁原味"，也未可知呢。

这样看来，文学翻译中多元主体的存在与互动，对最终产生的翻译结果，影响是不容小觑的。昆德拉有幸得到两位中国文坛名家的阐释，可以说在翻译这场"忠实"与"叛逆"的赌局中，绝对是占了先机的。至于输赢，倒应该辩证地看。"艺无止境"，忠实既然是一门艺术，一部经典的文学作品就只有在无数可敬的译者们西西弗斯式的努力下，才能够在世界各地焕发其永恒的光芒。

第九章 文学翻译主体个案研究之六：
程抱一的唐诗翻译

"全球伦理"是当今社会解决文明冲突、作为文明对话基础的新概念，在翻译研究领域里，它也是构建新型翻译伦理、指导翻译主体采取行动的最终参照系。怎样处理好翻译活动中各个主客体之间发生的权力话语关系，在全球化的语境中，怎样帮助中华文化更好地"走出去"，我们需要一个成功的探路人——我们选择了法国人心中的"东方传奇"、"不朽者"程抱一。

程抱一先生 2002 年入选法兰西"不朽者"名人堂，成为继赵无极和朱德群之后第三位亚洲裔的法兰西学院院士。他用法语直接创作的诗歌和小说在法国屡屡获奖，成就令人瞩目。但我们认为程抱一在与法语"相遇"之后，在他的生命因新的语言介入而发生"存在性"转折，成为真正意义上法国诗人、作家之前，不可忽略地首先扮演了一位东西方的"摆渡人"角色，而且是双向的"摆渡人"。他在七十年代末译出、由散文家徐迟帮助在国内出版的《法国七人诗选》，曾让改革开放之初的中国读者重新领略到了法兰西艺术之泉的"芬芳甘洌，快活得无法形容"[1]；他的《中国诗语言

---

[1] 程抱一：《法国七人诗选》长沙：湖南人民出版社，1984 年，第 2 页。

研究——附唐诗选译》、《虚与实：中国画语言研究》和《云泉之间——中国诗歌再造集》这几部标志性的著作，也让以法国为窗口的西方读者真正走进了中国传统诗、书、画所营造的绝妙意境，迷上了中国古典文化，"在离开书店的时候，口袋里很可能会装着关于中国诗词创作的小册子"[1]。程抱一先生的生活境遇和研究经历，他的中法诗歌译本的权威性和社会价值，他所拥有的译者主体之"翻译视野"和"翻译立场"都是独一无二的，值得作为翻译主体之新型文化伦理研究的重大课题。

　　不可否认，我们国家近年在"文化走出去"战略实施的过程中似乎走得并不顺，许多翻译过去的作品成了国外书店的压箱货。可是程抱一有关中国诗画的著译作品却在法国大受欢迎，一版再版，成为被西方人理解并接受的"东方的奇迹"，这点相当耐人寻味。我们认为，程抱一著译成果的受重视，不仅仅是因为他作品的魅力和学术价值，更是因为他深刻了解在西方的文化动态转型期人们对神秘的东方文化有着怎样强烈的渴求。西方的读者在程抱一的作品中除了能有耳目一新的发现，还能找到许多内心的共鸣，法国的学术界也深深感受到了他所诠释的东方思想和文化的价值。如程抱一对王维《辛夷坞》的翻译：

辛夷坞　　　　Le Talus-aux-Hibiscus

木末芙蓉花，　Branches extrémité/magnolias fleurs

山中发红萼。　Montagne milieu/dégager rouges corolles

涧户寂无人，　Torrent logis/calme nulle personne

1　卡赛：《中国古典文学在法国》，载《法国汉学》第4辑，北京：中华书局，1999年，第284页。

纷纷开且落。　　*Pêle-mêle/éclore de plus échoir*

Au bout des branches，*fleurs de magnolia*
Dans la montagne ouvrent leurs rouges corolles
-Un logis，*près du torrent*，*calme et vide-*
Pêle-mêle，*les unes éclosent*，*d'autres tombent*

　　程抱一首先给出的是一个"字面翻译"（mot à mot）的版本，排在原诗的旁边，便于让法国读者一一对照每一个中文字的含义，领略一千多年前中国古诗汉字结构的排列，这是一种最为直观的再现，"存异为异"，带给读者的首先是陌生性和客观性，造成了阅读效果上的第一波冲击。随后，程抱一又给出了一个符合法文现代阅读习惯和诗性表达的自由体诗版本。我们知道，自十九世纪末象征派诗人兰波之后，法语语言的丰富性和衍生的速度，早已胀破了格律诗的外壳，诗歌的散文化和自由化成为现代诗歌的主要特征。程抱一没有效仿其他译者翻译古诗时对格律的生搬硬套，而是以其诗人的细腻和敏感，重新诠释并再造了一首法文诗，风格与他自己后来创作的《托斯坎咏叹》何等相似！再来对照原文，却仍然在内容和结构上保持了对原作最大程度的忠实。那么，让法国读者通过这些优美的诗句领会王维诗的音美、意美和形美，任务是不是就完成了呢？不，程抱一还要传达一种情怀，就是中国儒家和道家文化有别于西方传统二元论的第三元：阴阳之间的冲虚之气，还有立于天地之间与自然和"真生"对话的那个"人"。他在这首诗的后面加了几条长注[1]，讲到"木末芙蓉花"这几

1　François Cheng, *L'Ecriture poétique chinoise*，Paris：Editions du Seuil, 1996, P. 17 - 18,
　　P. 135.

个表意文字的视觉特征，整首诗虽然是"寂寂无人"，可是首句里的每个字却都暗含了"人"的成分，从而揭示了人进入此树木之中，"天人合一"，参与整个宇宙演化的过程。译者此时试图在文本中化"自我"为"他者"（此处有双重含义：译者与古代诗人融为一体；译者又是困惑的西方读者的代言人），在他者自身的语言空间内复活了一场神秘的东方文字体验，并且在诠释的过程中融入了译者主体个人的精神境界。

另举一例，刘长卿的《寻南溪常道士》中"白云依静渚，芳草闭闲门"，程抱一的译文是：

字面译：

Blanc nuage/côtoyer paisible îlot

Parfumée herbe/enfermer oisive porte

意译：

De blancs nuages entourent l'îlot paisible

Derrière les herbes folles, une porte oisive

或许是因为在巴黎东方语言学院讲过课的缘故，程抱一的唐诗翻译总尽力要将原诗的语言结构原汁原味地再现，同时又将他丰富的感情渗入对原诗的理解中。在这里三个版本的诗句（翻译）同时呈现在读者的眼前，所经历的过程是先让读者直接与一方陌生的语言"相遇"，再"易"（字字对换）再"变"（成漂亮的法文诗）。就在这场"遇—易—变"的游戏中，程抱一让法国读者体会到了"见山—不见山—复见山"的禅宗三境界。在文后注解中，程抱一对"芳草闭闲门"还有进一步的解释："前两字都含有草字头，草头的重复表明了外部世界自然茂盛的景象。后三字虽都有门字，排列起来，形象地显示了随着诗人渐近隐居之地，视观却越来越明净无华，最后一个裸露的门，达到居士彻底纯净的心灵之象。整句诗，表面是描写，在深层的意义上，难道不是意味着，为寻达真正的智慧，首先需要摆脱来自外部世界的所有诱惑？"[1] 这样的译例还有很多，包括在《法国七人诗选》中，他对雨果、兰波等诗歌的处理，也不仅仅是对文字内容和结构进行译介，还通过详细的注释和评论文字，甚至对某个"字"的详细解读，将翻译过程变成了表达译者主体心志本身和东方智慧的一个传播平台。程抱一的文字解读策略与安托瓦纳·贝尔曼"字面译"的主张不期而遇、暗暗相合，都是不光满足于"意义等值"的传统观念，对"能指的游戏意味"[2] 更加以关注，试图再现文字自身的原始魅力和见仁见智的神秘，这点大概就是本雅明在《译者的任务》中所谓的"纯语言"的境界[3]。

我们不难发现，程抱一的诗歌翻译表现了译者主体空前的自我朝向性和凝聚性，从而让他变得与其他译者不同。由于自幼家庭的熏陶和个人的经历，诗人程抱一既具有儒家传统士大夫的"中庸"、"调和"和"仁爱"的思想，又具备西方新人文主义的"古典"、"理性"和"浪漫"等特质。他的翻译伦理观是独一无二的、中西合璧的、多元复杂的，既反映了他的国学基础和美学价值，又反映了他超越国界的人文智慧和跨文化身份。作为含有特殊伦理意志的翻译主体，他深得汉语和法语两种语言的精妙，用

---

1 François Cheng, *L'Ecriture poétique chinoise*, Paris：Editions du Seuil，1996，P. 19，P. 41，P. 232.

2 Antoine Berman, *Pour une critique des traductions*：*John Donne*, Paris：Editions de Gallimard，1995，P. 14.

3 Antoine Berman，*L'Age de la traduction*，Paris：Editions de Presse Universitaires de Vincennes，2008，P. 114.

法语对中国古代诗、书、画的阐释细致而迷人，常常让我这个中国读者和法国读者一样感叹不已，重新体悟到自己母语文化的美好和快乐。笔者多年浸润在西洋文学的"经典"里，直到读了程抱一这样的法文译本唐诗绝句，竟发现自己以往的阅读体验多么地表面、肤浅，文字的"能指"背后竟有那么丰富的寓意指涉，自己居然完全忽略了。只有这样的翻译成果，才是真正的"走出去"，才能让异国的朋友理解、领会、喜爱这神秘的"万有之东"，才能让母语的空间被唤醒、有了进步的余地，从而将中华文明化为全人类共有的财富。

在与钱林森教授的对话中，程抱一曾表示说中法两种语言后来在他看来"不仅是（用作）交流，而是融和、创新。仅仅做交流，做'艄公'、'摆渡人'，对今天的我已远远不够了，而要锐意创造"[1]。这也就解释了为什么自《天一言》后，程抱一不再从事翻译，而是升华到了另一种创作的境界。他在近二十年里相继出版的诗集、小说和艺术文论集，都表明在经历了从东方到西方漫长的旅程之后，他不再满足于做摆渡人的角色，而是力图超越民族和地域的限制，提取中、法这两个伟大民族文化中最优秀的部分，来熔铸新的生命，创造新的艺术。就像他在《对话》一书中所说："每当看到两种语言奇迹般地结合，相依相赖时，我无数次为之激奋，为之陶醉。……既然人和人之间可以有交流与传播，那么，为什么越来越开放的文化与文化之间就不能达成这样的沟通呢？……这是一个共同培育的过程，每一方都有责任从他人身上吸收于己有益的东西。"[2]

从上面对程抱一先生译作的个案分析中，我们可以得出一个结论：翻

---

1 程抱一、钱林森：《文化汇通、精神提升与艺术创造》，载《跨文化对话》第 17 辑，2005 年，第 97 页。

2 同上，第 113 页。

译伦理所探讨的不光是文本层面作者、译者、读者等各种关系的问题，更是人类各文明彼此交流、互相展示的深层次的问题。特别是当我们对翻译实践、翻译活动进行思考时，作为译者主体和翻译理论家就不得不面对翻译伦理观的选择。从主体研究的角度看，程抱一是译者里的特例。他跨于中西之坎，中法文修养的内涵和功底均达到上层，既能搭住西方文化发展的脉搏，也能融合东方的哲学精髓；既懂得如何在"异"的空间打开异，也懂得用距离来保持母语文化的神秘。他超越了国籍的分界，超越了国别的文化，走在了知识界的前面，他是具有先知般眼光的"对话与融合"的引领者，让全球文化朝着一个揭示人类命运、展现神奇的理想走去——或许这才是我们从事翻译的终极意义。

第十章　文学翻译主体个案研究之七：莫言与林纾

从当代"中译外"的问题，回溯百年前林纾时代"外译中"的过程，相信两者均能呈现翻译者与文化史之间需要探讨的诸多课题。本章的研究对象表现出三个落差：

时隔百年之时代的落差（1899—1988）；

国家文化之角色的落差（法译中、中译法）；

译者主体之身份的落差（古文家、汉学家）。

法国学者安托瓦纳·贝尔曼在《翻译的时代》一书中提到："一国文化的发展演变很少会是'静态的'，往往会发生两种倾斜：向内回溯传统（保守），向外迁徙输出（扩张）。保守者必有外来文化冲击渗透，扩张者必遭他人抵抗和改写。"[1] 历经时代变迁，这些冲击和抵抗的痕迹往往在翻译文本中表现最为明显，正是译者的操纵之手通过翻译，悄悄改变了一国文化的原生样态。

百年前（林纾的时代），中国的文学样态是保守而自足的，却因国力积弱、社会急剧向现代化转型而深受西风东渐的影响。中国传统完全无力面对现代文学的挑战，译述生涯迟来却成果丰硕的林琴南，在新旧文学过渡

1　Antoine Berman，*L'Age de la Traduction*-《*La tâche du traducteur*》*de Walter Benjamin*，*un commentaire*，Paris：Editions de Presse Universitaires de Vincennes，2008.

的历史节点上，虽有精通外文的合作者相助，却毫不犹豫地采取"归化"的翻译策略，改写了他所经手的一百八十余部西洋小说。

林琴南之后，中国旧文化虽渐渐终结，新文化随五四运动兴起而势不可挡。中国的民族文学对外传播却长期处于弱势地位，全球文化霸权主导下的权力分配格局，导致了中国文学，尤其是中国现当代文学长期被西方世界冷落和边缘化。

进入二十一世纪，中国文学与文化随着经济和政治环境的改观，在世界文学与文化中所处的地位与状态得到提升。特别是 2000 年（高行健）与 2012 年（莫言）两位用中文写作的作家先后得到诺贝尔文学奖，更在西方世界引发"阅读中国"的兴趣。特别是贴着"全球化"时代标签的欧洲，文化身份认同的焦虑感无处不在。他们想要知道那个遥远的东方巨人，是靠什么价值观、文化经验和历史起源，把那么多人口紧紧地、相安无事地维系在一起。高行健虽加入法国籍，主要获奖作品《灵山》由杜特雷夫妇译成法文，仍被法国学界视作是中文作家。

第一节　莫言作品在法国的译介

法国有着深厚而严谨的汉学研究传统，也是西方世界中最早译介中国文学的国家。从十七世纪法国传教士来华传播宗教与科学，并将中国传统文化经典西传至欧洲，到十八世纪启蒙派对孔子的哲学理性观大加鼓吹，成为当时的进步思想源泉；从十九世纪西方使团直接深入东方作零距离观察，从而改变之前对于中国的美好想象，对积弱的中华文明进行无情嘲笑，到二十世纪末持续至今的"中国热"，西方社会与中国之间的文化接触与交往走过了四个阶段：

尝试接触——理想化误读——隔断与冲突——兴趣重建

1988 年至 2012 年，莫言共有十八部小说作品在法国被翻译，并单独出版发行。另有两部短篇小说：《枯河》 1988 年收录在 Alinéa 出版社《重见天日：中国小说集（1978—1988）》（*La Remontée vers le jour：Nouvelles de Chine* 1978—1988），以及《养猫专业户》刊登在 1989 年 Renditions 杂志的第 32 期。

法国是翻译出版莫言小说最早也是最多的西方国家。反过来说，莫言因为其出色而数量众多的法译本，也成了西方人阅读频率最高的中国作家。 2012 年莫言获得诺贝尔文学奖与法文译本的影响力不无关系。

莫言获奖，法国新闻界的关注度极高：不光《世界报》、《费加罗报》、《解放报》、《观点》、《快报》等各大主流媒体，连《巴黎人报》、《阿尔萨斯人报》等地方媒体都加以报道和追踪。但热闹背后也充斥着带意识形态色彩的质疑和争论（莫言是否配得到这个诺贝尔奖，如何看待他的体制内身份？）。直到 2013 年 2 月法国《新观察家报》刊登了一篇知名记者的长文："Après la polémique sur le Nobel de Mo Yan, et si on lisait ses livres？"（《诺奖争议之后，不妨读一读莫言的作品》）[1] 这才扭转媒体空谈乱局，法国人开始认真研究莫言作品的艺术特色，多次邀请作家赴法演讲。对莫氏风格的评价集中在两点：幻觉现实主义（réalisme hallucinatoire——"魔幻"的译法似乎不当）和拉伯雷式的粗狂豪放（truculence rabelaisienne）。

拉伯雷是铸造现代法兰西语言、开启其民智的文艺复兴巨匠。莫言的作品语言，从饮食到性，从动物到人，其充满肉欲的坦率明朗，有些怪诞

---

[1] 见法国《新观察家杂志》（*Nouvel' Obs*），作者 Bertrand Mialaret，2013 年 2 月刊。

又极其现实，与拉伯雷在《巨人传》中表现出来的民间诙谐，以及其特有的"形而下"却又充满隐喻和张力的语言一样，让人瞠目结舌。那些开放的、欢闹的、大众的、双重的形象，那些对颜色、气味、声音和光线的比喻以及重叠，十分吻合法国读者的艺术审美和趣味。

一种神奇的相互吸引力似乎从一开始（1988）就很强烈地存在。熟悉拉伯雷的读者群在文化接受上一直比较挑剔，或许对于文学狂欢的自负也波及到本国的作家，中国同行甚至无从想象这份文化的自负。但莫言在多次演讲中都表达了对法国文化和文学的推崇和早期仿效（新小说派），这更加重了法国人的这份自负的荣耀。

反过来，一些新生代的重要法国作家如 Antoine Volodine、 Christian Garcin 等也表示非常喜欢读莫言，并正在学习和研究他的写作方法。[1] 尽管如此，若是细察法国译者在引进和翻译莫言的过程，从作品的选择，到翻译的策略，恐怕都是听凭他人操纵的，译本中更有许多"再创造"和"不拘小节"之处。

比如：《丰乳肥臀》的开篇第一段，作者借用马洛亚牧师的梦境，来暗示上官鲁氏之临盆好比人类混沌初开、上帝创造万物的宏大景象，只因莫言描写那些天体"闪着温馨的粉红色光芒，有的呈乳房状，有的是屁股形"，似乎亵渎了《圣经》中"创世记"的神圣，于是干脆舍去不译。

第二段中有一句的原文是："圣母和圣子的脸上呈现出侏儒般痴呆凶狠的表情。"法文："... conférant aux visages de la Sainte Mère et du Saint Fils une expression hébétée（呆滞的）."[2] 其中"侏儒"和"凶狠"两个词被

1　见上述杂志《作家与译者的对话：一位大体上忠实的译者》（*Entretien avec Noël Dutrait, un traducteur《principalement fidèle》*）。

2　Beaux seins Belles fesses de Yan. Mo, traduit par Noël Dutrait，Paris：Edition Seuil，2004.

译者有意省略，只保留了比"痴呆"的贬义色彩更弱的"呆滞的（hébétée）"这一层含义。在法国，天主教信徒占了绝大多数，读者是无论如何不能接受用"侏儒"和"凶狠"这样的词来描绘圣母和圣子的。

再比如《红高粱》第二页上对于高密东北乡的描述：

"我曾对高密东北乡极端热爱，曾经对高密东北乡极端仇恨，长大后努力学习马克思主义，我终于悟到：高密东北乡无疑是地球上最美丽最丑陋、最超脱最世俗、最圣洁最龌龊、最英雄好汉最王八蛋、最能喝酒最能爱的地方。"

Cette région de Gaomi, je l'ai beaucoup aimée, et tout autant haïe. Ce n'est que plus tard que j'ai enfin compris：Gaomi, c'est le plus beau pays du monde, et c'est aussi le plus laid, le plus serein et le plus terre-à-terre, le plus pur et le plus corrompu, le plus héroïque et le plus lâche, le pays des pires ivrognes et des meilleurs amoureux. 1

且不说原文十个"最"所带出的形容词在法译本中节奏感全无，法国译者显然对"长大后努力学习马克思主义"这一句话的多余性无法理解。中国读者能够心领神会原作者所附加的嘲讽和荒诞意味，而法国译者因意识形态的偏见和误读，也干脆在翻译中省略回避掉了。

对这样的改动和删节，莫言要比米兰·昆德拉宽容得多，宽容中也多

1　Le clan du sorgho rouge de Yan. Mo, traduit par Sylvie Gentil et Pascale Guinot, Paris：Edition Seuil，2014.

少有些无奈。比如葛浩文英译《丰乳肥臀》："有时会根据我对小说的理解以及照顾西方读者的趣味习惯，做一些必要的压缩，比如《丰乳肥臀》有十几页内容被我删去未译。"译者接着说："很幸运的是，我与大多数小说家的合作都很愉快，尤其是与莫言的合作，他对我将其作品翻译成英文的工作大力支持、鼎力相助。他很清楚汉语和英语之间是不可能逐字逐句一一对应。他会很体贴、和善地给我解释作品中一些晦涩的文化和历史背景，他明白翻译是对原文的补充而非替代。"[1] 中国文学要在西方生存必经三条路径：翻译、出版和批评。根据法国国家图书馆东方部馆藏目录看，在法国出版的中国文学作品，百分之九十以上都是由法籍人士翻译，其中包括 1980 年代艾田蒲先生引入伽里玛出版社"七星书丛"的中国古代五大文学经典、"中国蓝丛书"（Bleu de Chine）、美文出版社（Les Belles Lettres）程艾兰等主编的"中国书库"（La Bibliothèque chinoise）等。

从翻译学研究的角度，西方读者对于"异"的兴趣和接受，至今仍主要取决于其自身的文化处境和自我认识。他们切入"异"的观察，起点大多还是"自我引证"式的。可喜的是，在这个过程中，西方学界对中国文化的关注点已经渐渐由"我"转向"非我"，继而有"东方主义"、"后殖民理论"、"文化多元"、"全球伦理"等等关注"他者"、主张"还异为异"的研究思路。

关于文学发展规律本身对于中国文化走出去的影响，西方的文学近代与现代性转换的时序等，都对中国文学"小说"等体裁的革新给予了非常好的借鉴。中国文学本身的发展时序与西方不同。八十年代始的先锋派，是对西方的迁移与模仿，西方不感兴趣。中国文学需要自己的特色和传统

1　葛浩文：《访谈》，载《文汇读书周报》，2014 年 1 月 8 日。

革新，才能引起西方的兴趣。

文学翻译不等同于创作，传统译论向来把"忠实"看作是翻译行为的第一要旨。因为"绝对忠实"做不到，翻译过程与结果中的"失"便成为射向戴着镣铐跳舞的译者们的一支支毒箭——"翻译是谋杀"（乔治·桑）、"是不忠的美妇"（阿布朗古）、"是拙劣的仿品"（伏尔泰）、"是皎洁的月光里塞满的稻草"（斯坦纳）……

然而任何高明的译者都应该知道文学翻译不能没有创造，一味的"愚忠"实际上就是背叛。当代翻译理论早已认清一个事实：人们长时间以来对于翻译活动"忠实性"概念的误解，正是来源于对翻译本质的不了解和对译者创造能动性的忽视。笔者认为，在文学翻译那层"得"与"失"、"忠"与"叛"挥不去的阴影里，译者在主观意识上决不能自甘为奴仆，而要像董桥先生所说的"'月上柳梢头，人约黄昏后'，能跟原文平起平坐，谈情说爱，毫无顾忌。"文学翻译实为忠实与再创造并重的艺术，只有当译者充分发挥其主体的创造力量，"入乎其内，出乎其外，神明英发，达意尽蕴"，才能够诞生翻译的精品。

第二节　1899 年林译《巴黎茶花女遗事》的启示

历史上，什么时候翻译别国文学会成为自觉？往往是转型时代出现了严重而深刻的道德信仰危机和社会政治危机，自身的文化传统无法也无力解决时，需要通过翻译，借他山之石打开自闭的精神世界大门。而在这种自觉的大规模翻译运动伊始，又都有着"间接翻译"和"归化翻译"的共同特征。

林纾大量翻译西洋小说的时代（1898—1919），正是古老的中国发生严重生存危机，文化面向现代化转型的历史关键点，近现代中国文学正处于建立的过程中，特别需要外来文化的刺激和冲击。经历了甲午海战和戊戌变法的失败，中国的知识分子真正觉醒，认识到了文化启蒙的重要性和社会近代化转型的紧迫性，林纾等希望通过翻译达到"救国保种""富国强民"的目的。

《巴黎茶花女遗事》开了中国翻译文学之先河，使得一百年来外国文学的翻译在中国成为自觉。虽然在开端阶段，"破碎浮浅、错误诸弊皆不能免"（梁启超），译者在原作的选择上过于偶然（法国译介中国现当代文学同样有此问题），增删随意（林译总字数为四万三千余，其同时代的夏康农译本和王慎之译本均有十二至十三万字），国别、体裁信息上有许多错误，烙上了明显的"林译痕迹"，却反而充满魅力，大获成功。

以《巴黎茶花女遗事》为例，其爱情题材和主人公的妓女背景，完全契合中国传统小说的审美取向。但这部作品以多重第一人称的非全知式叙事模式、有情人因奉献精神而难成眷属的悲剧性结尾，引起了中国读者的好奇。习惯才子佳人否极泰来大团圆模式的旧言情小说的中国市场，也需要新的观念和刺激。

林纾的翻译在某种程度上是一种"改写"，非将源语文本置于首位，而是将原著本土化，添加作者个人的体验和"创作"，吻合时代的文化心态和审美理想，才得到"林译小说胜于原作"的评价。

读过《茶花女》的人都知道，小说的文本叙述是通过三个"我"来进行的。首先是作者虚构的叙述者"我"，在小说的开头与亚猛相识，并在故事发展的过程中时隐时现。接着亚猛以回忆的方式用另一个"我"的视角讲述与马克的相知相恋和离别。亚猛的讲述完成之后，文本经"叙述者"简单过渡后又开始了以玛格丽特为"我"的日记体叙述。在小说的最后，视角又回到起点，归结于叙述者"我"与亚猛的交谈来结束全文。这种新颖的环环相扣不断让读者沉浸其中、感同身受的第一人称叙述结构，在晚清的中国文学样态中是绝对没有的。中国古代章回小说基本采取的是作者全知全能的叙事传统："话说""预知后事如何……"，当时的译者如周桂笙《毒蛇圈》、伍光建《续侠隐记》翻译时均采取了这种叙事角度的改换。

林纾也不能免俗，在小说的开始处即加上"小仲马曰：凡成一书……"，正文开始前加注"以下均亚猛语"后，虽正文仍遵从原文以第一人称叙事"余（亚猛）"来讲述。亚猛的讲述完成后，又出现"小仲马曰：亚猛语既竟，以马克日记授余……"，接下来的马克日记，保留原文第一人称叙事体"余（马克）"的口吻。却在小说末尾又回到"小仲马曰：余读日记讫……"[1]

尽管《茶花女》的故事原型与作者小仲马也的确有一段情缘，但将小说中的叙述者"我认为"直接改造成"小仲马曰"，还是多少受了中国长篇章回小说作者"全知全能"的叙事传统影响，适当地迎合了晚清读者的口味。然而林纾在译文中又大部分保留了另两位主人公第一人称的叙事手法，还是体现了中西两种不同的小说形式相互渗透和相互改造的一个过程。

再如原著第三章第65—68页，小仲马列举雨果、缪塞等法国各个时期的诗人所创作的娼女形象，提到基督教关于浪子回头的动人寓言，呼吁对悔罪的生命更人道和宽容。此长段议论文字被完全忽略，有趣的是不远处马克给亚猛的手书却是译得极其详尽，句句对应，除有个别的添加：

原句：Triste vie que celle que je quitte!

1　施蛰存：《中国近代文学大系·翻译文学集一》，上海：上海书店出版社，1990年，第139—213页。

我将离开的生活是多么凄凉！——（笔者　译）

吾命已危在旦夕，计哀苦驱壳，从今可以遗脱。——（林纾　译）

文言是脱离口语的"雅言"体，自有一套严密的使用规范和修辞上的讲究，何字可用，何字不可用，在当时的文人心中是有比较固定的标准的。比如林纾本人就曾经抱怨外来词对于文章的损害："所苦英俊之士，为报馆文字所误，而时时复搀入东人之新名词。……惟刺目之字，一见之字里行间，便觉不韵。"（《古文辞类纂》选本序）例如《茶花女》中的许多词：le cachemire, le café, le piano, la semaine, la lorgnette, la préfecture 等，林纾均采取回避或借用现存词汇指代的方法。

法国文学社会学家埃斯卡皮认为：不论是哪一种类型的翻译、改编和阐述，都是一种反馈，也就是说，在写作中再注入阅读获得的经验。[1] 译者所处的文化和文学传统，既是其视野中读者期待的发源地，又是其自身理解表达时的母背景，势必会影响其对原文本语汇的解码和再表达时的重构输出。《巴黎茶花女遗事》甫一面世，即被当时的读者比作是"外国红楼梦"。当一个民族对另一个民族的文学极端陌生的时候，就往往会从自己旧有的文学经验中去寻找熟知的形式、主题与语汇，译者难免会去试图改造原作。

但真正好的文化和文学传统，除了自我探索，也还要有探索世界的兴趣。莫言构成了这所有方面的一个范式形象：他在西方世界发出渐进渐强的光芒，给出了一个东西方文化交往很好的例子（开放和包容）。在全球化

---

[1] Robert Escarpi, *L'Écrit et la communication*，Paris：Presses universitaires de France, 1973.

背景下，在目前中国文化试图进一步走出去的背景下，翻译伦理呼唤一种全新的差异与普遍性的关系。

百年前的《茶花女》在转型期的中国经受了"异的考验"；同样，近三十年来，莫言在危机重重的法国也经受了一番"异的考验"（由忽视到争议再到重视）。翻译文学的体系永远存在着一种差异和普世性的张力关系，翻译文学需要在本国文学的身份中插入"异"的可能，永远是需要与本国文化相互角力的。

随着西方学界对"非我"与"他者"的关注愈加重视，"还异为异"的理念已渐渐深入人心。我相信其对中国文学作品的选择、对中译外的方法和策略的认识会愈加丰富。关于翻译标准、翻译本质的讨论也终将回归到问题的本身。

大部分中国当代作家态度上的宽容和开放，以及其自身作品所展现的个人才华与东方魅力，使中国当代文学有了与西方对话的可能。但不可否认，我们现阶段与西方的文化交流还存在天平倾斜的现象。

当中西方逐渐建立起没有落差的文化交融平台，双方得以相互观察，相互欣赏，相互"拿来"，汲取长处，势必将助益于各国的文学发展。

事实上，翻译工作的本质就是对话性的。译者的翻译过程也是参与对话的过程：一切语言的表达，都是不同主体间潜在的讨论。凡是对话便具有"开放性"和"未完成"的特点。不同传统之间的差异与交流互济互补，可以激发出前所未有的文化活力。

第三节　从莫言看中国文学的西方式生存

本章的第一节已大致介绍了莫言作品在法国的译介情况，我们了解到法国是翻译出版莫言小说最多的西方国家，莫言也是法国人阅读频率最高的中国作家，他获得诺贝尔奖，跟他的法文译本质量好、流传较广很有关系。

我们在前文中还谈到从十七世纪到二十世纪，西方社会与中国文化之间的交道走过了四个阶段：尝试接触——理想化误读——隔断与冲突——兴趣重建及磨合。在这个过程中，特别是近几十年来，西方学界的关注点渐渐由"我"转向"非我"；中国的学术界也由过去关注"非我"渐渐转向关注"我"。

2012年10月18日，法国文化界之"喉舌"——"文化法兰西电台"(France Culture) 组织了一场"莫言作品回顾大家谈"，特邀嘉宾有莫言作品译者杜特莱、著名亚洲事务记者马洛维和巴黎三大比较文学教授张寅德。主持人提出了三个问题：一、莫言是否配得到这个诺贝尔奖，如何看待围绕他的政治争议？法国记者马洛维这样为莫言辩护：诺贝尔文学奖是应该颁给持不同政见者，还是应该彰表一位勤奋而出色的作家？是否因为给中国人颁奖，就特别要审查他的政治身份和立场？小说家从来都想要远离政治，最终却要被政治所绑架。莫言不是纪实作家，他却用文人的智慧，巧妙地再现了现实，体现了充分的批判精神。二、莫言作品该怎样翻译？张寅德教授认为，所有的读者都应该向译者和编辑致敬，莫言作品的翻译困难无疑是"泰坦巨人"式的，翻译莫言是一项"了不起的壮举"。法国瑟伊出版社签约译者、法国普罗旺斯大学中文系教授杜特莱说，翻译莫言需要极大的激情和想象力。他和夫人曾把自己关在农村的小屋里整整一个月足不出户，全神贯注地埋头翻译。"我觉得莫言是极好的人，不厌其烦地及时地为我们解答各种问题，给予我们最大的信任和宽容。"三、法国读者应该从哪部作品入手进入莫言的小说世界？三位嘉宾又一次不约而同回答：《酒国》（该书法文版 2000 年出炉， 2001 年获得法国针对外国文学所颁发的最高奖"劳尔·巴泰庸奖"）。

从翻译学研究的角度，西方读者对于"异"的兴趣和接受，至今仍主要是取决于其自身的文化处境和自我认识的。他们切入"异"的观察，起点大多还是"自我引证"式的，爱我所爱，取我所需。因为莫言（以及大部分中国当代作家）态度上的宽容和开放，心理上的平和与自由（至少是追求自由的），以及最重要的，其自身作品所展现出的个人才华与东方魅力，使其得以引起西方的注意，获得被发现的机会，让中国当代文学有了与西方对话的可能。这种把他者当朋友，同情地了解对方并为对方所了解，无疑是展示自己的前提（不说百年前的西学东渐，单说中国 1978 年至今三十多年的西著翻译高潮，又何尝不是一种积淀、一种胸怀？）。但不可否认，我们现阶段与西方的文化交流还存在着天平倾斜的现象。西言译者在选择和翻译我国现当代文学作品的时候，理念和手段是自负的，方法也是单一的（葛浩文所谓的中译外"接受度论"、"整体翻译论"、"改译论"等就是明证）。这与我们目前的国力和文化实力尚处在有限发展阶段有关。如果在此时，不恰当地去炫耀、宣传和强力灌输，推出所谓的"文化名片"，提倡"文化软实力输出"以及强行"走出去"，是不太明智的。再从译学角度看，所谓"整体翻译"，或者读者"容易"接受甚至"乐于"接受的翻译，不一定就是好的翻译。不过我们也相信"接受度"是可以培养的，西方读者也是可以培养的。随着西方学界对"非我"、对"他者"的关注愈加重视，"还异为异"的理念已渐渐深入人心。我相信其对中国文学作品的选择、对中译外的方法和策略的认识会愈加丰富。关于翻译标准、翻译本质的讨论终将会回归到问题的本真。

当中西方逐渐建立起没有落差的文化交融平台，双方得以相互观察，相互欣赏，相互"拿来"，汲取长处，势必将助益于各国的文学发展，也势必将助益于世界多元文化的融汇和交流。从伏尔泰改编《赵氏孤儿》（见山，遇异狂喜，热情拥抱），到程抱一化有形为无形的《万有之东》（包括杜特莱、顾彬等，以西人的接受为标准，化为己有，不见山的境界），再到李治华所译之《红楼梦》虽束之高阁却仍尊享伽里玛出版社圣经纸"七星文丛"的盛荣（注释冗长详细，难以卒读，却不失为好的译本，被学界奉为经典。如同《论语》《道德经》，不敢巉越，复见山的境界，也是符合"存异为异"的文字翻译趋势的明道），中国文学在西方自有一套生存之道。

早在 1988 年，莫言的中篇小说《枯河》就与法国读者见面了，超越其他国家的是，法国书商们对莫言的兴趣一直延续着，令人瞩目地相继出版了他九部长篇，十二部中篇及一部短篇小说集。中法文学之间一种神奇的相互吸引力一直就很强烈地存在。作为拉伯雷的后人，法国读者群在文化接受上一直比较挑剔，中国读者甚至都无从想象他们的这种文化自负。但莫言对法国文化和法国文学真的十分推崇，于是更加重了法国人的这份荣耀。莫言曾多次表达过对于法国文学的青睐，表示他曾大量阅读，还在其作品之中模仿过新小说派的写作技巧。又比如他最近出版的小说《蛙》，就再现了萨特戏剧艺术的手法等等。

二十年来，中国文学在法国的翻译与接受可谓强度空前，读者群也越来越广。原因或许是法国公众和国际团体的关注集中在变动的中国，不断产生光泽，接触的渠道多了，对于中国历史、现状和命运呈现出多元化的理解。但在文化和文学交流领域，此现象更多是与中国的推广有一定的融合，法国有意要将东方智慧纳入欧洲的文化风景，中国也竭力想将自己的文学纳入世界的文艺版图。

　　在法国，接受异国文学的体系是怎样与特殊性和普世性的张力关系、与本国文学身份和其插入"异"的可能相角力的，这是一个值得深思的话题。法国人很介意一部外国作品的编辑出版运作和发行的渠道，以确认其推广背后并没有强大的政府机构力量。本文仅从批评的社会学研究视野，来窥探两个区别不大的诠释学接受观，一者倾向于"占为己有"，另一者倾向于揭示其异国情调的独特与怪诞。

　　莫言构成了这所有方面的一个范式形象：他在法国与世界渐强的光芒给出了一个文学接受的很好的例子。在全球化背景下，在中国目前影响力不断提升的背景下，我们呼唤一种全新的文化差异与普遍性的关系。

第十一章 文学翻译主体个案研究之八:《中国文学》法文版 (1964—2000)

举凡文学翻译,是在一个特定的历史时期、特定的文化社会空间里进行的一种艺术活动,借用法国学者布尔迪厄 (Pierre Bourdieu) 的概念,这是一个特定的相对独立的"场域",有着复杂的权力关系的空间。译者,在这个权力关系的空间里扮演着双重角色:一方面,他是文本的控制者,始终是翻译活动过程中的主体;另一方面,他又是一个受控的主体,处于被支配的地位,受到政治、经济等方面不同权利持有者的制约,这些不同权利的持有者,就是被勒非弗尔称为"赞助人"的角色。据他定义,赞助人是指那些"足以促进或窒碍文学的阅读、书写或重写的力量(包括个人和机构)。"[1] 他(它)们可以是一些人、宗教团体、政党、社会阶层、朝廷、出版商,以至报纸、杂志、电台、电视台等传播媒介等。他们会借助他们所参与确立的建制,诸如教育机制、学院、评审制度、评论性刊物等,来影响译者的地位、收入和取向,从而推动或阻挠某些翻译活动。当然,倒过来看,译者也往往会主动地对赞助人有依赖和提出要求,以提高自己的地位和收入。因此,译者和赞助人之间也有一种互动的关系。本文试图以一本"汉译法"的文学杂志《中国文学》(法文版)(*Littérature chinoise*)

---

1 André Lefevere, *Translation*, *History*, *Culture*: *A Sourcebook*, London & New York: Routledge, 1992, p. 13 - 15.

的命运为例，证明在中国一段特殊的历史时期内，"国家赞助人"这一角色是如何通过多重机构直接介入文学翻译的活动，又如何左右译者的主观翻译选择的。

　　1964 年 1 月中国与法国建交，法兰西成为第一个正式承认新中国的西方大国。就在这一年《中国文学》的法文版应运而生。该杂志直接接受中国外交部、宣传部和作家协会的领导，为此外文局专门成立了一个《中国文学》出版社，负责英、法两个语种的杂志编辑和翻译出版，直至世纪之交。整整三十几年的时间里，《中国文学》杂志法文版可以说是外部世界，特别是法语国家了解新中国文学艺术发展情况的唯一窗口。三十多年里，该出版社的运营资金由政府全力提供，其翻译出版活动完全受制于"国家赞助人"的模式。至 2000 年，中国外文局面临经济改制，出版社需要自负盈亏、自谋生路，经过一年的苦苦挣扎，原本英、法单语版的《中国文学》杂志由单纯的外语刊物，改版为中外文对照的双语杂志，尽管如此，出版社的运营终究难以为继，该年年底不得不宣布倒闭。于是，同 1951 年在建国初期就创刊的英语版《中国文学》的命运一样，法语版的《中国文学》杂志历经波折，也宣布停刊了。

　　下面，我们将从杂志"诞生和发展演变历程"、"篇目的选编特点和发行渠道"、"译者的主体地位和翻译策略"三个方面，来梳理三十六年间《中国文学》法文版在中国的命运，通过分析一些重点单册的目录和译文文本，以期重新认识和探讨国家赞助人，即社会政治因素究竟如何在选篇、译介和发布过程中发挥作用。我们将详细描述作为"赞助人"的国家主管部门和集体改写者——该杂志的编译人员，在为这本刊物进行作品选材、栏目设计、翻译策略、宣传和发行等方面，是如何介入的；作为隐形人身份的翻译者，其主体性在不同时代、不同的政治风气里是如何呈现出来的；尽管这本以对外宣传为目的的杂志，事实上并未能达到其预期的传播效果，它是否仍然具有不可忽视的历史作用？

第一节　杂志的诞生及发展的历史背景

一、　创刊及初期定位 1964—1965：中法建交应运而生的产物

1949 年新中国成立，在文化部副部长周扬和对外文化联络事务局局长洪深的直接倡议下， 1951 年英文版 *Chinese Literature* 创办， 1964 年中法建交之际，法文版 *Littérature chinoise* 随之诞生。当时的文化部部长、中国作家协会主席茅盾担任这两本杂志的主编，副主编是叶君健，由叶审定中英文稿件直至 1966 年文革开始，后来何路加入，做副主编。 1958 年时任外交部长陈毅对此刊的办刊方针有所指示："办高水平刊物，把中国最高水平的文学艺术介绍到国外去。"又一再强调 "《中国文学》不要强加于人，要潜移默化。" [1] 因此，这本承载着对外宣传重任的刊物在业务上是受到外交部、中国作协和文化部的三重领导。在 1964 年《中国文学》法文版第一期的创刊词里，我们能读到以下的文字："致我们的读者——首先我们想表明本杂志创刊目的，是面向讲法语的读者介绍中国文学。……主要是出版当代中国作家的代表作品，但为了让读者对中国悠久的文学传统有一个大概的了解，我们还将系统地介绍一批老一代的经典作家和作者……我们

1　徐慎贵：《〈中国文学〉对外传播的历史贡献》，载《对外大传播》，2007 年第 8 期，第48 页。

将让读者了解当今中国的文化生活……了解中国古代绘画和中国现代艺术的优良传统。"在这篇"致读者"的文末，主编还写道："请相信我们将高度重视您的批评和建议，您的反馈将是您对我们杂志感兴趣的最佳证明。"[1]

我们可以看到在 1964 年最后一期的末尾，印有全年的总目录，其中中短篇小说七篇，长篇小说一篇（《青春之歌》节选），当代诗人创作的诗歌十四首，散文两篇，老一辈文人作品十三篇（其中鲁迅十一篇，郁达夫两篇），中国古代民间故事一篇，古代文论一篇（《文心雕龙》）。创刊的头一年一共四期，很好地贯彻了编委们在开篇词中的承诺：让西方读者对中国悠久的文学传统有一个大致的了解，同时也期待西方读者能够更加关注当今新中国的文化艺术概貌。根据外文局的档案，有学者查阅到当年编辑组的负责人之一唐笙女士，与法国专家贝热隆有过二十六封英文通信[2]，可以看出该杂志的编译互动虽然不多，却也是有的。

二、 文革及其后续影响 1966—1977：偏离文学成为宣传工具

文革十年，随着中国国家命运的转变、文学艺术创作资源的枯竭，《中国文学》法文版饱经劫难，不过终究艰难地生存了下来。但这个阶段的杂志风格大变，创立初期的杂志定位和内容编排完全变味，文革成为了这本杂志办刊历程中的分水岭。

1963 年 12 月，毛泽东批示对文艺领域进行思想审查。 1964 年 6 月，毛

1　见 *Littérature chinoise*（《中国文学》法文版）创刊号 1964 年第 1 期，第 3 页。

2　何明星：《中国文学法文版编译的 26 封通信》，载《新闻出版博物馆》，2015 年第 1 期，第 16—41 页。

泽东对于文艺界的批评更为严厉，他认为中国作协等文艺单位和他们所掌握的刊物，"十五年来，基本上（不是一切人）不执行党的政策。"[1]——于是《中国文学》出版社也必须按照毛泽东的两次批示，从意识形态上严格自我检查。

1966 年第 2 期还照常登出了《西游记》这样的古典文学作品节选，但同时也用较长的篇幅刊登了主管宣传工作的文化部副部长周扬[2]的长篇讲话。周扬是当时的文化部副部长，分管意识形态、宣传和文学艺术，身处全国文艺界党的领导人地位，是毛泽东思想的权威解释者和执行者。颇具讽刺意味的是，周扬的讲话发表后不久，即被批判和打倒。自 1966 年第 3 期开始[3]，《中国文学》的画风突变，完全抛弃了原来的内容编排，大量加入毛泽东语录、毛泽东诗词，以及相关主题的插图、照片、社论，成为了政治宣传的工具，没有多少文学色彩和学术批评的内容。 1966 年文革开始以后，国内的文学期刊基本全部都停了，文学杂志社的领导们也几经变动，《中国文学》几乎成为了无米之炊。但编辑们都"希望能保住阵地，留

1　胡长栓：《毛泽东的文化理论及其内在逻辑》，载《当代世界与社会主义》，2016 年第 2 期，第 84 页。

2　周扬（1908—1989），原名周运宜，字起应。作家，现代文艺理论家、文学翻译家、文艺活动家、中国科学院哲学社会科学学部委员。中华人民共和国成立后，一直从事文化宣传方面的领导工作，任职中共中央宣传部副部长、文化部副部长等。"文革"中受批判并被监禁。粉碎"四人帮"后复出，任中国社会科学院副院长兼研究生院院长、中国文联副主席、主席、党组书记，中国作协副主席等。周扬同时也是译者，翻译作品有《安娜·卡列尼娜》（列夫·托尔斯泰）和《生活与美学》（车尔尼雪夫斯基）等。

3　中共中央 1966 年 5 月召开的政治局扩大会议和 8 月召开的八届十一中全会，是"文化大革命"全面发动的标志。两个会议先后通过的《中共中央通知》（简称"五·一六通知"）和《中共中央关于无产阶级文化革命的决定》（简称"十六条"），以及对中央领导机构的改组，使"左"的方针占据了主导地位。从此，开始了为期十年的"文化大革命"。

住这个对外宣传的唯一文学窗口，留住读者"[1]。刊物就依靠样板戏、以大庆和大寨为内容的报告文学和《小兵张嘎》等电影剧本、革命回忆录，以及鲁迅的文章和毛泽东诗词做支撑。据当年在法文版《中国文学》做年轻编辑的罗新璋说："所刊登的文章，无论是行文还是译文，一律都是公式化的东西。"[2]《中国文学》杂志的英法文版都是如此，这个对外唯一的文学宣传窗口是留住了，但刊物已经失去了文学性，受到了文革极左思潮的严重损害，政治宣传色彩十分浓厚。 1971年国内的出版社一共仅剩四十六家，主要选题无非是马恩列斯毛、鲁迅、样板戏、政治读物（二报一刊）社论等，顶多有少量的通俗科技类书籍。纯文学的书籍书店停售，图书馆也停借。连1953年10月出了第一版的《新华字典》， 1965年后也被禁，直到1971年6月中央才授意再次出版。尽管已是"无米之炊"， 1972年起《中国文学》杂志的英法文版竟全部由季刊改为月刊，因为当时的中央需要向外界加大输出和推广"文革"的成果。这种情况一直持续到1976年底，这一年的第11—12期为合刊，是一本纪念毛泽东同志逝世的特辑，以三分之二的篇幅刊登了毛泽东在各个时期的照片（一共六十九幅），另有郭沫若领衔创作的六首纪念短诗，其余均为中共中央的通告。

文革结束后的第二年，该杂志的办刊思路仍然没有挣脱出意识形态的牢笼，带有明显的文革余味。根据1977年第12期的总目录来看，关于毛泽东的纪念文章和关于毛文艺创作的最高指示一共有四篇，刊登在第1和2期；关于周恩来的纪念文章七篇，主要刊登在第3期。另外，第7期刊登了

1　徐慎贵：《〈中国文学〉对外传播的历史贡献》，载《对外大传播》，2007年第8期，第48页。

2　根据2018年2月1日对罗新璋先生进行电话采访的记录。

陈毅的诗，第 8 期刊登了朱德、叶剑英的诗，第 11 期刊登了董必武的诗，也就是说，有关国家领导人的内容占据了相当篇幅。其余的也有零星的中短篇小说、诗歌和散文，还有一部电影剧本的创作（《创业》），无不具备浓烈的政治和意识形态色彩。但是，终于在 1977 年的第 9 期，出现了三篇中国古代寓言故事（如《刻舟求剑》），在 1977 年的第 11、12 期共有四回曾经的"文艺大毒草"《红楼梦》的节选（第二十七、二十八、四十、四十一回）。

三、 改革开放与自负盈亏 1978—2000

从 1977 年开始，《中国文学》杂志中的领袖语录、领袖照片逐渐消失，文学色彩开始逐步恢复。普通中国民众心中压抑已久的思想情感，通过文艺作品得以抒发，《中国文学》杂志也开始仿佛是源头找到了活水，大量地译载了当时反映新时期中国人真实心声的文学作品，比如"伤痕文学""反思文学""知青文学"等，继而又受到世界文化尤其是拉美"魔幻现实主义"的影响，在小说叙述技巧、小说语言和结构安排上，也开始有了自觉的意识。在上个世纪八九十年代，杂志集中刊登了一批追求思想自由、描写两性关系，模仿意识流和象征手法的中文新小说和新现实主义小说等等。在古典文学领域和现代文学领域，杂志的选目也有了更大的突破。 1977 年末接连刊登《红楼梦》节选， 1978 年连续译介"古典文学史话"及"中国古代神话传说"。 1979 年古典诗词选登了曹操、陶渊明、李白、杜甫……但所有译文仍然没有译者署名，译者继续是隐形人。由于缺乏中外翻译人才，译文质量堪忧。 1982 年起，《中国文学》由月刊恢复成季刊。

2000 年起中央经济政策转向，外文出版社由事业单位改为企业，必须

"自负盈亏，独立经营"，《中国文学》的法文版为了适应这一政策的变化，出了四期汉法对照版的"文化季刊"（采取针对中外读者的双向定位）。但由于译者缺乏，海内外低迷的发行市场，加上编辑和出版所需要的费用实在高昂，没有国家赞助人的支持，完全支撑不下去。2001年初《中国文学》出版社宣布破产倒闭，所辖刊物全部停刊。

第二节　杂志的选编特点和发行渠道

2000年底，中国文学在法语国家推广译介最具影响力的出版物《中国文学》法文版退出了历史舞台。这一本杂志的命运起伏，与它诞生和发展过程中的社会文化背景是分不开的，更与国家层面上的财力支持、方向掌控直至最后撤销赞助、任其自生自灭分不开。

1964年中法建交，《中国文学》法文版应运而生，作为向外展示新中国文学成就的窗口，该杂志的主题选编，不乏建国初期文学作品的共同特点：歌颂新生活。从中我们可以感受到中国人民经历了连绵战火之后获得自由与独立的可贵，流露出发自内心的感恩之情。在那一段历史时期，国人对于马列主义思想、婚姻自由、妇女解放、农业合作社等主题具有新鲜感。但是对中国这一段历史进程不了解的西方读者，则恐怕读不懂这些小说，在美学上也没有多少吸引力。

文革时期国内对于外国文学的译介，特别是西方国家作品的译介几乎降为零，对外进行的宣传、翻译却一直没有中断，当然这是出于对外介绍"文化大革命成果"的需要。1966年至1977年这段时期《中国文学》所选的作品，主要包括以"文革"意识形态背景下新创作的小说（如浩然的作品）、代表"文化大革命"最高成就的"样板戏"、毛泽东诗词和毛泽东关于文艺的批判文章，甚至江青的革命京剧论（1974 年第 9 期）。"样板戏"在文革期间的对外翻译中受到了特殊的重视，塑造了多个无产阶级英雄人物，同时配有彩色的演出照片，展现以高大全、红光亮为特征的典型文革人物形象。《红灯记》《智取威虎山》《沙家浜》等剧本的第一幕都有译者注释，体现了译者的主体性在当时复杂的社会权力关系中的存在。每本杂志的扉页上都附有"毛主席语录"。由于毛泽东对于鲁迅的评价一直很高，鲁迅先生具备毛泽东所称赞的"反对旧事物，肯定新事物的精神"，符合文革破旧立新的意识形态领域斗争的需要，因而每一次鲁迅都被作为被批判文人的对立面而出现，其小说、散文一再在《中国文学》杂志上发表，1967 年第 1 期还举办了《纪念鲁迅》的专辑，登载了当时重要的笔杆子姚文元和陈伯达等人的文章。杂志的选题具有浓厚的意识形态色彩，编译过程体现了以长官意志为上的政府行为。但是，所有的对外译介的工作都丝毫没有作家本人的参与。

文革将近结束的时候，国内文艺政策有了调整，杂志刊登的短篇小说的数量有所增多，但仍具有明显的意识形态政治色彩，比如以保家卫国为题材和以阶级斗争为主题的小说（或长篇节选）。但是，一些后来在改革开放初期活跃的作家如蒋子龙、陈忠实、莫言等人的作品也出现在了《中国文学》杂志上。八十年代初，是二十世纪中国文学译介史上的第二次高潮。刚刚历经史无前例的文化浩劫，从极左思潮中摆脱出来的中国读者强烈渴望重新回到世界文学的殿堂，而在十年文革中备受摧残的中国翻译工作者，更是满怀热忱地投入到自己热爱的翻译事业中，热情空前高涨。

1981 年至 1987 年，杨宪益历任《中国文学》杂志的总执行主编。在任期间，他对《中国文学》的选题和编排都进行了大刀阔斧的改革，《中国文学》法文版的面貌也为之一新。首先，翻译选材更丰富了，凸现了鲜明的时代感和民族特色。除传统的中短篇小说、长篇小说节选、诗歌、戏剧剧本外，《中国文学》法文版还新增了民间寓言、民间故事、游记、回忆录和中国传统曲艺等的译介。同时，中国作家、艺术家的访谈、侧记、印象和中国文学、国内及国外文艺的最新动态也穿插其中。在译介作家的选择上，既有当代现实主义代表作家如谌容、从维熙、蒋子龙、高晓声、陈忠实、贾平凹等，又有先锋作家如莫言、残雪、阿城、扎西达娃等。中国古典文学则有蒲松龄、罗隐、沈括、袁枚等的作品。值得一提的是，自杨宪益先生主持《中国文学》后，译者之名重现在译作之尾。这看似细微的变化，却透露出国内学术界对译者主体地位与独特贡献的觉醒。

　　上个世纪末，在经济大潮的席卷之下，国家的文化政策也发生了转变，要求中国外文局和《中国文学》出版社"重新进行文化市场的定位，迎合大众文化的趣味，改向国内为主发行"[1]。也就是说，《中国文学》杂志也必须"自负盈亏"、"独立经营"。由于这本杂志自创办以来，其定位就是"对外宣传新中国文学和其他艺术创作的窗口"，人员和财政都享受国家补贴，其编写手法、版式设计、印刷等都不太符合国内消费者的习惯，而海外的读者群又有限，发行渠道狭窄。尽管《中国文学》法文版 2000 年的四期刊物，为了适应这一新政策的变化，不得已出了四期汉法对照版的

"文化季刊"，采取针对中外读者的双向定位，但市场反应仍然很差，其经济效益不足以支撑杂志社的生存。与之相对比，另一本以向国内读者译介外国文学为主的《译林》杂志，经由国内外国文学研究所的专家们和翻译界的资深译者们自主遴选出的篇目，无论从主题还是形式上看，均为上乘之作，加上改革开放后国内文化市场对外国文学的需求强劲，其生存样态就要好很多。 2000 年底，《中国文学》法文版第 4 期的扉页刊登了《编者絮语》，即告别词，这本杂志从此停刊。

第三节　译者的主体性和《中国文学》法文版的翻译策略

译者的主体性是指作为翻译主体的译者，在翻译的实践过程中表现出来的主观能动性。其基本特征是：译者自带的文化意识、人文内涵和审美创造能力。一般认为，译者的主体性不仅体现在对作品的理解、阐释上，还体现在再表达层面的艺术再创造。而事实上，译者的主体性会影响到译者翻译策略的选择，并最终影响到翻译的质量。

正如本文开头所阐述的，《中国文学》法文版在创办之初，归属的管理单位就有三个：外交部、文化部和作家协会，后来又专门成立了《中国文学》出版社，是一个典型的受到国家层面赞助人控制的对外宣传窗口。法文版的篇目选择，是同步于英文版的，由中文编辑根据上级指示和宣传需求确定篇目，外文译者和编辑基本没有自己做主的余地。《中国文学》法文组的译者身份也呈现出典型的制度化特点，在很长的一段时期内都受到国家权力、意识形态等因素的影响，国家赞助人所体现出来的权力场域其力量是巨大的，对全部的翻译过程和翻译结果都有着决定性的影响和规约。

我国著名的法语文学翻译家罗新璋先生从 1963 年进入《中国文学》法

文版筹备组，至 1980 年离开调到中国社科院，一共为该杂志工作了十七年。据罗先生的回忆，《中国文学》法文版在创刊之初编译实力雄厚，一共有五位中国编辑、三位外国专家（法、比、瑞各一位，住在友谊宾馆，国家补贴月房租两万元），还有外聘的知名学者做顾问和特邀译者，比如何如先生、郭麟阁先生。但是根据何明星《中国文学法文版编译的 26 封通信》[1] 一文披露，当时为《中国文学》法文版 1964 年全部四期进行翻译和定稿的法国专家只有一位，名叫贝热隆（Régis Bergeron，即后来在巴黎创办"凤凰书店"的雷吉·贝热隆先生），据他与当时杂志社的副总编辑唐笙女士的通信记载："我在四篇短篇小说的译文上费了很大劲，原译很差。……原译中错误很多。法文诗很严密的，幸好我家里有英译本……"[2]。可见贝热隆是不懂中文的，很多翻译、校订的工作只能根据英译本，这就好比隔了两层纱。从他后面的来信中谈到《小二黑结婚》的翻译，也可得知他对于中国文化的认知也是很缺乏的，存在译者主体"认知补充"意义上的缺陷。因此碰上比较复杂的，涉及到巫术、占卜和卦辞之类的内容，译者只能采取删译的策略。

如 1964 年第 3 期刊载的《小二黑结婚》：

Petit Eul-hei n'avait jamais été à l'école. A l'âge de six ans, son père avait commencé à lui apprendre quelques caractères dans les livres d'occultisme plutôt que dans les classiques chinois. Etant un enfant

---

1　何明星：《中国文学法文版编译的 26 封通信》，载《新闻出版博物馆》，2015 年第 1 期，第 16 页。

2　同上，第 21 页。

intelligent，Petit Eul-hei avait vite emmagasiné dans sa mémoire tout un répertoire de diseur de bonne aventure. Son père aimait à le mettre en valeur devant les visiteurs. (p. 10 – 11)

"小二黑没有上过学，只是跟着他爹识了几个字。当他六岁时候，他爹就教他识字。识字课本既不是《五经》《四书》，也不是常识国语，而是从天干、地支、五行、八卦、六十四封名等学起，进一步便学些《百中经》、《玉匣记》、《增删卜易》、《麻衣神相》、《奇门遁甲》、《阴阳宅》等书。小二黑从小就聪明，像那些算属相、卜六壬课、念大小流年或"甲子乙丑海中金"等口诀，不几天就都弄熟了，二诸葛也常把他引在人前卖弄。

En passant la main sur sa tête, le vieux devin prit trois pièces de monnaie et tira un horoscope. Son visage devint couleur de cendre et il s'exclama：《Aya! Tout est gros de danger à présent !》(p. 19)

二诸葛摸了摸脸，取出三个制钱占了一卦，占出之后吓得他面色如土。他说："了不得呀了不得! 丑土的父母动出午火的官鬼，火旺于夏，恐怕有些危险了。"

以上中文译文加下划线的部分，都是原文里有，而译文回避、没有译出的内容。

再看下面几个例子，选自 1972 年第 2 期，此时中国已进入文化大革命时期，《中国文学》能刊出的作品有限，当时文革最火的作家浩然的长篇小说《艳阳天》便是其中之一，以下是片段摘选：

Le cœur battant, Tchang-tchouen lui arracha le bol des mains, l'éleva à la hauteur de son visage, puis il regarda les traits ridés du vieux paysan, déposa le bol, et prit dans les siennes les mains caleuses. Alors, secouant doucement la tête, il dit d'une voix chargée de tristesse: -Oncle, je vous dois des excuses, car je n'ai pas bien dirigé la production. Je... (p. 19)

萧长春激动地一把夺过野菜碗，举在眼前。那碗里是黑糊糊的、带着刺儿的曲曲菜，菜叶里边拌着些粮食粒儿，发出一股子苦涩的气味。

在东山坞，在合作化以后的四五年里，没有一个家、没有一个人吃过这种东西呀！不要说吃，解放后出生的小孩子都没有见过这东西。

他又望望老人那张瘦黄的脸，那脸上的皱纹，像刀子刻的字儿，清清楚楚，记着他劳苦的一生。年轻人的心里，一阵刀剜，一阵发热，两只眼睛立刻被一层雾似的东西蒙住了。他端着碗，无力地坐在老人对面的门槛子上。他说不出话来，胸膛的热血翻滚着，打着浪头。他感到痛苦、惭愧，又似乎有些委屈的情感。他在质问自己：萧长春哪，你是一个共产党员，一个党支部书记，你是一个农业社的领导者，你的工作做到哪里去了？你在让一个模范社员，一个年近七旬的、病魔缠身的老人吃糠咽菜呀……

马老四用他那善良的心体会到年轻人的痛苦，他羞惭，又难过。慌乱之中，他不知用什么办法，用什么话儿来宽慰这个党支部书记。他把两只枯柴般的大手，放在萧长春弯曲着的膝盖上，轻轻地抚摸着；两只眼睛带着忏悔般的表情，望着那张年轻的脸和浓眉下两只深沉温厚的眼睛。他的嘴唇张了许久，才声音微弱地说："长春，四爷让你伤心了吗？"

萧长春把两只年轻的、粗大的手盖在老人的手上，慢慢地摇摇头，十分费力地说："不，四爷。我觉着对不起您，实在对不起您，我没有把生产

领导好。我……"（《艳阳天》第一卷第四十章）

　　以上译文加下划线的部分，也在翻译和编辑的过程中被删除了。这个例子有强烈的编译者主观操纵的痕迹，或许是认为疾病缠身的马老四只能吞咽野菜，不符合社会主义大生产的主旋律，更不能体现社会主义优越性，翻译给外国人看有损国家形象。

　　再如：

Ma-le Quatrième rétorqua：

Tchang-tchouen，comment peux-tu qualifier ça de《souffrance》? *Sous l'ancienne société，c'était déjà très bien de pouvoir manger un bol de plantes sauvages. Disons que c'est un tout petit peu difficile et，de toute manière，passager.* Ne parle plus de la sorte；c'est me sousestimer.

（p. 20）

　　马老四说："长春哪，苦是苦，还能苦几天呢？长春，你不要再这样说了，再这样说，就是瞧不起四爷了。"

　　这里加下划线的部分，译者采取了增译＋改译的策略，修改了原文不好的用词色调，添加了为社会主义新时代辩护的成分"要是在旧社会，能有一碗野菜吃就不错了！"译者的主观能动性表露无遗。

　　再看下面增译的例子：

Tant de détermination et de bienveillance éclairaient les traits du vieux paysan, que le cadre ne put que hocher la tête avec émotion. （p. 20）

萧长春望着老人家那张<u>慈祥</u>的脸，感动地点着头。

删译的例子：

Ma-le Quatrième poursuivit :

-Dis aux autres, Tchang-chouen, que Ma-le-Quatrième ne manque pas de vivres qu'il a un très bon appétit quoi qu'il mange, et que jamais il n'a eu autant d'énergie dans la lutte pour le socialisme! （p. 20）

马老四继续说："长春，<u>你答应我一句话，一定答应，不答应，我要记恨你一辈子——在别人面前，你不要提这件事，你不能把我报成是缺粮户，我不能吃政府的救济；我们是农业社，专门生产粮食的，不支援国家，反倒伸手跟国家要粮食，我愧的慌。</u>你对别人就说，马老四不缺吃的，不管吃什么，都是香香的，甜甜的，浑身是劲地给咱们社会主义效力哪!"

以上几例，不过只占这一期《中国文学》法文版（1972 年第 2 期）短短两页的篇幅，就出现了这么多删译、改译、增译的现象，原因绝不仅是"法国译者文化认知的缺失"，因为那个时候，已经没有法国专家来帮助翻译和校订了。所谓译者的翻译策略，无疑是受到当时政治大环境的影响，或者根据上级的要求，随意删减不适合对外宣传的内容，或者增加美化突出人物光辉形象的内容。据罗新璋先生回忆："1971 年中共九大之后，极左思潮泛滥，国家主管部门主张，办外国刊物也要自力更生，丢掉'洋拐棍'[1]。外国专家们均被赶走，权威'靠边站'，难免出现中式法语，错误百出。"[2] 不过当我们阅读上述译文的时候，并没有发现任何语法错误，法语语言还相当地漂亮，可见《中国文学》法文版像罗新璋这样当时还年轻的译者，已经成长起来，译事严谨，并且语言水平很高了。但是有一点仍值得大家注意，自 1966 年第 4 期开始，《中国文学》杂志所有的译者处于"无名"和"隐身"状态长达十几年，没有署名，没有稿费，没有题材的选择权，要服从赞助人的意志，翻译策略必须完全配合其宣传的目的，可见译者的主体地位已经低到了极点。

以下的例子选自文革结束后不久的 1977 年第 11、 12 期，《中国文学》法文版拿《红楼梦》作为恢复刊登中国古典文学作品的试金石。如此一部经典名作的翻译，难度是相当大的，但仍然没有译者的署名，令人非常痛心。好在罗新璋先生能回忆起他们当时翻译《红楼梦》时的场景，正是他和燕汉生两位中国优秀的年轻译者，首次将《红楼梦》的片段译成了法语，比旅居法国的李治华夫妇法国伽里马出版社的版本（1981）[3] 提早了四年：

　　满园里绣带飘飘，花枝招展，更兼这些人打扮得桃羞杏让，燕妒莺惭，

---

1 根据《毛泽东选集》俄语翻译徐坚回忆，此提法来自周恩来总理，具体的意思是指不依赖外国专家，由中国同志具体承担中译外的翻译、改稿、定稿和审稿的全过程。

2 根据 2018 年 2 月 1 日对罗新璋先生进行电话采访的记录。

3 Cao Xueqin, *Le Rêve dans le pavillon rouge*, Edition et traduction du chinois par Jacqueline Alézais et Li Tche-houa et révisé par André d'Hormon, Collection Bibliothèque de la Pléiade (n. 294), Pairs: Gallimard, 1981.

一时也道不尽。（《红楼梦》第二十七回）

Ainsi des rubans de toutes couleurs flottaient-ils au gré de la brise partout dans le jardin où déambulaient ces jeunes filles parées de leurs plus beaux atours et dans tout l'éclat de leur beauté.（罗新璋译，1977）

A quoi s'ajoutaient le grâces et beautés de tant de jeunes personnes，si merveilleusement vêtues et parées，qu'abricotiers et pêchers demeuraient confondus d'humiliation et de honte，hirondelles et loriots de dépit et de jalousie. Mais ce n'est pas en un moment qu'on peut en finir avec une telle description.（李治华译，1981）

原文的明喻暗比，自然妙物所能引发的色彩和轮廓想象被彻底屏蔽了。可以明显地看出译文一（罗译）的流畅度和简洁风格，非常吻合西方读者的阅读习惯，显而易见，译者采取的是以目的语至上的翻译策略。译文二（李译）尽量地保留原汁原味，亦步亦趋地跟随原文的结构布局，小心翼翼地再现了自然物的形象，忠实地重现出发语文化里的比喻和类比，目的是为了读者能够真正地走近原作者。

"今儿我听了他的短儿，一时人急造反，狗急跳墙，不但生事，而且我还没趣。如今便赶着躲了，料也躲不及，少不得要使个'金蝉脱壳'的法子。"（《红楼梦》第二十七回）

Aujourd'hui j'ai surpris son secret，mais comme dit le proverbe：《Aux abois，l'homme se révolte；acculé，le chien saute le mur.》Si elle apprend que je suis au courant, elle risque de provoquer des troubles et j'en serais gênée. Seulement, il est maintenant trop tard pour me cacher, il ne me reste plus qu'à utiliser un stratagème pour m'en sortir... （罗新璋译，1977）

Elle va savoir que je l'ai entendue comploter des vilenies et《au comble de l'anxiété, l'homme se révolter, et le chien saute le mur!》Cela pourrait bien faire des histoires, et qui ne me vaudraient aucun agrément. Seulement, même en me hâtant, je n'ai sans doute plus le temps de me dérober à ses yeux. Il ne me reste plus qu'à user de la feinte dite de《la cigale qui se dépouille de sa nymphe》. (李治华译，1981)

这一段也是一样，译文一改变了原文的句式，甚至插入一句法式谚语，让读者更容易理解。但第二句显然是译文二写得更漂亮，解释得更清楚，更世故。加上最后一句的汉语成语，完整地保留了"金蝉"的意象，是能够让异域读者耳目一新的译法。

只是跟着奶奶，我们也学些眉眼高低，出入上下，大小的事也得见识见识。(《红楼梦》第二十七回)

Mais en travaillant au service de Maîtresse, on doit pouvoir apprendre beaucoup de choses, par exemple comment recevoir, comment traiter une affaire, et par conséquent acquérir de vastes connaissances. （罗新璋译，1977）

Tout ce que je puis dire, c'est qu'à votre service, Jeune Dame, j'apprendrai à juger du niveau des gens d'après le dessin de leurs sourcils et leur regard；à supputer les hausses et les baisses；que je m'initierai au maniement des affaires importantes aussi bien que futiles，et que tout cela me vaudra gain de juste vue et de connaissance.（李治华译，1981）

　　这第三段译文的比较，更能看出译文二的完整性，十分细致，几乎原文的每一个字都还原了出来，尽管读起来的效果没有译文一的简洁清脆，却很吻合人物的机敏伶俐、唇齿翻飞的本事。如同施莱尔马赫（Friedrich Schleiermacher）所说的译者两种态度，要么将译文带向原作者，要么让译文跟读者更亲近。前者倒是符合贝尔曼的"文字翻译"原则，还异为异，对本国文化和语言是一种丰富和补充。反之则让译文更容易贴近读者，在不同文化传播和接触的初期，这也是很有必要的。

　　勒非弗尔认为翻译是最受认可的重写类型，可能是最有影响力的，因为它能够将作者和作品的形象投射到另一种文化中，提升这位作者和这些作品超出其原始文化的界限。[1] 也就是说，文学文本的翻译在构思超越文学的想象中起着重要作用。劳伦斯·韦努蒂的反思与勒非弗尔的观点近似，他指出翻译在建构外国文化的表现中运用了强大的力量，它有能力维持或改变与翻译文化相关的"国内"愿景；它修改或批准了陈规定型的观念；它暗示或消除偏见；它会影响热情的读者或产生排斥。[2]

　　《中国文学》杂志法文版背后的国家赞助人制度，是颇具中国特色

1　André Lefevere, *Translation*，*History*，*Culture*：*A Sourcebook*，London & New York：Routledge, 1992. P. 15.

2　Lawrence Venuti, *The Scandals of Translation*：*Towards an Ethic of Difference*，London & New York：Routledge, 1998. P. 67.

的、在一定历史时期里长期存在的对外宣传译介赞助现象。根据勒非弗尔的说法，赞助人是指"能够促进或阻碍文学阅读、写作或改写的权力的人或机构"，这些权力，加上赞助的三个要素，即意识形态，经济支持和社会政治地位，在选择要翻译的文本方面发挥了重要作用，但并不止于此，"他们直接插手目的语文本并干预其结果" [1]。用韦努蒂的话说，赞助人通过干涉翻译结果，以达到其"促进或抑制国内文化的异质性"的目的 [2]。

我们在分析和梳理《中国文学》法文版三十六年来的发展历程、选编和发行渠道、翻译主体的策略等问题时，发现一个关键元素就是"意识形态"。国家赞助人及其主导的意识形态主宰了译者的基本策略，也决定了在翻译的过程中遇到困难和矛盾时所采用的解决办法。显然，意识形态是由赞助人所控制，且以一种霸权的形式出现，排斥其他的意识形态，并支配着译者的翻译活动。国家赞助人的意识形态当然是一种强力的意识形态，但这并不是说它一定能够全面制约其他元素，我们还应该说，整个时代和当时中国整个社会的集体意识，以及译者、编者、读者的集体意识其实都是在相互作用的。《中国文学》法文版杂志在这三十六年来一共出版了近五百期，其刊出的翻译作品最后的形态，包括以什么样的策略来进行翻译，如何做出取舍和修改，都是上述这些相互作用的元素协调出来的成果。

如果从译入语文化（法语）角度来看问题，因为杂志的编、译、发行的过程涉及了太多复杂的因素，不只是简单的语言转换，实际上是对原文某种程度上的改写，而所有的改写，都是出于意识形态的、文学的，或其

1　André Lefevere, *Translation*，*History*，*Culture*：*A Sourcebook*，London ＆ New York：Routledge，1992. P. 17.

2　Lawrence Venuti, *The Scandals of Translation*：*Towards an Ethic of Difference*，London ＆ New York：Routledge，1998. P. 68.

他方面（如发行）的意图的改写。以此看，这样的翻译更是一种国家行为，一种集体意识和共同体行为，当然，也同时是一种审美行为、经济行为等等。在前面提到《中国文学》法文版创刊初期法国专家贝热隆与唐笙的通信里，我们可以清楚地看到，翻译的目的是带有明显的使命色彩的，当然背后也有译者的审美标准，还有中国政府提供给外国专家优厚的稿酬（相对于中国译者而言要高出许多）的事实。

这个时期的翻译工作是在高度组织化的情形下进行的，中国译者也好，外国译者也好，完全没有选择作品的权力，翻译工作被当做政治任务来完成。到了 1966 年文革开始后，"丢掉洋拐棍"，出现无名翻译、集体翻译的现象，甚至将文学翻译的过程简化为工厂的流水线，加上缺乏足够的参考书和字典，权威靠边站，译作质量参差不齐，很大程度上损害了原作的文学艺术特色。用罗新璋的话来说："不乏公式化的中式法语……毫无生气的政治行话……错误百出。"[1] 译者的主体性被彻底消解，外在于翻译行为的一些因素，尤其是国家赞助人角色成为翻译过程中最具决定性的力量。翻译的目的是为了进行意识形态输出和斗争。《中国文学》杂志实际上成为了当时官方政治话语的佐证。

《中国文学》杂志法文版的命运，也体现了新中国成立以来文学翻译的命运——有高潮有低谷，尽管如此，却也坚持到了二十一世纪初，一直没有中断，使得法语世界勉强能够对当代中国这一特殊历史时期的文学状况有所了解。在国家赞助人持续三十六年的支持下，中国文学的对外翻译通过这本杂志的窗口持续进行着，但由于过多的政治元素干预、意识形态宣传的要求，绝大多数的译作完全没有在目的语的文化中引起大的反响。回

1　根据 2018 年 2 月 1 日对罗新璋先生进行电话采访的记录。

顾中国翻译史，中国的译介活动可谓源远流长。晚清以降，中国的译介活动经历有两次高潮：一是在"五四运动"前后，一是文革结束、改革开放之初。这两次高潮中，中国的翻译家们将大量的外国文学著作译介到中国来，所谓"拿来主义"，与之相对比的所谓"走出去"，把中国的优秀文学作品、文艺理论向国外读者译介，无论从量还是从影响力上，都难以望前者项背。从这个意义上讲，《中国文学》杂志的创刊和运行，尽管从文化传播的角度看远没有达到应有的效果，却也为初步扭转上述"拿进来"和"走出去"的翻译失衡现象作出了独特的贡献。

第三部分　译者问答

话题一　翻译家倾谈"文化走出去"

　　2010 年春，上海文联《海上风采》杂志委托笔者组织了一场由翻译界人士参与的，以中国文化"走出去"、提升文化"软实力"国家战略为主题的讨论会。过去，中国的文学翻译家群体不太受到重视，这当然是"一仆二主"的传统观念影响，认为译者相对于原作者和读者，只是"仆人身份"；另一方面也与译者的自觉隐身有关系，因为好的译者应该成为一块"透明的玻璃"，尽量抹去自己的主观色彩。翻译家们向来不求闻达，只求智慧的火炬能在他们的手中传递不熄。直到 2009 年《红楼梦》的英译本译者杨宪益[1]先生辞世，才有专家发出中国译坛进入"大师断层期"的忧叹。忧叹的背后，是对中国文化走出去的忧患。虽然有学者云：先有"软实力"，才能"走出去"，只要我们的文化成为一种实实在在的力量，即便不推广，也会不胫而走，流向世界，挡也挡不住。此话有理，此乃"道"的范畴。但"道"之外，"术"也不可偏废；输出之术，翻译居首。你的东西再好，还是需要吆喝，更要懂得如何吆喝。因此，我们邀请了十四位从事

1　杨宪益（1915—2009），中国著名翻译家、外国文学研究专家、诗人。他曾与夫人戴乃迭合作翻译全本《红楼梦》、全本《儒林外史》等多部中国文学名著，在国内外产生了广泛影响。1982 年，杨宪益发起并主持了旨在弥补西方对中国文学了解空白的"熊猫丛书"系列，重新打开了中国文学对外沟通的窗口。

外国文学翻译和研究的专家教授来发表看法。他们的回答冷静、睿智，详细剖析和梳理了中国文化对外推广传播的理念、路径、环节、方法。其中不少文字不仅有实践层面的探讨，更关涉到本书主题"主体论"的层面。过去中国翻译家们一直是自觉不自觉地处于"隐身"状态，很少发声，就算有零星的呼吁，声音也显得比较微弱。如今这么多成就斐然的翻译家们就此话题来一场"笔聚"，坦诚而深入，谈的就是翻译的重要性，以及如何科学、艺术地进行翻译；是仅仅自顾自像原来一样接受任务埋头翻，还是应该主动参与课题选择，甚至和外国友人一起合作；怎样的中译外翻译策略才是高明的、高效的……这些珍贵有益的探讨，对当今文化界不啻是一帖清醒剂和治病良药。

同时，作为"国家战略"，究竟该实施何种"走出去"的战术，决策者们和执行者们如何将项目和资金精准落实到位的问题，法国倒有一实例值得借鉴：法国驻华使馆从 2009 年起在中国设立"傅雷翻译出版奖"，奖掖多位中国优秀的法国文学译者和出版社。从 2000 年起，法国外交部更是资助了超过二百本在中国翻译出版的法国小说和诗集——这一做法，有效地推动了法国文化"走出去"的战略。反观我国，是否也能通过外交部门设立类似的翻译奖项，有效地激励有志于推广中国文化的各国学人？如若决策者和执行者能够在操作层面上新意迭出，"中国文化走出去"这一国家战略就能不仅限于"知"的探讨，而是付诸"行"的实践了。"传播中国文化，推广中国学术"，"诠释崭新的中国形象，提升中国文化的软实力"，这些提法是我国政府近年来所提倡的"文化走出去"国家战略的另一种表达。"文化走出去"和"提升软实力"都离不开翻译，尽管行内和行外有不同的看法，这正是值得我们探讨的话题，政府部门、文化领域具体该怎么操作，前人有怎样的积淀，国外中国学是如何发展的，又发展得如何，当务之急该从哪里入手，是先普及大众文化还是先推介文学经典，怎样做才能更有效而不是一厢情愿？相信我们国内藏龙卧虎的翻译界会有话说。为此，我们拟定以下话题供大家讨论：

一、国外流行这样一种说法："产自中国的生活用品充斥着每个西方人的生活——吃的、穿的、用的大部分是中国货，除了读的。"我们推广中国文化，翻译文学经典，仅依靠国内翻译家群体自身的努力就能够实现吗？还是"借船出海"，跟国外出版机构合作，由对方提供资深汉学家或中文研究人员来进行翻译，达到"走出去"的目的？

二、政府增强对外宣传的有效性，是否该从单方面"我要说什么"的思维定式中走出来，对接收方读者的固有理念、心理状态进行调研。随着中国国力增强，国际影响力的提升，越来越多的外国人愿意了解中国、读懂中国，很多人并不完全相信西方记者哗众取宠的一面之词。我们通过什么方法，改变过去刻板僵化的传播模式，"润物细无声"地逐渐开拓出良好而有效的沟通渠道？在输出文化的选材上不仅取决于中方，也让外方有一定的自主性？

三、过去，文学翻译从来都是"书斋"里的"私房活"。当今时代，要大批量地翻译输出我国的文化产品，是否应该从"私房"步入"作坊"，继而进入更大规模的"工场"呢？以首开中国文学作品大规模进入英文主流市场的《狼图腾》为例，版权交易方需保证选材既有中国文化代表性，又能为对象国读者所接受；需要保证译作质量，安排周密的翻译流程：初译、润色、审稿、定稿……十几道工序。综上，在翻译领域，我们需要建立怎样有效的扶持机制、选材机制和合作机制呢？

四、几十年来，中国的文学创作是存在误区的，那种深受西方文化影响的当代创作对于西方人难以有大的吸引力。这就是为什么在国外的书店往往只看得见中国古典四大名著和《论语》、《庄子》摆在架上。超越西方的文学传统，保留自身文化的历史感和民族底蕴——唯有选择这样的作品，才能使中国当代文学传播得更远。因此，翻译家们的选择对中国文学的发展应该具有怎样的导向性？

五、国家出于"文化走出去"战略的考虑，派了一批又一批的代表团出访，收效甚微。事实上，中国的文学翻译稿酬严重偏低，如何能让年轻人把它作为一项神圣的、赖以奋斗终身的事业？如何培养翻译的温床，吸引国内外有志于中译外的人才争先恐后来从事推广中国文化的工作？如何尽快弥合翻译界的"大师断层期"，不仅值得我们翻译界深思，更值得国家战略决策者和执行者们深思。

翻译工作是我们国家实现"文化走出去"这一战略过程中最举足轻重的因素，怎么强调都不过分。译者是"拐杖"、"桥梁"，还是"瓶颈"、"门槛"？很长时间以来，中国的翻译工作者们似乎都习惯了任由他人评说，自己很少发声，他们只管身背西西弗斯的巨石，在中外文化交流的漫长道路上忍辱负重、踽踽前行！中国文化能否走出去，又能走多远、走多好？中国文化对外翻译的历史、现状及效果如何？人们有哪些认识上的误区？该从哪些方面进行改良、拓展和建构？我们理应把话语权交给这群锲而不舍、上下求索的翻译实践者，来倾听他们亲自给出的答复。

夏仲翼（复旦大学教授，文论家、翻译家，上海翻译家协会前会长）：

文化与学术大概是该归入"软实力"范畴。既然是"实力"，首先得是一种实实在在的力量。若真形成了"实力"，即使不推广，怕也是会不胫而走的。当年"西学东渐"，一方面当然是域外从各个方面推广它们的思想原则和价值观的结果，但也首先是中国社会本身变革的需求，选择了适合当时中国实际的先进思想与知识。所以，推广和传播可能是一个重要的工作环节，但它也必须有现实的传播对象。

中国文化要向外推广，首先是要让"学术"与"文化"返璞归真，去了浮躁与虚假。把学术与文化从趋利造名的路上拉回来，把娱乐消费文化与构建国本的学术区分开来，承认它们本质上的差异，承认它们各自的价值，但不要混同。文化与学术应该有一个清正的发展环境，它不该是媚俗的，也不只是命题式的，更不是功利的阶梯。文化学术的量化验收，只能制造更多的重复甚至造假。所以必须先有学术的澄清，才能有学术的清明。文化才能真正走出去。

当然，在"走出去"的实践里还有许多具体问题，如文化传播在当今世界，恐怕不只是加强推广手段就能见效的。不同体制的国家，有不同的文化传播途径，既然是面对国外，就必须要非常清楚国外出版发行体制的惯行方式，要融入对方的社会，习惯他们的操作流程，例如经济人、代理机构与出版系统之类。如果我们只着眼于以我为主的推广，进入不了他们的传播体制，那定是不会有切实的效果。只消看我们建国以来，外文出版也有专门的机构、特定的刊物，即使在文革之前，也就已经做了许多工作。编译的古今名著并不在少数，而且还有专门的对外的文学刊物，其中也包括了一些当代"大家"们和古典名著的译作，人力物力投入不可谓不多，但影响如何呢？恐怕这都是十分值得研究的方面。

社会在变革、思维在更新，我想，群策群力是定能找到合适途径的。

陆谷孙（复旦大学杰出教授，《英汉大辞典》主编，上海翻译家协会前副会长）：

孔子学院在海外办得有些时日了，提升文化软实力的口号也已耳熟能详，但是我们究竟走出去了没有？只要实话实说，也许这个问题由前不久浩浩荡荡参加法兰克福书展的 VIPs 来回答，最有说服力。一说中国已是世界最大外汇储备国，是排名第二或最低不次于第四的经济实体，走出去还这么不易，是因为欧美发达国家特别是其中敌对势力的封堵，此话可能部分有理。我曾在美国一家 Barnes & Noble 书店浏览终日，查过门口电脑以后又用笨办法，一个个书架扫瞄过来，只发现七种与中国题材有关的读物，却又都是属于我们海关要查抄的问题书，想找一本司徒雷登不久前出版的回忆录都没有。我又曾在佛罗伦萨的中心广场歇脚，坐在长椅上看那边的万国旗，膏药、八卦都有，就是没咱们的五星。说这些都与意识形态有关，我信。

那就不妨把目光转向第三世界，就拿我们出大力援助的非洲为例吧。据不完全统计，走出去的中国人在那儿已有百万之众。黑兄弟对我们的接纳程度又如何呢？ Made in China 改称 Made in China with the World 之后，黑人兄弟姐妹对中国商品的质量仍多疑虑，对某些中国商人"和尚打伞"式的金融和商业文化颇多微词，罔顾公德又缺少教养的行为举止又被诟病不断。我们可以说，有些黑兄弟或许患了殖民主义的后遗症，可他们就喜欢把走出去的中国人跟那儿的欧美人作疵诟之比。连他们都对我们五千年的悠久文化背毁不已，我们岂能不恻痛于心？

所以，走出去前，不能不针对外部世界的"傲慢与偏见"谋定而动。要突出围城，事涉国本自然动不得，但必须拆迁的墙还是得拆迁，而已经走出去的中国人先得记住：不可旷职债事。

其次，说到翻译。年前，上海译文出版社的《外国文艺》叫我写几句话。我是这么写的："天上九个缪斯，无一职司翻译；地下学人万千，皆视译事为末技。天眷人顾两阙,译人惟有自娱自爱自尊自强。"这第二句话用的是"学人"二字,其实当时心目中展现的是那些拥有话语权的学界判官。译文酬金 n 年不变,致成爝火;译著一般不计入学术成果,即得百万之数,不及谈玄说虚千百字,风成化习,译道渐芜,自属必然。而没有汉外佳译,中国文化如何走得出去?外汉翻译对中国文化的推动力,特别是在社会巨大转型时期,先例累累,已毋庸多言。现在的问题是,上述拥有话语权的学界判官,有几位从头至尾读过几部译作,更遑论自己动手翻译,其经历和器识甚至远非当年主管文宣的周扬们可比——周扬等人还在1965 年前后阶级斗争的"休耕期"策动过西方文论及批评史的系统翻译。对翻译工作的报酬和学术确认问题不解决,定位失正,"蒋介石"变"常凯申"式的悲喜剧还会上演,更可怕的是,翻译人才枯竭,恐怕不久就会成真。

要走出去,还有一个汉外翻译的选题问题。笔者曾参与香港三联版王世襄先生的《明式家具》英译工作。我的两位定居国外的弟子曾联袂译出并由两家美国大学出版社分别出版冯梦龙的白话小说《古今小说》和《警世通言》。我不知道这类书在国外售出过多少册,问出版社也以商业秘密为由,不肯明确相告。估计成百上千到顶了,而且买家肯定以花费公帑的图书馆为多。为什么成不了气候?译者不是大家肯定是个原因。可就是杨宪益先生夫妇翻译的名著《红楼梦》,销量能有多大,我亦存疑。看来,要走出去,非先造成一个"势头"(momentum)不可。选题时适当多拆几堵墙,延聘高手——最好是洋人,即使像"中国制造"斥重金往 CNN 投放广告那样也在所不惜——用洋文写出译著的书评,先瞄准大众报章杂志书评栏,继而力争刊布于国外有影响的专业化书评报,也许能够蓄势瞻程,一步步造成"苟日新,日日新,又日新"的局面。

最后，还有个心态问题。老子所谓"自伐无功，自矜不长"，说说容易，做起来难。提倡谦虚，不是妄自菲薄，更不是鼓励多出"汉奸"，而是充分估计到历史的、传统的、社会—政治的乃至文字语言的诸种因素带来的困难，放低身段平等融入，而不是居高临下地去空降，当然也不摆出 Orz 的姿势去逢迎。这样，走出去的路子是不是会平坦一些？

许渊冲（北京大学教授，中国翻译文化终生成就奖获得者）：

《中国外语》 2006 年发了我的一篇文章：《典籍英译，中国可算世界一流》。可见在典籍英译方面，中国已经"走出去"了。为什么这样说呢？因为典籍英译，需要精通中英两种文字。英文是比较科学的语言，说一是一，说二是二；中文（尤其是典籍）是比较艺术的文字，可以说一指二，意在言外。因此如要做到精通中英两种文字，出版中英两种文字互译的文学作品，除中国人（包括华裔）之外，几乎没有外国译者可以胜任。就以典籍（尤其是诗词）英译而论，王国维说过一句名言：一切景语都是情语。这就是说，诗词中即使是写景，也是借景写情。而西方文字，一般说来，写景是写景，抒情是抒情，很难理解景中有情的中文，要用英文来表达就更难了。而文学翻译需要传情达意，达意是低标准，传情是高标准。外国译者要做到达意已经不容易，再要传情简直是难上加难。就以《诗经·采薇》中的名句为例："昔我往矣，杨柳依依。今我来思，雨雪霏霏。"外国译者一般译成："杨柳飘扬，雪下得大。"是否达意已有问题，更不要说传情了。而中国译者的英译是："When I left here, /Willows shed tear. /I come back now, /Snow bends the bough." 英文说垂柳是 weeping willow，这里译成杨柳垂泪，传达了依依不舍之情。又说大雪压弯了树枝，象征战争压弯了征人腰肢的痛苦之情。传情达意，都胜过了西方的英译。

法译也是一样："A mon depart, /Le saule en pleurs. /Au retour tard, /La neige en fleurs."。"雨雪霏霏"的法译，借用岑参写雪的名句"千树万树梨花开"，用乐景来写哀情，以倍增其哀。可见中国不但典籍英译可算世界一流，文学理论、翻译理论，也是世界一流。例如《老子》第一章第一句："道可道，非常道；名可名，非常名。"简单十二个字，内容之丰富，道理之深刻，不但可以和同时代的希腊哲学比美，甚至今天还可以解决很多世界上有争论的问题，中国人的一种译文是："Truth can be known, but it may not be the wellknown truth. Things can be named, but names are not the things."。第一句说：道理是可以知道的，但不一定是你所知道的道理。这句话可以解决中西方的一个矛盾，例如民主之道。西方常批评中国不民主，美国林肯总统说过：民主政府是民有，民治，民享的政府。西方认为两党竞选才是民主，其实只是民治，医疗保健等民享问题也是民主。而中国的医疗卫生制度，并不在美国之下。改用老子的话，就可以说：民主之道是可以知道的，但不一定是你们所知道的两党竞选的民治之道，也可以是一党领导的民主协商，主要问题是为人民服务（民享）。"道可道"解决的是本体论的问题，"名可名，非常名"却可以解决认识论、方法论的问题。应用到翻译上来，中国事物可有中国名称，但名称只是符号，并不等于事物，英文符号更不可能等于中文，这就是说：译可译，非直译（对等译），这是翻译的认识论。非对等翻译（传情达意）却是翻译的方法论，都可以"走出去"。

许钧（浙江大学教授，中国翻译协会副会长）：

近段时间，由于工作需要，接触了文化界、文学界和翻译界的不少人士，在接触中，明显感觉到"中国文化走出去"成了越来越多的人关心、忧虑甚或焦虑的事情。涉及的有心态、认识，也有实际操作层面的问题，值得认真思考和对待。

在我看来，中国文化走出去，首先是一种必然，是大势所趋。近年来，全球化进程不断加快，经济全球化、一体化给世界带来了种种发展的机遇，也引发了一系列深层次的问题。如何维护文化多样性，便是不可回避的重要问题之一。正是在这样的语境中，中国经济越来越紧密地融入世界化的潮流，占据了越来越重要的地位，相比之下，中国文化在世界上声音不响、被认同度不高、影响也有限，与向来以数千年文明而自豪的中国人的期望值相去甚远。于是形势所趋中交织了一种迫切的内心诉求，并且渐渐地由迫切而转变为焦虑，由焦虑而转变为焦躁，表现出了一种过于急切的心态。

然而问题在于在文化领域，其产生交流、发生影响的机制、环境和种种牵制性的因素不同于经济领域。内在的需要、适时的文化环境、当下的意识形态时时制约着一国文化向另一国文化的输出，影响着一国人民对另一国文化的接受和认同。再加之翻译活动复杂性背后所隐含或凸显的文化差异，对翻译之"场"起作用的政治与社会因素，更给文化的输出提出了尖锐的问题，诸如歪曲、冲突、抗拒等等现象在中国文化走出去的过程中都有可能出现。因此，我们要有相当的心理准备，认识到中国文化走出去，不可避免地会遭遇政治、文化、接受心态或认知层面的种种障碍。鉴于此，我认为顺应历史之潮流，在维护文化多样性的基础之上，加强中国文化与世界各民族文化的交流，要摆正心态，充分认识困难和障碍，积极寻找化解的有效手段，在不断的努力中渐进，在主动走出与积极开发的双重姿态中，形成输出与接收的真正互动与交流。如是，才有可能应对中国文化走出去所可能遇到的困难，在相互交流中化冲突为理解，不断丰富自身，进而共同发展，在共同发展中真正达到世界多元文化的和谐共存。

江枫（清华大学教授，著名翻译家）：

文化走不走得出去，都有一定之规，由不得任何国家、集团和个人的一厢情愿。曾经有一句流传甚广的话说，"只有民族的才是世界的"，甚至，"越是民族的越是世界的"。其实是一种误解。

两河流域文化在中东的扩散，希腊、罗马对欧洲的影响，汉唐文化之浸润东亚，以及晚清的西学东渐，五四时期德、赛二先生之联袂登陆，都是形势使然。

人类文化发展总是由低向高，文化流动又总是从高向低。整体如是，局部或组成部分，亦复如是。而其动力，多源于下游的"拿来"。

所谓文化，是各地区、各族群的人们，为了个体和集体的生存的维持与改善，长时期从事体力和脑力劳动的成果及其积累。不同地区、不同族群，发展不会均衡，于是，便有了互补性的文化流动。自然的表现，大都是引进方为了生存及其条件的改善择其所需的"拿来"。

固然，也有些是输出方有意为之，多数情况下并不考虑接受方的意愿，常常代为取舍，以有利于输出方自身的存在与发展。历史上成规模的强行输出，常常在文明对野蛮、基督教对异端的名义下表现为战争。

所以，文化走出去，也就是文化输出，口号的提出便不能不慎。如果我们曾经介意"崛起"二字所引起的反响，文化走出去的提法，岂可不加深思。

"文化"一词原意"文治和教化"。汉刘向《说苑·指武》有言："凡武之兴，为不服也，文化不改，然后加诛。"现今所指，为"人类在社会历史发展过程中所创造的物质财富和精神财富的总和，特指精神财富，如文学、艺术、教育、科学等"。对外使用时，就不能不考虑外人的理解，我们必须根据主客观条件判别可以和应该输出或是"走出去"的，都是些什么。

我国历史上的创造发明、孔孟老庄的学术思想、古往今来的文学经典，以及最近比如《中华植物志》的"走出去"，给予我们的启示都是，文化走出去关键、首先在于我们有没有和有什么有助于全人类文化发展的贡献。

文化交流是双向运动，谈到翻译的重要作用，就不能单强调译出，特别是因为一方面译入任务远大于译出，另一方面，是译入的表现和译出一样，在目前，都不十分美妙。翻译，从理论到实践的建设都值得关注。

走出去、引进来，都必须正确认识翻译，严肃的翻译工作者都应该懂得：译，无信不立！文学翻译的信，既是对内容的忠实，也应该是对形式的忠实。是"欲穷千里目，更上一层楼"，就不该译为"爬得高些看得好些"；是"由于本人学问有限，谬误不少，敬请指正"，就不该译为"这本书献给读者，欢迎提出各种建议"。

罗新璋（中国社科院研究员，著名翻译家）：

我主张"积极倡导推动，慎勿越俎代庖"。把我国典籍"送出去"，不失为一种积极的主张。以文化人，影响才深。心是好的，但也须注意效果。解放初期，莫斯科外国文出版社一片好心，把苏联小说，如西蒙诺夫的《日日夜夜》等，译成中文送来。当时阅读，因是莫斯科方面译的，总觉得是外国中文，不如国内译者译得好，后来得知那里倒亦有真正中国人在翻。五十年代初，仿苏联建制，文化部下成立外文出版社；文革前扩大规模，升格为外文出版发行事业局。这一机构，就是专做把文化送出去工作，曾兴旺一时。进入新世纪，外文局框架犹在，但业务基本停顿。从莫斯科中译本之不被看好，到外文局之萎缩凋零，或有什么含义可昭示于人？"中国制造"商品，如服装玩具，不论到什么国度，拿来就可以用。但文化，有个接受和融合的过程。音乐、舞蹈、绘画、电影，直接诉诸受众，障碍还不算大；一旦涉及文字层面，需语言转换，情况就不怎么简单。中国人译外文，语法可以不错，但人家习惯上常不这么说；有时我们译来复杂，人家说得很简明。各种语言，各有禁忌，如"工程师在业余时间帮那女工做物理习题"，照字面译成法文，就是笑话。可怕的是，印出来后，还看不出毛病何在。中国人译外文给外国人看，往往吃力不讨好，慎勿越俎代庖！

再者，不说盲目自大，也要避免一种想当然，以为中国学问只有中国人来做才最高明。二十世纪初，法国汉学家沙畹（Edouard Chavannes，1865—1918）与伯希和（Paul Pelliot，1878—1945）之研究敦煌文献，就曾走在罗振玉与王国维之前。又如国人读《论语》，大多沿袭传统经解。孔子讲"君君、臣臣、父父、子子"，一向视为严封建等级之分，而比利时人李杕（Simon Leys，1935— ）则把此语佐以"正名"说，认为恰当约定个人的身份与职责，是社会稳定的基石。现如今礼制隳败，君不像君，臣不像臣，子教三娘，公安局长成了黑帮大红伞，伦理才出现集体性下滑倾向。更有美国 Brooks 夫妇，把《论语》里真正的"子曰"，和子贡曰，以及子游、有子曰，曾子、曾元曰，从门派更替与话语权转换切入，将全书二十篇重新排序，英语读者才有幸能读到新编"论语原本"（Bruce & Taeko Brooks：*The Original Analects*，1998）。以致有人惊叹：西人读孔今犹新！在中国文化走出去之后，也有值得反馈回来的信息。

谢天振（上海外国语大学教授，著名翻译理论家）：

自新中国成立以来，我们国家党和政府以及有关部门，对中国文学和文化的对外翻译问题一直高度重视。最近几年来，有些出版社还积极组织国内各地的翻译专家，推出全面介绍中国文学和文化典籍的"大中华文库"，据说列入翻译计划的就有两百种，已经出版了一百种。尽管我们投入了不少精力、物力和财力，但取得的实际效果与我们预想的似乎还是有较大的距离。举一个例子：杨宪益、戴乃迭夫妇翻译的《红楼梦》，一直是被国内翻译界推崇备至的中译英经典之作。事实上，它的翻译质量也确实相当不错。但它在国外的影响如何呢？我指导的一位博士生对一百七十多年来十几个《红楼梦》英译本进行了深入研究，并到美国大学图书馆实地考察、收集数据，发觉与英国汉学家霍克思、闵福德翻译的《红楼梦》相比，杨译本无论是在读者的借阅数、研究者对译本的引用数、发行量、再版数上等等，都远逊于霍译本。这个结果对我来说，倒并不出乎意料，因为我是专门从事译介学研究的。一千多年来中外文学、文化的译介史表明，中国文学和文化能够被周边国家和民族所接受并产生很大影响，并不是靠我们的翻译家，而是靠他们国家对中国文学和文化感兴趣的专家、学者、翻译家，或是来中国取经，或是在他们本国获取相关资料进行翻译，在自己的国家出版，发行，然后在他们各自的国家产生影响。

其实，国内在关于对外翻译的问题上确实存在着一些认识误区。首先是把对外翻译的问题简单化了，以为翻译就是两种语言文字的转换，以为只要懂点外语就可以做成此事。前几年就有人在报上撰文说，我们国家有许多高水平的英语专家，我们完全有能力把中国文学和文化翻译出来。这位作者的问题就在于，他只看到我们能够把中国文学和文化作品翻译成不错的英文，但却没有考虑译成英文后的作品如何才能传播、如何才能被接受。假如我们尽管交出了一本不错的，甚至相当优秀的中译英译作，而这本译作没有能走出国门为英语国家的读者所阅读、所接受、所喜爱的话，那么这样一本译作它又有什么价值、什么意义呢？我们常常是在对外翻译的问题上缺乏国际合作的眼光，对国外广大从事中译外工作的汉学家、翻译家们缺乏应有的了解，更缺乏信任，总以为向世界译介中国文学和文化"要靠我们自己"，"不能指望外国人"。其实只要冷静想一想，国外的文学和文化是靠谁译介进来的？是靠外国的翻译家，还是靠我们自己的翻译家？答案是很清楚的。事实上，国外有许多汉学家和翻译家，他们对中国文学和文化都怀有很深的感情，多年来一直在默默地从事中国文学和文化的译介工作，为中国文学和文化走进他们各自的国家做出了很大的贡献。假如我们对类似这样的汉学家、翻译家给予精神上、物质上，乃至提供具体翻译实践上的帮助的话，那么他们在中译外的工作中必将取得更大的成就。而中国文学和文化通过他们的努力，也必将在他们的国家得到更加广泛的传播，从而产生更大的、更有实质性的影响。

柴明颎（上海外国语大学教授，著名口译专家）：

在当今世界，无论是金融危机、反恐、地区冲突，还是环境保护、救灾都已将中国推向世界舞台的中心位置。世界要与中国沟通，中国也少不了与世界的沟通。沟通在很大程度上是离不开语言的，而翻译能够使存在于两种不同语言中的信息顺利到达彼岸，因此翻译也就顺理成章地成为了国际沟通的语言桥。

但是这座桥梁的建造令人堪忧。一是社会对这座桥的构造和真实的用途知之不清，有时甚至到了无知的地步。二是在外语或者目前的翻译界也存在着模糊不清的概念。总认为，只要有点外语知识就可从当翻译了，或者只要学会了外语就能自然成为翻译。殊不知，外语只是成为翻译的基础,是开始。就好比建桥梁时,我们有了图纸、有了建材、有了建桥的工具,但是桥梁必须通过建造工程,一步一步地完成,最后建成能通行人和车的桥梁。外语就好比是建材,没有其他的材料和建造工程,桥梁还是建不起来。这就是为什么,我们现在很多翻译无法真正走出国门的一个方面,这是一个很重要的方面。外国人看不懂。有些翻译还产生歧义、闹出笑话或造成误解。这是问题的症结。

问题的根本之一在于教育。我国把很多资源用于外语教育。从小学就开始了外语教育,一直到大学毕业。在大学里还设了外语专业。这些都很好。然而,很多高校中的外语专业都把培养高等级的翻译作为培养目标之一,这就有些问题了。很多人,其中也包括很多专家级学者,并不曾考虑到,学生所完成的外语学习只是为建造翻译这座桥梁准备了建材而已,离开完成桥梁的建设还有很多工作要做。这些工作仅在学生学习外语的时间段内很难完成,还必须通过翻译专业学习才能完成。如果我们这一步不走的话,学校是很难培养出真正的专业翻译来的。可惜无论在国家高等教育的学科目录上,还是地方教育的发展规划中都只有外语专业看不到翻译专业。无怪乎国家需要高等级的专业翻译时经常碰到翻译人才瓶颈。

还有,一说到翻译,人们就很自然地想到文学翻译。确实文学翻译为我们社会的发展起到了不可磨灭的作用,非常值得我们去关注,去发展。但是文学翻译并非翻译的全部。今天当人们谈到环境保护、现代科技、金融投资、文化交流、医疗卫生、教育研究、经济贸易、地区安全等都涉及到国际交往与合作,都在很大程度上依赖翻译的服务。但是我们的社会对文学翻译以外的翻译又知道多少呢?对每年占全球翻译总量百分之九十以上的翻译服务关注了多少呢?介绍、说明书、法律文本等,当我们在享用这些翻译服务时,我们对那些默默无闻的翻译工作者又关注了多少呢?有的在这些翻译工作岗位上工作了一辈子，也没有像文学翻译工作者那样有可能成为资深翻译家。他们为国际交往做出了很重要的贡献。还有我们很多高校一开翻译课，就开文学翻译课。很多人并不知道，文学翻译是无法替代非文学翻译的。当然，非文学翻译也是不能替代文学翻译的。口译也不能替代笔译，反之也一样。这些都是翻译专业中的不同方向，有些甚至是不同专业。这就好比在医院中不同的科室是不能互相替代一样。病人得什么病就要进到相应的科室对症就医。

当然，仅了解翻译的用途，有翻译人才还不能使中华文化走向世界。原因是多方面的。其一是，中华文化虽博大精深但未必洋人都能接受。每个民族都有自己的文化，而取人之长而补己之短又是任何发展中的社会所遵循的规律。我们如果不知道我们哪些方面能被人接受，也不知道别人是否乐意接受我们的文化，只是一味地向外传输我们的文化，这样的运作只能是事倍功半，说不定还会落得个"强加于人"的不好名声。其二，由于我们长期讲的是对外宣传，在选择内容时往往只注意我们自身，而不注意接收方的文化，这样我们的文化走向世界时会碰到很多阻碍，效率就会很低。要解决这些问题，我们一要做好做细文化交流的研究，要以国家发展战略课题来对中华文化走向世界开展研究，了解掌握相关的文化信息和文化交流信息，开展交流方式和成效的归纳和研究，提出建设性规划和实施步骤等。第三在国际上培育了解中国、向往中华文化的群体，并由他们根据自身文化的需要结合我们交流的内容挑选出中华文化中容易被接受的部分先行翻译，逐步推进，最后达到中华文化有效走向世界的目的。

所以，要完成文化"走出去"战略，我们首先要建立专业翻译和翻译人才培养体系，要正确认识翻译，要了解国际文化交流的方式方法，要做好研究和战略规划，要有步骤地推进，不断使世界了解中华文化，接受中华文化。

吴钧陶（上海译文出版社编审，中国翻译协会资深翻译家）：

　　文化是没有脚的，但是它会"不胫而走"。在如今信息传播瞬息遍全球的时代，应该不愁什么文化走不出去。我国古代的经典作品，一百多年来早已"走"到欧美日韩各国。比如老、庄、孔、孟等等。特别是《孙子兵法》这类"实用哲学"，译本很多，读者很广。我国古代的文学作品翻译，也流传很广。比如《三国》、《水浒》、《西游》、《红楼》、《聊斋》、《金瓶梅》等等，以及《史记》、《东周列国志》这些亦史亦文的作品，还有中国文学的精华《诗经》、《楚辞》、乐府、唐诗、戏曲等等，如果查查目录，其品种之多、数量之大，是惊人的。关于译者问题，特别是"汉译英"译者问题，我觉得中国不缺高素质的译者。比如林语堂、孙大雨、方重、杨宪益、张爱玲、许渊冲、刘重德、汪榕培、辜正坤、胡志辉、王宝童、罗志野等等。现当代的后起之秀如黄福海、海岸等同样令人尊敬。还有众多华裔外籍学者，都是强大的翻译力量。我觉得不应该过分关注他们的国籍，而应该与我国的翻译家一视同仁。大家都是对用汉字写出的作品感到爱好、欣赏，并且有志于用外国文字翻译出来，向他们的读者传达和介绍中国文学。如果认为外国头脑必定能胜过中国头脑，洋人翻译必定优于国人翻译，那也是没有科学根据的，倒是很容易引起"崇洋思想"之讥。相反，洋人所译汉著之中常能发现许多错误之处。这倒不是中国头脑胜过外国头脑之故。主要原因乃是中国人对自己祖先几千年的历史典故、生活习惯、风土人情、山川形胜、礼节制度、思想感情等等一般来说要熟悉得多、了解得多。千里马常有，而伯乐不常有。这是我国文学作品汉译外显得不景气的主要原因。这里说的"伯乐"，除了指发现和培养这方面人才的有权势、有资财的人士以外，还指客观的环境和条件。汉译外的人才培养虽然不必"百年树人"，但是至少要几十年的时间。一本经典著作的翻译过程，如果不是草率从事，十年磨一剑当是平常和正常的。磨出来的"剑"，谁家肯出版接受又是个大问题。如此，"千里马"吃不到料草，只得改弦易辙，去做拉货赶集的普通马了。因此，有必要由国家或团体出资成立"编译馆"之类的组织，重金礼聘一些"千里马"，给以不愁衣食住、不愁无处发表的待遇。

袁志英（同济大学教授，中国翻译协会资深翻译家）：

真理不在东方，也不在西方，真理在它所在的地方。也可以说真理既在东方，也在西方，东西方间的文化差异不可夸大。各个民族健康的、有孕育性的文化终将流入共识的具有普世价值文化的大海。然而民族文化依然川流不息，不舍昼夜，世界文化的多彩多姿就是由此而生发。我们奉行"拿来主义"，拿异域的文化滋养自己，丰富自己，异域文化也渐渐成为自己文化机体的一部分。文化从来就是混血的，纯而又纯的文化是不存在的。我们"拿来"的还远远不够，还要继续开放，继续拿。在拿的过程中注意排除泥沙和鱼目。是否"鱼目和泥沙"不可钦定，有些泥沙和鱼目也不可怕，我们的文化机体还有排异反应。"全盘西化"不可以，然而"一边倒"、"以俄为师"也让我们付出了代价。要深刻理解中国的"水土"。

我们 GDP 上去了，世人争说"北京共识"。中国文化是否要"走出去"呢？当然要"走出去"，你不给它翅膀它也会不翼而飞。大家争说的所谓"北京共识"抑或"中国模式"也是一种文化，一种政治文化。那我们如何给中国文化以"翅膀"呢？相对"拿来主义"我们是否也搞个"送去主义"呢？我以为不可。首先如何送去？靠翻译？谁来翻译？靠学英文的中国人将国人的文学作品译成英文？译成不是母语的英文？谁人的英文水平能达到英语国家的人所能认可的水平？杨宪益英语水平够高的吧，他太太戴乃迭又是英国人，可他们所译成英文的中国文学作品在国外的接受并不理想。翻译并非单纯的文字转换，它需要知识，需要钻研，甚至需要考证。我们国家还从来没有像现在这样有那么多的人学习外语，也恰恰在这时中高档的人文翻译人才断档。不要说将中文译成外文了，能很好地把外文译成母语者能有几人？连北大清华不是也出现把"蒋介石"译成"常凯申"，把"孟子"译成"门修斯"那样的笑话吗？

中国的外文专家难以（并非绝不可能）把我们的东西送出去，那只有靠有关的汉学家了。汉学家能将中国人文译成其母语的人也不多，但还是有的。对这些中文好、母语好而又热衷传播中国文化的老外最好能做个调查，我们做到心中有数，常和他们联络。我们"送去"什么呢？毋庸置疑，我们在价值观、审美观上和别的国家，和西方国家还是有所不同的。我们推出的送出的东西人家不一定买账，我们可做介绍，然而进口什么应由进口国的学者译者决定。"越是民族的，越是世界的"，鲁迅先生并没有说过这句话，这一命题也不完全正确。大气的、具有国际眼光、具有孕育性、前瞻性的作品总是受欢迎的。被钱锺书先生称为"杰出汉学家"的德国学者莫芝宜佳早在八十年代就将《围城》译成德文，并一版再版，在德国很有影响，为此她这部译著获得了 2009 年法兰克福书展最佳翻译奖。她还把杨绛先生的《我们仨》译成德文，不日即可面世。我们要善待热爱中国文化的汉学家。国外汉学家一般都热爱中国文化，而他们的视角和立场往往有异于我们，发生争论甚至是激烈的争论也是难以避免的。我们争论的目的是求同化异，而不是定要压倒对方。比如说德国汉学家顾彬，他的言论在国内引起很大的争议，这里面有意见分歧，也有误解。有人咬着他的"垃圾论"不放。其实他不是说"中国文学是垃圾",而是说少数以"身体写作的作家"的作品是垃圾。其实他对中国文学在西方的传播倾注了很多的心血。他一人主编两份杂志,一是《袖珍汉学》,一是《东方》;他主编翻译出版了《鲁迅选集》,该选集曾获得德国最佳图书奖;他主编了十卷本德文版的《中国文学史》;他翻译了冯至先生的《十四行集》,出了单行本,在德国引起轰动。他把许许多多中国作家介绍到中国。瑞士汉学家胜雅律根据中国的三十六计翻译、写作了《智谋》一书,该书在西方掀起巨浪,影响很大;笔者等人曾将该书译成中文,但没有引起国内学者的关注。翻译是中国文化走出去的重要手段,但不是唯一手段;更多的是国外学者对中国的追踪研究,这是我们自身不断壮大的结果。我觉得,把我们自己的工作做好,民众能切切实实地过上好日子,比什么走出去的措施都好。适当奖励传播中国文化的汉学家和学者。"走出去"急不得,要有足够的耐心。

徐和瑾(复旦大学教授,著名翻译家):

随着中国国力的增强,在世界政治、经济上影响的增大,外国人了解中国的兴趣逐渐增大,中国文化"走出去"的问题也自然而然地提了出来。

有人说,中国文化要"走出去",还得靠国外对中国文化和文学感兴趣的专家、学者进行译介,并在他们国家出版。这些人认为,杨宪益先生翻译的《红楼梦》虽然译得准确、生动、典雅,但在英语国家的传播和影响却远远不及英国翻译家霍克斯的译本。如果真是这样,那我们就只能像法谚所说,等待烤熟的云雀掉到我们嘴里。如果这样,外国人对中国经典著作不管译得好坏,对中国文化和现状介绍得是否符合实际情况,我们是否都得接受？如果有别有用心的歪曲介绍，我们是否就只能等待有良知的外国朋友来为我们进行驳斥？

从中国经典著作在法国的译介来看，情况并非完全如此。目前，法国七星丛书已出版《红楼梦》、《金瓶梅》和《西游记》。《红楼梦》的译者是我们的同胞李治华先生，后两部著作的译者则是在我国出生、长期在波尔多第三大学任教的安德烈·列维先生。至于杨宪益先生的译本影响不如英国译者，我看主要是因为在国内出版，当时对国外的发行渠道还并不十分畅通。我想，我国学者在研究杨译本和霍译本的影响的同时，是否更应该研究这两个译本的优劣，如果杨译本在翻译质量上确实优于霍译本，为什么不能跟国外出版社合作出版以扩大影响呢？

从现在来看，建立一支自己的汉译外的翻译队伍也已条件成熟。如果说像上外已故法语教师岳扬烈先生那样大、中、小学都在法国学习、写的法语比普通法国人还好的中国人在当时是凤毛麟角，那么，现在从小在法国受教育的中国人却是人数众多，只要有这方面的需要，我想其中会有人愿意来从事这方面的工作。另外，汉译外也并非高不可攀，外语教师其实每天都在从事这一工作，只是难度有所不同而已。从我来说，原学俄语，后因工作需要改学法语，在上外进修两年，1970年复旦法语专业招生后开始教授法语。几年后曾给市里翻译介绍芭蕾舞剧《白毛女》的画册。后来，我一位中学老同学给法国科技杂志寄了篇炼钢方面的论文，因法语不过关未能发表，我替他改好后杂志立即发表，拿来一看，基本上没有改动。近年来，我应法国朋友之邀写了些文章，法方也只是略作润色而已。我想，现在的法语教师跟国外的交流比我们当时要多得多，水平也应该比我们更高。

总之，"走出去"要靠我们自己的努力，也欢迎外国朋友相助。

魏育青（复旦大学教授，著名翻译家）：

传播中国文化精华，推广中国特色学术，让各国人民更多更好地了解和理解中国，开创和而不同、各美其美的局面，对此翻译界责无旁贷，自不待言。不过除了宝贵的热情之外，或许还要一点冷静的思考的实在的努力。

打算"开门走出去"，先得知道"家里有什么"，即什么属于中国文化的精华，什么是中国有特色、高品位的传世之作？对此总要进行定义、梳理和归类，确定什么值得弘扬和能够输出，并为潜在的受众接受。是四书五经、宋词元曲，还是近现代作家学者的作品著述？是与意识形态相关的宏大叙事，还是在西方颇受平民欢迎的风水、中药、武术、菜谱？缺少独创性的模仿之作，海外市场恐怕有限，即使在全球化时代亦是如此。

其次，国外汉学家或中国学研究者多年来也在努力介绍中国文化。Richard Wilhelm 译《易经》、《论语》、《孟子》、《礼记》，Alfred Forke 译《墨子》，Günther Debon 等译古典诗词，Franz Kuhn 译《红楼梦》、《金瓶梅》、《水浒传》，Ulrich Kautz 和 Wofgang Kubin 译现当代作品，在德语国家均不无影响，但主要限于学术圈内。专家研究水平令人瞩目，一般人则知之甚少或者未认真对待，有些书店甚至不把中国典籍放在文学、哲学的专架上，而是搁在所谓 Exotik 或 Esoterik 之类的角落，聊备一格，供人猎奇而已。比较我国介绍德国哲学文学的情况，中国哲学文学在德语区的接受不如人意，所谓"文化赤字"并非空穴来风。应该尽可能全面地了解，什么已经译成了外文？质量、影响和效果如何？我们现在的任务是拾遗补缺，还是要和国外汉学界同台竞争，也是一个值得考虑的问题。

三是对汉译外的难度要有足够的估计。能以外文写论文专著者不少，能游刃有余地将文学译成外文者不多。将外语译成母语而非相反，是国际惯例；两种翻译的难度大不相同，是公认现象。翻译绝非简单的符码转换，对号入座，把重要典籍译成德语有别于将大众汽车维修手册译成汉语，希望某些掌握话语权者理解这点。比如《论语》中多次出现的"仁"字，翻译时既要前后照应，又要各尽其意，既不能将读者带往歌德席勒时代的魏玛，又不能让人想起某种现代交际理论，左右为难之处不少，殊非易事。大规模的"工场"式翻译，可能适合于佛经、毛选等重要典籍，但也有译本无明显特色、阐释空间偏小、投入成本过大的缺点。比较理想的做法之一可能是中外小型团队合作，双方取长补短，杨宪益戴乃迭译《红楼梦》便是适例。合作还能提高跨文化交际的灵敏度，避免如今在媒体、书展上并不鲜见的误解。在外宣方面不能曲意逢迎，但也不能强梵就华，非要别人穿唐装。

　　四是人才队伍的问题。将中国文化精华和特色学术译成外文，要求译者认真刻苦，殚思竭虑，反复推敲，精益求精，这在风气浮躁、凸显"效率"的今日，几乎是过高的要求。钱春绮先生这样的专业文学翻译家基本绝迹，而高校教师中又有几人能冒没有"科研成果"的危险，去做这种被认为只是"雕虫小技"的工作呢？即便将世俗或曰现实考虑全抛在脑后，也还有译者专业素质的问题。彦琮有"八备"之说，对翻译中国经典这项工作而言，中西语言和文化修养足以胜任愉快者，恐不多见。时下不少外语系注重"通事"之实用价值，能学贯中西、道通古今者实属凤毛麟角，而培养这样的人才，并非振臂一呼、群情激奋便能实现的目标，而是需要多年的辛勤耕耘；关键是现在就迈出扎实的步伐，临渊羡鱼，不如退而结网。如今纷纷成立的翻译系提供了建设的平台，如能和文史哲相关院系加强合作，克服"两张皮"现象，并充分利用海外学人的宝贵资源，或能在不久的将来具备向外译介文化精品、让中华文化薪传海外的前提条件。

邹振环（复旦大学教授，翻译史学专家）：

　　在海外"传播中国文化"的最有效的手段当然就是中译外。近代以来的中译外大多是以民间为主体，明清以来就有汉学家，如意大利的利玛窦、比利时的柏应理等传教士汉学家，热心于将中国的经典外译的工作。当然也包含有中国学者的贡献，近代最突出的例子就是英国汉学家理雅各和黄胜、王韬合作，将四书五经译成英文出版，汉学家与中国学者合作外译的民间模式持续在近代以来相当长的时间里。当然民间翻译还有中外学者以个人"书斋"里的"私房活"形式出现，如英国传教士李提摩太将《西游记》和美国作家赛珍珠将《水浒》译成英文；中国作家外译的突出例子，除了我们熟知的大师辜鸿铭将儒家经典和杨宪益将《红楼梦》西译外，还有盛成将《老残游记》译成法文、方重将陶渊明的诗歌译成英文，等等。中国政府出面的外译工作，1949 年后最大的中译外工程恐怕就是《毛泽东选集》的外译，我们所知著名学者钱锺书、姜椿芳、王稼祥、刘泽荣、程镇球等都参与过这项事业。中译外规模效应的形成，我以为离不开"多轮驱动"的模式，即官方、民间和国外汉学家或汉学机构的通力合作。多年来中国政府非常重视传统中国经典文本的外译，包括《红楼梦》等在内的经典，都有过权威译本，当然这些译本究竟有多大的权威性还需要进一步学术的论证。但我坚信，随着政府的倡导，加上国内外翻译家群体的参与，中译外会迎来自己充满希望的春天。

吴莹（上海译文出版社编审，上海翻译家协会前副会长）：

　　要使承载中国优秀文化的图书真正地走出国门进入国际市场，走进外国读者的家庭，以帮助他们认识和了解一个真实的当代中国，有许多方面的工作要做。比如，对海外市场和海外读者群必须作认真的调查研究和分析，开发好的选题，选择合适的作者撰文，挑选优秀的译者来正确地传递信息，在图书版式、开本、编排、装帧等方面根据不同国家的读者的阅读习惯作相应的调整，通过合作等方式让这些书进入主销售渠道等等。从某种意义上说，这是一项系统工程，任何一个环节的失误或欠缺都可能导致与成功无缘。当然，翻译是其中非常重要的一环。

合作也可以有多种模式。中方的翻译稿由外国编辑修改、润色，是方法之一。但前提是译文基本正确、到位，否则，（不懂中文的）外国编辑会提出无数问题，等待解释和解决。有一种理想化的模式：中方和外方从选题策划、撰写书稿、翻译编辑，到版式设计、印刷出版、发行销售，进行全方位的全程合作，双方在各个环节发挥各自的优势。一般来说，外方更了解他们的读者群的需求，而我们则熟悉中国的题材和内容，掌握着作者资源。中方的译者（当然是指好的、负责任的）比较了解国情，对于作者的原意理解比较正确、透彻，而外方的编辑在驾驭本国文字的能力上更胜一筹。

黄福海（著名诗歌翻译家，上海翻译家协会理事）：

杨译《红楼梦》在欧美不如霍译流行，一方面可能是杨译在语言上不如霍译优美，另一方面也可能是欧美人的阅读心态还不够成熟。清末文人喜欢把外国诗歌译成五七言，读者普遍称好。当时的中国读者对外国不太了解，阅读心态也不成熟。后来发现用五七言译外国诗歌会损失许多原汁原味的东西，于是改用白话文翻译，译诗也更趋于准确。欧美读者在阅读其他语言的文学作品时普遍怀有优越感，对于因文化不同而引起的语言不习惯会过分苛责，不像我们在八十年代阅读外国文学时那样谦虚，即使译文不太好也很喜欢。读书分两类，一类是想从书中学到你脑子里没有的东西，一类是想在书中印证你脑子里原有的东西。

中国典籍的外译，需要依靠学贯中西的人士，或采用中外合作的方式，才可能取得较好的效果。但是中国文化的对外宣传，目前主要还应依靠中国人自己。客观地说，各国文化毕竟是有难易之分的。各国的文化现状是，欧美文化对中国人来说较易，中国文化对欧美人来说较难。来源语较易者，表达优于理解，应以目的语国人翻译为主；来源语较难者，理解优于表达，应以来源语国人翻译为主。我们来个换位思考，想想外国经典（文字和思想较为艰深的典籍）是如何传入中国的。东汉以后，把佛经翻译到中国来的最早一批重要的翻译家都是外国人，如安世高、鸠摩罗什等，而不是作为佛经之外国读者的中国人。世有鸠摩罗什，然后有玄奘。这是魏晋南北朝时期佛典翻译的重要特征。基督教经典也是首先依靠外国学者译成中文并由传教士在中国宣传，同时将西洋技术传入中国，然后才有魏源、薛福成、严复等人对西洋文化的译介。中国近代译成汉语最早的外国诗，刊于英国传教士在香港编辑出版的中文期刊上，即弥尔顿的《论失明》，据说也是由外国译者在中国人的襄助下完成的。

我们的有关部门应尽快建立一个有效的鼓励机制，促进中国典籍的对外翻译。就目前来说，应该在主要依靠中国人自己从事典籍外译的前提下，适时、适量地延请适当的欧美专家和学者参加并襄助我们的翻译活动，尽可能提高我们的翻译质量，一方面取得欧美读者的认可，另一方面也影响、改变欧美读者的阅读心态。

海岸（著名诗歌翻译家，上海翻译家协会常务理事）：

我们推广中国文化，翻译文学经典，仅依靠国内翻译家群体自身的努力是远远不够的，我们需要采取"借船出海"的战略，一开始就该与国外出版机构或个人进行合作翻译，达到"走出去"的目的。英国当代著名诗歌翻译家霍布恩（Brian Holton）曾在英译杨炼《同心圆》时有过这样一番感言："要想提高汉英文学翻译的质量，唯有依靠英汉本族语译者之间的小范围合作。汉语不是我的母语，我永远无法彻底理解汉语文本的微妙与深奥；反之，非英语本族语的译者，要想将此类内涵丰富的文本翻译成富有文学价值的英语，且达到惟妙惟肖的程度，绝非是一件容易的事。可一旦同心协力，何患不成？"

2008 年至 2009 年间，本人就曾进行这样的英译实践，与欧洲 POINT（诗歌国际）出版社合作，在全球范围内联合诗歌英译者，成功地推出一本《中国当代诗歌前浪》，并于 2009 年 8 月"第 48 届马其顿—斯特鲁加国际诗歌节"开幕日首发，同年应邀进入德国法兰克福国际书展、比利时安特卫普国际书展。本书以汉英双语形式呈现新世纪全球经济一体化背景下，具有悠久诗歌传统的中国当代新诗全貌。本书的诗歌英译大致可分为两类：学术翻译和诗人翻译。全书约二分之一的英译出自英语世界一流的学者、诗人、翻译家之手，如凌静怡、霍布恩、梅丹理、乔直、柯雷、戴迈河、西敏等，余下部分则由本人提供英译初稿，再分别与美国诗人、 2008年至 2009 年度中美富布赖特奖学金获得者徐载宇小姐、梅丹理先生等合作完成。本书选编了中国大陆八十位大多在二十世纪五六十年代出生，至今在世界范围内坚持汉语写作的先锋诗人的作品，也收录了代表更年轻一代审美取向与文化观念的"七零八零后"的诗人作品。本书无论是诗歌创作还是诗歌翻译均属上乘，它的出版，尤其在欧洲最古老的诗歌节开幕首日推出，不仅给与会的五大洲各国诗人带来一份惊喜，提升了中国当代诗歌的声誉，而且促进了国际诗歌界对中国当代诗歌的了解。事实上，在西方汉学界，无论是瑞典的马悦然、德国的顾彬，还是荷兰的柯雷，都十分推崇中国当代诗歌在世界文学领域所取得的成就。他们认为中国当代诗歌反映了这个时代的一切；这些诗歌同它的时代和地域联系起来，就可以看到一个国家的文化和发展。通过诗人的作品，我们可以了解到中国的过去、现在，特别是看到了中国的发展。

我们不仅要设立翻译奖，就目前而言，政府文化机构，按照国际惯例，应该设立各类翻译基金，建立透明公正的审批平台，吸引国内外的翻译人才合作或独立地开展工作。在英美等西方国家，哪怕在东欧一些国家的诗人翻译家，每年均可报送某一选题，申请相关的翻译经费乃至出版基金的资助。例如，本人近日接到克罗地亚诗友的来信，他决定在我送他的《中国当代诗歌前浪》（汉英对照版）基础上译介中国现代诗歌选，正准备与该国札格拉布（Zagreb）文理学院中国文学教授一起申请翻译基金的资助。另从一位美国诗人翻译家口中得知，美国某基金会的翻译资助重心已从"中国朦胧诗"过渡到"第三代诗人"的作品翻译，一套十本的"中国当代诗歌系列"正在全面展开，英译者均为美国著名的诗人翻译家，我的这位美国诗人朋友也位列其中。借此我要提醒我国的国际战略决策者与执行者，应该进一步理顺文学翻译基金的资助机制，最大限度地发挥学院与民间两大翻译渠道的优势，以宽容的方式鼓励海内外的汉学家与中国文化爱好者参与其中，确保让中国文化真正、可持续性地走向世界。例如，本人的首次合作翻译与出版，很大一部分是出于诗友间的友情以及对诗歌翻译的共同兴趣，不存在任何经济利益，因而不具备可持续性发展的潜力，亟需国家政府完善能促使这项工作持续发展的机制，仅仅靠贴补国内出版社或国外出版社，而不去资助翻译家是无法真正完成"传播中国文化，推广中国学术"的大业。

乔国强（上海外国语大学教授，上海翻译家协会会员）：

翻译工作的确是中国文化"走出去"战略的一个重要方面。无法想象不通过翻译就能让外国人了解中国文化。但是，翻译作为一种国家文化战略，不从体制上着手就不能从根本上解决问题，而且须要从国家的角度来着手解决。

制约中国文化翻译的瓶颈有多种，高校和科研单位考核标准就是其中至为重要的一个。多数高校在考核科研成果时不把翻译成果纳入考核的范围。许多年轻学者为职称或科研考核计，不得不把精力放在更为"实惠"的论文写作上。

其次，翻译题材和体裁选择妥当与否会严重影响国外的接受。莫言的《酒国》译成多种文字，深受欢迎，其原因在于这部小说无论是在叙事策略创新，还是在运用反讽题材进行深刻描绘方面，都不逊色于国外同代作品。国内还有其他优秀作家，如贾平凹、尤凤伟等的小说在国外也颇受欢迎，但因顾虑种种，译者寥寥。题材和体裁的选择应在市场考察的基础上做出决策，可先以能"走出去"为原则，然后再图"精到"，万不可"意气用事"，自设关卡。

其三是翻译稿酬。这是一个很实际的问题。当下社会，我们无法要求译者像过去那样因领导要求或为某种信仰而献身。这不是译者的错。译者要生存，要能让自己"可持续发展"，就需要有一个值得的"对象"去付出。坦言之，非此而不能调动译者的积极性。

陈洁（上海外国语大学教授，上海翻译家协会会员）：

作为中国文化重要组成部分的祖国文学，在境外的传播与研究在临近国家已有一千六百余年的历史，在西方国家已逾三百年。先前国外对中国文学的译介和研究主要涉及我国古典文学作品及个别著名作家的某些作品。进入二十一世纪后，随着我国经济的迅猛发展与崛起，以及在世界金融危机下的"一枝独秀"，在世界上形成了"汉语热"，世界各国迫切希望了解中国，了解中国的文化，特别是要了解当今的中国，并与中国进行经贸往来，以促进本国经济的发展。因此，目前正是向国外推介中国文化，提升我们"软实力"的有利契机。

翻译是让中国文化、中国文学走向世界的必不可少的手段。然而，国内许多科研单位和高校，在职称晋升时不承认翻译作品或普通的翻译作品是科研成果，加之，翻译稿酬偏低，影响了广大翻译工作者从事笔译的积极性。为扭转此状况，我认为，对有积极社会影响或发行量较大（应当制定明确的标准）翻译作品，尤其是文学方面的名家名作，应该承认其是科研成果；另外，为鼓励向国外推介中国文化、中国文学，某些单位，或省市、部委科研管理部门，可以将社会价值较大的汉译外作品，特别是名家译作，列为科研课题予以资助，这样，在某种程度上可以弥补翻译稿费偏低或出版难的缺陷。某些权威机构也可以设立汉译外作品奖项。为扩大汉译外作品的发行量，对某些译作，国内出版社可以与国外出版社商定合作出版。为确保汉译外工作的质量，中外译者对某些课题可以采取合作翻译的形式。

确信，在让中国文化走向世界的共同美好愿望下，在广大译者和有关部门的积极努力和通力合作下，汉译外领域在不久的将来一定会遍地开花，硕果累累。

"翻译家倾谈"编后记：

短短二十天，自策划选题到多方联系组稿，我们完成了这样一组中国翻译界前所未有的关于"文化走出去"的讨论稿。自从对外文化交流被提到国家战略的高度，有太多的官员、出版人、新闻人在谈论"走出去"，唯独真正帮助文化"走出去"的实践者——翻译家们被集体遗忘。这也难怪，自古以来，"翻译从来都是最不引人注意的一种运动"（海德格尔）。可它却无处不在，并悄悄改变着世界文化的格局。我们认为，人类文明要保证可持续发展，必须提倡一种多元文化共存的新人文精神。没有翻译家们的辛劳，做不到这一切。然而翻译有它自身的规律，文化"走不走得出去"，也有自身的必然规律。诚如上述多位翻译家们指出的，相关战略决策者和执行者们在心态上，大可不必"焦躁"，更不能"冒进"。我们应该认识到翻译活动和文化交流背后的复杂性，要寻找更有效的手段和途径，来达到文化与文化之间开展对话、丰富自身、实现共存的目的。

话题二　"海上翻译家群体"问与答

　　本书作为教育部人文社科基金之"全球伦理视域下的翻译主体研究"项目的结项成果，同时还得到上海市文联"中青年艺术家扶持计划"的出版资助。我们本打算重点以上海籍的文学翻译家群体为研究对象，另外撰写一部《海上文学翻译家群体研究》，试图通过收集上海自开埠以来直至今天，在文学领域出现的所有重要译者的档案材料和翻译文本，梳理清楚"海派译家"的源头和发展、译文风格和主体特征。目前看来，实现这一想法还需要更多的时间，需要建立一个更为复杂的时空架构，落实一些更为可靠的研究依据。在此之前，我们已着手邀请了一些活跃在上海的翻译家来回答我们的问卷，凭借其丰富的文学翻译经验来畅谈他们在翻译实践中的观点和主张。以下选取十位分布在不同语种和年龄层的上海译者的访谈记录[1]先期与本书读者分享，目的是引发大家对"文学翻译主体研究"问题的进一步关注和更深入的思考。

1　我们的访谈提纲初步设计了十五个问题，邀请的访谈对象覆盖英、法、德、俄、日、韩、阿等语种，他们堪称是上海翻译界老、中、青三代里面最杰出的译者代表。其中有个别的访谈内容根据现场采访的情况作了调整，也有的根据受访译者的意愿进行了增删。

娄自良[1]访谈记录：

1. 您的第一部文学翻译作品是什么？

1954 年我在哈尔滨外语学院研究班毕业，留校任教，从俄语专业考虑，决心从事俄语文学翻译。1958 年被划为右派后，历尽坎坷，初衷不改。最初的文学翻译作品是戴聪先生约我译的《巴尔蒙特诗四首》，载于《外国文艺》1981 年第四期。此时我已经年届半百。

2. 当您翻译文学作品的时候，是从头到尾看完了译，还是看一段译一段，前者和后者的结果会有什么差异？

通常我会看原著的序跋、注释以及有关作者及其作品的介绍，再根据目录选读某些章节段落，有了大致的了解，再看一段译一段。不过有时竟会碰到似乎无法逾越的难题，不彻底解决便译不下去。

《死农奴》这个书名的译法曾使我颇费踌躇，难以下笔，我否定"死魂灵"的译法，因为我知道这是一部反农奴制的现实主义杰作，不过我从不仅仅根据自己的见解决定译法，我要查证，于是查了查俄文原版辞典对"мёртвые души（死农奴）"这个固定词组的释义：Крепостные，умершиев

---

1 娄自良，1932 年生人。中国资深俄罗斯文学翻译家、俄国哲学与文化研究者。主要译著有：《鬼》(2001)，《死农奴》(2007)，《死屋手记》(2015)，《被伤害与侮辱的人们》(2003)，《战争与和平》(2010)，《蒲宁文集》诗歌卷（合译）(1998)，《精神领袖——俄罗斯思想家论陀思妥耶夫斯基》（合译）(2005)，《茨维塔耶娃诗集：除非朝霞有一天赶上晚霞》(2016) 等。

период между двумя переписями и значившиеся в ревизских скзках（死于两次人口普查之间，仍然登记在花名册上的农奴）。关键是这里的"农奴"一词是 крепостные，而非 души，后者另有"魂灵"的含义。但死农奴怎么买卖，意义何在，仍然不甚了了。于是翻阅资料，彻底弄清了农奴制的内涵。

3. 托尔斯泰和陀思妥耶夫斯基，是完全不同的两种风格，还魂人物，模仿语气，翻译时有何不同的感受？

陀思妥耶夫斯基曾说："我有自己看待（艺术中的）现实的观点，大多数人几乎称之为荒诞与独特的东西，对我来说，有时正是现实的本质。"而托尔斯泰在《战争与和平》中却时常诉诸"人之常情"，即带有普遍性的东西。可以说这是对现实的两种截然不同的观点。内容决定形式，不同的追求必然会表现在形象塑造、情节安排乃至遣词造句之中。作为译者，我只是力求忠实于原著，以反映作者的特点。

4. 译者写序，有无必要？您的序写得非常好。但是否也会有笔力不逮，自觉无法归纳伟大、画蛇添足的感觉？

觉得笔力不逮是常态。不过我的序跋所追求的目标几乎只有一个，就是帮助需要帮助的读者理解原著。我认为这是我作为译者不可推卸的责任，总是勉力而为。

5. 您觉得翻译时遇到最大的困难是什么？

对我来说，文学翻译的魅力就在于经常会出现意想不到的挑战，我是不回避挑战的，决不走蒙混过关的"捷径"。

6. 作为译者，能有多大的"创作"空间，这种有限的创作往往体现在哪些方面呢？

　　翻译家的创作不同于作家的创作。翻译家首先要真正看懂原文，接下来的问题就是如何表达。一部真正忠实传神的优秀译作必然是翻译家心血的结晶，也是译者创作能力高下的表现。

7. 作为译者是否有自己的阐释倾向（选词造句、时态、单复数等等）？传神与忠实，可以做到合二为一吗？

　　我觉得，"传神"是"忠实"的题中应有之义，译作若不能传达原作的神韵便谈不上忠实。

8. 您喜欢翻译诗歌吗？原文的格、韵、节奏、音步等，需要保留吗？还是放弃形式移植的努力，用国人更能接受的诗的形式进行改造？

　　我喜欢译诗歌。很注意原作的格律、节奏和韵脚，有时吟咏外文诗，体会抒情内容与诗歌形式之间水乳交融的关系，总之，我认为诗的内容和形式是统一而不可分割的。译诗要以中文的现代诗歌形式表达原诗的抒情内容，力求达到中文的诗歌形式与原作内容的统一。我曾读过以宋词韵味译的外文诗，以及每行限定字数的译诗，这只能是失败的尝试。

　　同样，时态、单复数等等，要在语境中理解其具体含义，然后以规范的汉语表达其意义。偶遇一位学者，正在写有关《鬼》的论文，他问我，"鬼"的原文是复数，为什么不译为"群鬼"？我反问，陀翁的另一部小说《穷人》的原文也是复数，为什么译为"穷人"，而不是"穷人们"呢？我说，在这个问题上不能硬套原文的单复数语法概念及其语法形式。"鬼"是一个概念，凡是符合该概念内涵的都包括在概念的外延之内，并非单指某一个体。

9. 怎么评价译本的好坏？译者的翻译策略，与传统的"翻译标准"相背离，怎么办？

一部作品总会有许多的可阐释性，一位译者不可能把所有的可能性表现出来……译者是否应选择自己最喜欢和最擅长的作家作品来译？

我在《〈战争与和平〉译后散记》中曾说："译作是否忠实于原著是有标准的，那就是原文。"并举数例说明，其一，由于错译，以致译文本身自相矛盾，文理不通；其二，引述一段描写战地景色的译文，分析其中自相矛盾之处，指出这段译文"文字不多，却有这么多文理不通的地方，对战地景色的描写的审美意义更无从谈起"；其三，关于人的意志的自由和必然性问题，作者提出一个命题，译文竟错得离谱，不知所云。我接着说："究其根源是对西方的逻辑思维方式缺乏了解……"

对背离"忠实于原文"这一准则的翻译策略，我个人是不认同的。

翻译家对要译的作品应有所选择，怎样选择是因人而异的。譬如歌德的《浮士德》和但丁的《神曲》这样的作品，没有对西方宗教、哲学的充分了解，是译不好的。

10. 关于翻译中加注的问题，难免影响阅读，可是不加注，原文背后的引申义、隐喻因子就会被吞噬。您偏向怎么处理？

有的译本出现"拿破仑在莫斯科大会战中"的字样。无论在历史上还是在小说里都不曾有过保卫莫斯科之战，因而是错译。

我译为"莫斯科河战役"，并加底注："指波罗金诺战役。（莫斯科河流经该战区）。"括号中的话是帮助读者了解，法国人称之为莫斯科河战役的根据。

不过，如您所说，加不加注应慎重考虑。

11. 社科翻译和文学翻译最大的差别在哪？

我没有译过社科方面的著作，难以回答。

12. 关于译者与作者进行交流的问题，您曾经有过询问原作者的冲动吗，您认为原作者本人的意愿是解决一切翻译问题的终极指向吗？

我不曾有过这样的冲动，原作者都已作古了。

13. 译者的个性理解，是否构成译本自身存在的价值？

至少他应该申明，这是他的个性理解，不同于真正意义上的翻译。

14. 所谓"翻译的定本"可以有吗？

我想，如果鲁迅的《死魂灵》是一部优秀的译作，或许可以是定本，这与译者本人在文化史上的影响有关。

15. 您对中国文化走出去的说法，有什么理解？对于中国古代的经典文献，现在的译者理解力能否超越国外的汉学家？中国近现代、当代，有没有树立自己的优势话语体系，有没有自己的优秀的文化，值得走出去？国内组织的大规模中译外出版物，很少被国外书商主动订购甚至认可，您怎么看待这个问题？

近代以来，历史悠久、典籍浩瀚的中国传统文化显然出现了断层。国外的汉学家对中国古代经典文献的理解，很难摆脱本民族文化的影响。因而当代的中国学者在这个领域必须超越他们。中国近现代、当代,有没有树立自己的优势话语体系,有没有自己的优秀的文化,值得走出去?您这样发问,至少说明国内在这个问题上还没有形成共识。

2015年2月,娄自良老师再次致函本书作者,对上述问题进行了新的补充:

尊敬的袁老师,您好!

关于中国文化走出去的问题,我想提一提如下的事实:十四世纪上半叶意大利人最早把自己的时代确定为古希腊罗马文化复兴的时代,十八至十九世纪之交德国的作家、思想家,如歌德、黑格尔等,才对文艺复兴时代的世界意义作出了明确的评价,而在学术上确立这一评价的是布尔克哈特的著作《意大利文艺复兴时代的文化》(1860年)。所谓"在学术上确立这一评价",也就是说,这一评价经过学术论证而在世界上获得了广泛的共识。

中国文化要走出去,如您所说,"国内组织的大规模中译外出版物"在国外却遭到冷遇,这是很自然的。因为他们不知道该如何评价中国文化。正确评价中国文化并且形成共识是中国人自己的事。别人不可能越俎代庖。浅见让您见笑了!

新年伊始,谨向袁老师致以新年的祝福!

娄自良 2015年2月5日下午

冯春[1]访谈记录：

1. 您的第一部文学翻译作品是什么？以您的经历和笔力，完全可以进行创作。翻译和创作，为何要将心力投入到前者？

我的第一篇翻译，应该说是试作，译于 1957 年我读大三的时候，题目忘记了，内容是评述苏联著名电影导演杜甫仁科的，发表于《国际电影》杂志。 1958 年毕业后，到当时的新文艺出版社（后改为上海文艺出版社）外国文学编辑室工作，在两三年间译了一些零碎的诗，发表于《要古巴，不要美国佬》、《土耳其诗选》等诗集，后又译了荷兰作家德·弗里斯的长篇小说《红发姑娘》，因文革开始而未能出版。文革后期（1972 年后）我参加翻译了一些苏联小说，如《人世间》、《你到底要什么》、《落角》、《淘金狂》、《围困》等，总共约六十万字左右。这是我较为成熟的译作，曾获得一些同事的好评。真正严格意义上独立翻译的作品，是译于 1977 年至 1978 年的普希金长诗《鲁斯兰和柳德米拉》。

至于创作，我不是没有想过。但是创作需要生活，以我单调的生活，我想是创作不出什么东西来的。我只能写一点零散的诗，自娱自乐而已。

---

1 冯春，本名郭振宗，1934 年生人，1958 年毕业于上海外国语学院俄语系，先后在新文艺出版社、上海译文出版社任外国文学编辑、编审。主要译著有：《普希金小说集》、《叶甫盖尼·奥涅金》、《普希金作品选》、十卷本《普希金文集》、《普希金评论集》、《冈察洛夫、屠格涅夫、陀思妥耶夫斯基、柯罗连科文学论文选》、《普希金抒情诗全集》等。2006 年获俄罗斯作家协会马克西姆·高尔基奖。中国翻译家协会授予中国资深翻译家荣誉称号。

学生时代我读过许多诗人的诗,我特别喜欢艾青、阮章竞、郭小川的诗,自己也写过一些不像样的诗,还曾获得上外 1957 年征文竞赛的第一名。但这些诗都没有什么价值,并未保存下来。近年偶尔发少年狂,曾尝试写了几首,也是自娱自乐而已。

2. 当您翻译文学作品的时候,是从头到尾看完了译,还是看一段译一段,前者和后者结果会有什么差异?

翻译文学作品,必须做很多准备工作,如作家研究,了解作品的时代背景、人情风俗,还要做一些必要的考证等等,因此了解作品的全文是绝对不可少的。不了解全文如何能掌握故事的前因后果,人物性格和关系?看一段,译一段,后患无穷,必然要在翻译的过程中回头做许多修改,不但会在译文中出现许多矛盾,而且传达故事脉络、人物关系、作品意境、译文风格等等都无从谈起。

3. 您译过两种完全不同风格的作品吗,还魂人物,模仿语气,翻译时有何不同的感受?

译者应该选择自己最喜欢和最擅长的作家作品来译,这是最理想的。我喜欢诗,喜欢抒情作品,因此我译普希金、莱蒙托夫、屠格涅夫。作家的风格当然各不相同,例如普希金比较平实,直抒胸臆,作品很真诚。这就必须表达作者的真情实感。莱蒙托夫很讲究文辞,屠格涅夫本质上也是一位诗人。翻译时都要考虑这些特点,译文中不能缺少诗意。

4. 译者写序,有无必要?您的译序写得非常好。但是否也会有笔力不逮,自觉无法归纳伟大、画蛇添足的感觉?

译者最好自己写序，因为译者对所译的作家作品都做过一定研究，以自己的认识向读者作一些介绍，对读者是有好处的。问题是译者对作家作品的研究达到何种深度，这研究的深度也就决定了序言的深度。

5. 您觉得翻译时遇到最大的困难是什么？

翻译中最大的困难是表达的准确：对原文理解的准确、用词的准确、风格的准确、人物性格的准确等等。

6. 作为译者，能有多大的"创作"空间，这种有限的创作往往体现在哪些方面呢？

原则上译者"创作"的空间是很小的，译者不能离开原文"创作"，关键是如上题，在表达的准确上下功夫。

7. 作为译者您是否有自己的阐释倾向（选词造句、时态、单复数等等）？传神与忠实，可以做到合二为一吗？

译者肯定有自己阐释作品的倾向，因此才出现了千差万别的不同译本。犹如一个交响乐的指挥，不同的指挥所创作的交响乐效果肯定不一样，因为他们对作品的理解不同，处理手法也不同，翻译同此原理。传神与忠实应是一致的，不传神如何谈得上忠实？不忠实如何谈得上传神？

8. 您喜欢翻译诗歌吗？原文的格、韵、节奏、音步等，需要保留吗？还是放弃形式移植的努力，用国人更能接受的诗的形式进行改造？

黄杲炘先生不久前有一部著作出版，书名是《译诗的演进》，谈的就是这个问题。我译诗也有个过程，在这过程中也有"演进"。最早我倾向于传达原诗的意境、感情，认为不必拘泥于原诗的格律。但诗译得多了，觉得这样译不行，因为不同的诗人，同一个诗人的不同诗作，其形式是很丰富多彩的。外国诗的格律很丰富，如斯坦司、亚历山大英雄体、抑扬格、扬抑格，甚至但丁《神曲》中三韵句法、十四行诗等等，如果译这些诗都一律用译者的自由体来表达，这就如黄杲炘先生所说，把外国人形形色色丰富多彩的服装一律换上了中山装，不但抹煞了原诗的韵味、忽略了原诗多彩的形式，而且不能向国人介绍外国诗歌的格律，这是中外文学交流中的一大损失。著名诗人如卞之琳、屠岸等都主张译诗应该移植原作的格律。

9. 怎么评价译本的好坏？当译者的翻译策略，与传统的"翻译标准"相背离，怎么办？

译本的好坏，离不开我在五、六点上所说的意见。当然这和译者的水平有关，例如一个歌唱家和一个五音不全的唱歌者，所唱同一首歌的效果不同一样。我仍然坚守传统的"翻译标准"：忠实第一。

10. 关于翻译中加注的问题，难免影响阅读，可是不加注，原文背后的引申义、隐喻因子就会被吞噬。您偏向怎么处理？

翻译中必要的加注是不可少的。

11. 社科翻译和文学翻译最大的差别在哪？术语、句式逻辑等等，社科翻译是否也应重视原作者的风格？

社科翻译，我没有很多经验。我只在 1972 年译过《北非史》的一部分。应该说，社科作品也是有作者风格的，和文学作品有些相似。有些作品严谨，有的作品有战斗风格，有的作品也许还很幽默，我想作为译者也应该考虑这个问题，给予应有的表达。但社科作品主要是它的科学性，文学作品主要是表达人性，它要生动得多，感情因素更多，虚构、夸张、喜怒哀乐，这些在社科作品中要弱得多。翻译文学作品，译者是要注入更多的感情的。

12. 关于译者与作者进行交流的问题，您曾经有过询问原作者的冲动吗，您认为原作者本人的意愿是解决一切翻译问题的终极指向吗？

我译的都是古典作品，无法和作者交流。但是如果译现代作品，作者还健在，有可能的话，能和作者多交流，对于更好地翻译作品自然是很有帮助的。

13. 译者的个性理解，是否构成译本自身存在的价值？

译者的个性翻译肯定是存在的，不同的译者有不同的翻译风格，这也构成了译本的一部分价值。但从根本上说，译本还是要看它的总体水平。

14. 所谓"翻译的定本"可以有吗？

翻译的定本，我想从相对的意义上说是可以有的。但绝对意义上的定本，我想很难。译者对作品的理解，除不同译者有不同理解外，不同时代的译者又会有不同理解，所以何谓"定本"，很难有统一的见解。在一定时期内，相对的优秀译本是存在的，还是提"优秀译本"为好。

15. 您对中国文化走出去的说法，有什么理解？对于中国古代的经典文献，现在的译者理解力能否超越国外的汉学家？中国近现代、当代，有没有树立自己的优势话语体系，有没有自己的优秀的文化，值得走出去？国内组织的大规模中译外出版物，很少被国外书商主动订购甚至认可，您怎么看待这个问题？

对中国文化走出去问题，我没有发言权。因为我不接触这方面的工作。但据说国内的"中译外"在国外不被看好。这要向国外读者做一些调查研究工作。

郑克鲁[1]访谈记录[2]：

1. 您的求学经历和您的第一部文学翻译作品是什么？

我是 1957 年进入北京大学西语系法语专业学习，毕业后考入中国社科院外国文学所，跟随李健吾先生做研究生。1977 年《世界文学》复刊，我第一次发表翻译就是在这本杂志上，是巴尔扎克的短篇《长寿药水》。1980 年漓江社出了我的第一本译著《家族复仇》，也是巴尔扎克的作品。

2. 当您翻译文学作品的时候，是从头到尾看完了译，还是看一段译一段，前者和后者的结果会有什么差异？

一般是看完后，喜欢的、力所能及的才译。翻译是对原作品的一次深

---

1 郑克鲁，1939 年生人，上海师范大学法语教授，主要译著有：《蒂博一家》、《康素爱萝》、《失恋者之歌——法国爱情诗选》、《法国抒情诗选》、《巴尔扎克短篇小说选》、《家族复仇》、《茶花女》、《基度山恩仇记》、《沙漠里的爱情》、《魔沼》、《雨果散文》、《卡夫卡》等，2012 年凭借西蒙·波伏瓦的代表作《第二性》，获得傅雷翻译出版奖。

2 本篇访谈内容，主要采自笔者 1998 年 11 月 14 日与郑克鲁先生的一次笔谈，以及在长达二十年的时间里多次聆听郑先生关于文学翻译的经验传授。

度阅读，我采取一边研究一边翻译的策略。

3. 您翻译过两种完全不同风格的作品吗，还魂人物，模仿语气，有何不同的感受？

　　如果一本书没译好，只能怪自己没本事。《茶花女》在法国文学中的地位不算很高，小仲马写得感情充沛，文字流畅。这类作品我以为不必太讲究辞章。小仲马还是个剧作家，善写对话。我的原则是，对话要用口语来表达。当然，叙述的段落稍稍注意一下文采还是很有必要的，否则就会像白开水一样，读者毫无得益。《茶花女》并不难译，不像《包法利夫人》，对这部作品我有点望而却步，觉得难以传达原作的美。

4. 译者写序，有无必要？如果是，是否会有笔力不逮，自觉无法归纳伟大、画蛇添足的感觉？

　　我所做的文学研究，往往是在给自己的译本作序，或应其他译者之约作序时展开的。译著应有序跋，说明书的寓意，以方便阅读者。

5. 您觉得翻译时遇到最大的困难是什么？

　　法文诗歌中人名的翻译是一个难点，不一定都要采取音译的方式，应适当地改变，尤其是些富有含义的人名，意译更好。

6. 作为译者，能有多大的"创作"空间，这种有限的创作往往体现在哪些方面呢？

　　译者的"创作自由"，多半在句法的改变上。翻译真正的关键在于如何处理原文中独特的句式，尤其是中文里没有的关系从句。翻译界有直译和意译之争，目前我国绝大部分译者都属于直译派，只有少数几个人或许可以称为意译派。我自然属于直译派。我何尝不想译出"原汁原味"呢，但是谈何容易！我觉得朱生豪的翻译意译成分相当大，显得文辞优美；不少人认为傅雷也是意译的一员干将，所以他的文采生动。我倒不是这么看，我觉得傅雷仍以直译为主。关于这一点，我写过一篇文章，登在上海外语教育出版社的《翻译论丛》（1998 年）上。

7. 作为译者，您是否有自己的阐释倾向（选词造句、时态、单复数等如何表现）？传神与忠实，可以做到合二为一吗？

我是"直译派"，主张翻译要引进一点原文的句式、表达法，甚至意象的。不少译者喜欢把原文句子拆开，多加几个逗点，避免长句出现。他们认为这样可以达到流畅。这样做在很多情况下是行之有效的。可是我认为，衡量一部译作的好坏，不仅仅要看句子译得好，更重要的是要看整篇或整部作品是否译得流畅、有文采，给人以艺术上的享受。比如傅雷翻译巴尔扎克的小说，特别擅长处理巴尔扎克的长篇议论，给人一气贯通、一气呵成之感，大半译者都没有他这种本事。他的成功源于：一是对原文吃得透，二是善于处理长句，三是他的中文功底深厚。我们应该从翻译名家的实践中总结技巧，进而认识其翻译理念和可操作性。

8. 您喜欢翻译诗歌吗？原文的格、韵、节奏、音步等，需要保留吗？还是放弃形式移植的努力，用国人更能接受的诗的形式进行改造？

我主张挑出一流的作品来译，一流的诗人，按其作品质量来选。非一流的诗人也不排斥，取其精华。我同意钱春绮的译法，一般按原有的用韵方式来译，需要译者对诗有自发的敏感。思考诗句押不押韵，以及押什么韵，同样也是一种乐趣。还原诗的形式，不仅可以使读者更贴近诗歌丰富的内涵，还能带动读者发挥其想象力进入诗歌的意境。亚历山大体是法文诗翻译的难点，一个音节对应一个汉字，显得笨拙而不符合中文的表达习惯，我们可以适当地意译，需要译者去再创造。应该避免常用词里"理所当然"所导致的低级错误。有人喜欢把外国格律诗译成自由诗，或者按中国人的喜好一韵到底，即使是十四行诗也是这样的译法。我认为不妥。应该按原诗的押韵方法来译，把外国的作诗法介绍进来。

9. 怎么评价一个译本的好坏？译者的翻译策略，与传统的"翻译标准"相背离，怎么办？

前面说过，衡量一部译作的好坏，不仅要看每一句翻得怎么样，还要看整篇是否译得流畅、有文采，给读者艺术的享受。

许钧先生组织过一场《红与黑》的译本调查，发现完全归化的译文，在当今的中国读者中赞赏者并不占多数。我并不完全反对"归化"和"再创造"，这要看具体情况而定。如果"再创造"成了一条行之有效的原则，译者岂不是可以随心所欲？凡遇到难点就"再创造"一下，这样是图轻松，不一定显出译者的高明。

10. 所谓"翻译的定本"可以有吗？

"定本"难存，翻译确实有"老化"的现象。朱生豪的译文尽管出色，现如今读起来仍然令人感到文字"老"了一点。有位青年名作家曾对我说，傅雷的译文有点"老"。作家对文字的感觉比我们更敏感，语言是变化很快的。林纾翻译《茶花女》用的是文言文，当时的读者并不觉得不妥，如今的读者恐怕很少能看得下去。这就是时代的变化、语言的变化，带来读者口味的变化。从今天的情况来看，很难确定一个定本，只能说有的人翻译得不错，但将来肯定还有人重译。"神似"、"化境"只是一种理想，一般是无法达到的。短诗也许做得到，而长一点的作品永远也达不到。一个人的能力有限，不可能做到每句话都译得尽善尽美，整部作品都译得尽善尽美，后人对名作总要再试身手。

11. 您对许渊冲先生提出来的"文学翻译要发挥汉语优势"，"译作与原作好比是两种文化的竞赛"这一说法怎么看？

我没有资格对许先生评头论足，许先生能外译中，也能中译外，是个多面手，人才难得。但"文化竞赛"云云，我不太理解。倘若是名作，译者作为传达者，很难夸口说自己的东西要超过原作。你能说自己的译作超过莎士比亚的原作吗？你能说自己的译作超过福楼拜的原作吗？除非原作本身就不怎么样。译作的好坏还需要时间来检验，正如一切文学作品都需要时间来检验那样。名作在语言上的奥妙是无穷的，随着时间的推移，后人从中会领悟出新的东西。译者的才学能达到这一步吗？

谭晶华[1]访谈记录：

1. 您的第一部文学翻译作品是什么？

1979 年，我与《译林》社的主编李景端结识，翻译了五木宽之的直

---

1 谭晶华，1951 年生人，上海翻译家协会会长，上海外国语大学日语系教授，主要译著：《山之声》、《二十四只眼睛》、《冻河》、《地狱之花》、《醫者谭》等，日本近代文学中长篇、短篇小说集及散文随笔名作、评论等近百种，计三百余万字。

木奖获奖作品《看那灰色的马》，并将该译作发表在 1980 年第 1 期《译林》的首篇。这是我翻译生涯的开始。当年《译林》提供的二百多元稿费，相当于我半年的工资。是《译林》成就了我的翻译家梦和改善生活的梦。

2. 当您翻译文学作品的时候，是从头到尾看完了译，还是看一段译一段，前者和后者的结果会有什么差异？

上世纪八九十年代投译稿，先得给编辑部写梗概，批准后才能译。理所当然原著必须事先通读，然后一段段译，最后修改定稿。一篇译稿我至少写两遍，所以钢笔字也漂亮起来。若都能达标，两种结果应该差不多。

3. 您译过两种完全不同风格的作品吗，还魂人物，模仿语气，翻译时有何不同的感受？

我译过不少种类的文章，有日语的现代语和文语，风格和口气都不尽相同。比如我翻译过司马辽太郎的历史小说，里面的武士对话皆为日语文语，那么我认为中文也应译成文言文比较好。

4. 译者写序，有无必要？您的序写得非常好。但是否也会有笔力不逮，自觉无法归纳伟大、画蛇添足的感觉？

我主张译者应该写序言，上世纪八九十年代译者写序的很多，近十多年较少了。前两年人民文学出版社新出小说集《看那灰色的马》，用了文坛大咖张承志的文章作代序，我当然也求之不得。总之，译本还是应该有个序。

5. 您觉得翻译时遇到最大的困难是什么?

对我而言,翻译时最大的困难是对原著中的文语、方言、外来语以及古典文学和文化方面的理解。我早先翻译日本花柳界人物轶事,由于本人是生在新中国,长在红旗下,对那本书里所描述的世界完全没有感性知识,于是还专门去查阅、恶补上海四马路的历史知识。

6. 作为译者,能有多大的"创作"空间,这种有限的创作往往体现在哪些方面呢?

文学翻译要译出字面背后的东西,译出文字中潜伏着的原作者的喘息、心跳、体温、气味、节奏和音乐感。翻译既可以成全一个作家,又可以矮化甚至窒息一个作家。文学翻译,我们不仅要关注具体的字、句的准确性,还要关注其艺术性的接受与传播,要把译本放在具体的文化语境中来观察是否合理。

7. 作为译者您是否有自己的阐释倾向(选词造句、时态、单复数等等如何表达)?传神与忠实,可以做到合二为一吗?

传神和忠实需要译者达到较高的水准才能合二为一。这个说起来没底了。我希望能在忠实的基础上传神。我比较崇尚中国日本文学会前任会长高慧勤(1957年毕业的北大才女),我认为她和她的夫君罗新璋是将忠实和传神原则结合得非常好的典范。

比如村上春树在中国有两位著名的译者,施小炜主张"不过分地突出译者",他认为好的译文要能够和原文对应,句式也应尽量相同。林少华认为文学翻译最高的标准就是"审美忠实",即在中文读者身上唤起同日文读者类似的审美愉悦。我认为林少华和施小炜都是很好的译者,他们的差异并没有人们想象的那么大。同一个作家的两位译者在翻译取向上的差异性，其实体现出来的就是翻译工作的复杂性和翻译主体的不同理解。

8. 您喜欢翻译诗歌吗？原文的格、韵、节奏、音步等，需要保留吗？还是放弃形式移植的努力，用国人更能接受的诗的形式进行改造？

　　诗歌不易译好，我比较喜欢保留一点原作的形式风格，不大主张把和歌、俳句全译成五绝、七绝或七律。我曾经翻过永井荷风的和歌，57577 音，我翻成 575 音，花了整整一天的功夫译了十五首，煞费苦心，后来又花大力气修改，这样算下来，一天才两百多字，不及钟点工一小时的工资。

9. 该怎么评价译本的好坏？当译者的翻译策略，与传统的"翻译标准"相背离时，怎么办？

　　作为译者，应时时站在作者和人物的立场上，以理解的态度去阅读作品。翻译要"离形得似"，"入乎其内、出乎其外"，在整体上把原作的风格贴切、到位、传神地表达出来的文本，就是好的译本。

10. 关于翻译中加注的问题，难免影响阅读，可是不加注，原文背后的引申义、隐喻因子就会被吞噬。您偏向怎么处理？

　　我赞同给翻译加注，但主张不要加得太滥，要严选严控。有些台湾的日文译者喜欢加很多注，本人不敢苟同。榻榻米谁不懂呢，再去加个注，有这个必要吗？

11. 社科翻译和文学翻译最大的差别在哪？术语、句式逻辑等等，社科类翻译是否也应重视原作者的风格?

　　社科类的翻译似乎更应该看重准确性这一点。

12. 关于译者与作者进行交流的问题, 您曾经有过询问原作者的冲动吗, 您认为原作者本人的意愿是解决一切翻译问题的终极指向吗?

　　有机会能与原作者交流是好事。迄今为止, 我只采访过日本作家五木宽之 (采访记刊登在 1984 年的《译林》杂志上) 和金田一春彦。我不认为作者的意愿是解决一切问题的终极指向。

　　记得作家莫言在 2003 年与评论家王尧有过一段对话, 他提到文学翻译有三种可能:"第一种是二流作品被一流译者译成一流作品; 第二种是一流作品被蹩脚的译者译成二三流作品; 第三种是一流作品遇到一流译者, 这才是天作之合。"天作之合很难得, 因为"越是对本民族语言产生巨大影响的有个性的作品, 大概越难译好, 除非碰上个天才的翻译家"。

13. 译者的个性理解, 是否构成译本自身存在的价值?

　　这个需要具体问题具体分析。

14. 所谓"翻译的定本"可以有吗?

　　所谓"定本"还得是大家公认的吧。

15. 您对中国文化走出去的说法, 有什么理解? 对于中国古代的经典文献, 现在的译者理解力能否超越国外的汉学家? 中国近现代、当代, 有没有树立自己的优势话语体系, 有没有自己的优秀的文化, 值得走出去? 国内组织的大规模中译外出版物, 很少被国外书商主动订购甚至认可, 您怎么看待这个问题？

就拿《红楼梦》来举例，中国自己的译者把《红楼梦》翻成外文，却不容易被外国的读者所接受，这里面就存在着跨文化交际的问题。一个好的译者，必须要考虑到自己的译本能够让不同文化语境的读者都能够接受。

再拿莫言和村上春树来举例，两位在中国同样大受欢迎的作家，为何不能在诺贝尔文学奖的评选上获得同等待遇？这里面比拼的恐怕不仅是作家的原作，更多的还是译作之间的较量，特别是以非英语为母语的作家，只能通过翻译来"被阅读"，译作的水平尤其重要。村上春树每次诺奖"陪跑"，都是因为"译介的威力"未到位。另几位和莫言一样受国内读者欢迎的大作家，如贾平凹，如余华，他们的作品较少被译往西方，原因就在于其可译性不强。可译性与原作本身是否优秀并没有太多关系，但却影响了作品能否为其他文化语境下的读者所接受。莫言的作品被译为外文之后，既接近西方文学标准，又符合西方世界对中国文学的期待，就很容易获得成功。

蔡伟良 [1] 访谈记录

1. 您的第一部文学翻译作品是什么？以您的经历和笔力，完全可以进行创

---

[1] 蔡伟良，1976 年毕业于原上海外国语学院日阿语系阿拉伯语专业。上海外国语大学阿拉伯语专业教授。主要译著有：《底比斯之战》（埃及著名作家诺贝尔文学奖得主纳吉布中篇小说）、《苦涩的爱》（叙利亚著名作家、阿拉伯小说王子萨莱姆·欧杰利中篇小说）、《先知全书》（阿拉伯著名文学家纪伯伦散文诗，在大陆和台湾同时出版）、《罗马喷泉咏叹》（黎巴嫩著名作家梅·齐亚黛散文选）、《南风》（阿尔及利亚著名作家哈杜卡中篇小说）、《中国之旅》（游记）等。

作，翻译和创作，为何要将心力投入到前者？

我的第一部文学翻译作品是埃及大文豪诺奖得主纳吉布·马哈福兹的历史小说《底比斯之战》。翻译和自己创作不是一回事，不是每一个译者都可以成为作者的。

我是学外语的，从接触外语第一天起，就想着如何用自己所学的语言，将国人不知道的异域文化、风情通过翻译介绍过来，同时也将中国的文化通过翻译推介到语言对象国。其次，作为高校的外语教师，自己不去从事足够的翻译实践，站讲台时就会感到没有底气。除了教学，我的研究方向是阿拉伯文学和阿拉伯伊斯兰文化，这也需要进行很多的作品和相关文献的翻译，因此，投身于翻译，可以说不仅仅是自己的兴趣，也是出于教学和科研之需。

2. 当您翻译文学作品的时候，是从头到尾看完了译，还是看一段译一段，前者和后者的结果会有什么差异？

这有两种情况，以前大多是出版社找译者，出版社已经决定要出这部作品，译者无需对作品的情节、可读性等要素去进行更多的评价，在这种情况下，可以不做前期的阅读，或者只进行简单的翻阅，就可以进入翻译程序了。另一种情况是，你要向出版社推荐作品，不进行前期认真阅读是不可能进行有效推荐的。对一个认真负责的译者来说实际上两者的差异并不是很大。当然对自己推荐的作品，在翻译的过程中得到的享受肯定会更多。

3. 您译过两种完全不同风格的作品吗，还魂人物，模仿语气，翻译时有何不同的感受？

是的，译过。比如，散文和小说的风格就截然不同。我译过纪伯伦的散文，也译过纪伯伦女友——阿拉伯才女梅·齐亚黛，以及与纪伯伦齐名的另一位阿拉伯旅美作家雷哈尼的散文。我也译过好几部小说，最近翻译的一部科威特小说很快就会出版。译散文的感受和译小说的感受是完全不一样的。散文不仅抒情还往往极富哲理，且用词考究，行文潇洒，读散文其实就是在欣赏美，同时它还能引导你去进行相对比较深邃的思考；当你将原文成功转化成地道的汉语时，确实有一种无可名状的快感享受。翻译小说就完全不是那么回事了。一名杰出的小说译者，他应该尽量使自己处于"无我"状态，要尽可能"入戏"，而且要不断地跟随情节变化进行角色切换，只有入戏了，才能找到感觉，在这种状态下译成的文字才可能是最切合语境的。小说人物千姿百态，各人的话语都应该有符合其身份的特点，译者如果能够把控好这一点，你译文中的人物也就会变得鲜活起来。

4. 译者写序，有无必要？您的序写得非常好。但是否也会有笔力不逮，自觉无法归纳伟大、画蛇添足的感觉？

译者写序是必要的，当然也可以写译后记。译者序，我认为其最大的功能应该是导读。序言中可以有你自己对作品的点评，但是更多的应该是引导读者去欣赏小说，乃至导出读者自己的评价。

5. 您觉得翻译时遇到最大的困难是什么？

如果作品中有太多的方言，这会对翻译带来很大的麻烦。

6. 作为译者，能有多大的"创作"空间，这种有限的创作往往体现在哪些方面呢？

我个人认为,既然是翻译,就不应该有所谓的"创作"空间。译者的空间不属于创作,他的运作空间只能局限在词汇选择、句型表达等语言层面,译者无权对情节进行再创作。

7. 您作为译者是否有自己的阐释倾向(选词造句、时态、单复数等等)?传神与忠实,可以做到合二为一吗?

作为一名译者,我认为首先要做到的就是忠实于原文,至于是否能做到传神,则取决于你的语言功力,一部优秀的译作应该做到忠实和传神的统一。

8. 您喜欢翻译诗歌吗?原文的格、韵、节奏、音步等,需要保留吗?还是放弃形式移植的努力,用国人更能接受的诗的形式进行改造?

我一直认为"译事难","译诗更难",译古代诗歌"难上加难"。因为在写阿拉伯文学史的时候,必须面对大量的古代诗歌,也不得不做一些诗歌翻译。阿拉伯诗歌的格律比较复杂,在翻译时很难做到全部保持原有的格律、节奏等。但是,诗歌毕竟有其特殊的形式,比如阿拉伯传统诗歌就是柱体型一韵到底的,如果译成汉语时也能基本保持这一形式,那就是比较成功的。而自由体诗相对就比较好译一些。我觉得,一首诗歌译得好与不好,最重要的还是看它是否成功移植了原文诗歌中的情感和乐感。

9. 该怎么评价译本的好坏?译者的翻译策略,与传统的"翻译标准"相背离时,怎么办?

我个人认为,对翻译的评判,无论用哪种策略,忠实与传神最重要。离开了忠实就不是翻译,做不到传神就不是好翻译。既然叫"翻译策略",

其根本目的就是为准确翻译服务，如果做不到这点，就不能视其为策略。

10. 关于翻译中加注的问题，难免影响阅读，可是不加注，原文背后的引申义、隐喻因子就会被吞噬。您偏向怎么处理？

　　如果一些表述，影响到读者能否准确理解原文的含义，那就一定要做注释。

11. 社科翻译和文学翻译最大的差别在哪？术语、句式逻辑等，社科翻译是否也应重视原作者的风格？

　　社科翻译属于应用翻译，不同于文学类翻译，前者更加注重信息的传递，而后者更讲究艺术性和美的享受。社科翻译又分成很多门类，如政治类、经济类、哲学类、宗教类等等，而每一门类都有自己的术语和常用表达方法，而文学翻译是没有专门术语的。不同门类的行文风格应该是不一样的，译文也应该尊重这种风格。

12. 关于译者与作者进行交流的问题，您曾经有过询问原作者的冲动吗，您认为原作者本人的意愿是解决一切翻译问题的终极指向吗？

　　如果有可能的话，能和原作者进行交流肯定对翻译作品有好处，但交流不可能解决所有的翻译问题。

13. 译者的个性理解，是否构成译本自身存在的价值？

　　译者的个性需要通过大量的翻译实践才能形成，不是一般的译者都可以谈个性的。个性一旦形成，并被读者认可，肯定会对译本的存在形成影响的。

14. 所谓"翻译的定本"可以有吗？

我个人认为"翻译的定本"这一说法很难让所有人接受，翻译没有最好，只有更好。

15. 您对中国文化走出去的说法，有什么理解？对于中国古代的经典文献，现在的译者理解力能否超越国外的汉学家？中国近现代、当代，有没有树立自己的优势话语体系，有没有自己的优秀的文化，值得走出去？国内组织的大规模中译外出版物，很少被国外书商主动订购甚至认可，您怎么看待这个问题？

中国文化走出去，这是当今的热门话题，我觉得中国文化走出去非常必要。在走出去的过程中最最重要的是怎么走，拿什么东西走出去。中国历史上的经典固然重要，是中国文化的精华，但是这不应该成为走出去的全部，经典的受众毕竟是极少数。经典所讲述的故事，经典的背景距离现实的中国实在太远，经典可以供国外的研究者阅读。而对一般大众，他们更需要的是了解当今的中国，当今的中国文学、艺术、当今的中国社会。而我们在这方面做得是很不够的，对出版社而言，出经典翻译没有风险，至于是否真的落地，是否真的有效果，则是另一回事。中国文化走出去，一定要有科学的可操作的顶层设计。

另外，中国文化走出去，不能全部依靠外部力量，尤其是翻译，更不能全部依赖外国译者，他们的翻译必须有中国学者最后把关。本人曾经受有关部门邀请审阅过一些中译外的书稿，由于译者是老外，其对中文的理解往往是欠缺的，很难做到忠实于原文，甚至出现一些原则性错误。最好的操作是，老外译初稿，中国学者做译审把关。

袁筱一[1]访谈记录

1. 您的第一部文学翻译作品是什么？以您的经历和笔力，完全可以进行创作。翻译和创作，为何要将心力投入到前者？

第一部文学翻译作品是 1994 年，勒克莱齐奥的《战争》。是和李焰明老师合译的。当时正在读研，方向就是翻译理论与实践，好像觉得翻译实践是应该做的事情。我一直认为，翻译也罢，创作也罢，除了能力以外，有非常经验的一面，要不断地做。但是比较起创作来，翻译更是一种契约，如果你一旦答应下来，就没有任何借口拖着不做。所以，这些年，也不是没有过想写小说的心思，但最终因为缺少契约这样的东西，到底也没有人追在我后面让我写。而况翻译了那么多一流的作品，觉得自己在创作上也真的是眼高手低。不写也罢。

2. 当您翻译文学作品的时候，是从头到尾看完了译，还是看一段译一段，前者和后者的结果会有什么差异？

一般会完整地阅读。其实在决定自己要不要译之前就完整、不过快速地阅读过一遍了。没有这遍阅读打底，除了是我之前就熟悉的、读过的作品，我就没有办法选择是译还是不译。译的时候当然是看一段译一段。至

---

1 袁筱一，华东师范大学法语系教授。主要译著有：米兰·昆德拉《生活在别处》、勒克莱齐奥《流浪的星星》、卢梭《一个孤独漫步者的遐想》、伊莱娜·内米洛夫斯基《法兰西组曲》等。2018 年 11 月 24 日，凭借《温柔之歌》获得第十届傅雷翻译出版奖文学类奖。

于两者是否对于翻译结果有影响，我想，要视作品的性质。有的作品是非常强调整体性的，没有见过整体，就不能理解各个部分；但有些作品并非如此，自然两种翻译阅读的方式对翻译结果的影响也就不大。

3. 您译过两种完全不同风格的作品吗，还魂人物，模仿语气，翻译时有何不同的感受？

一个比较成熟的译者势必会翻译风格迥然不同的作品。哪怕是像傅雷，我们觉得他更是巴尔扎克的译者，但他译过罗曼·罗兰，译过梅里美，甚至他本人也更喜欢罗曼·罗兰。作者风格是一个很难定义的东西，和作者意象、节奏、特别的语言偏好都相关，我是忠实派的译者，我会尽量迁就作者所有有意而为之的语言风格。作为读者，我当然有喜欢和不喜欢，因而有的迁就让我完全不觉得是迁就，有的迁就却让我感觉非常挑战。

4. 译者写序，有无必要？您的序写得非常好。但是否也会有笔力不逮，自觉无法归纳伟大、画蛇添足的感觉？

我并不认为译序是必要因素。通常序言我是应出版社要求而写或者不写。我从来没有觉得哪本书我一定要写点什么。关于这个问题，首先我要说，不见得我译的所有作品都能称得上"伟大"，我写序，更不存在我自觉无法归纳伟大的问题。如果作者希望译者写序（或者出版社希望），写一个，无非也就是个人阅读的一个角度而已，给并不见得如此熟悉作品作者的读者提供阅读的基础。虽然有些作品的序言（例如《致 D》），我写得很长，也写得很个人化，但只是和我个人文风相关，写序这个行为本身却仍然出于非个人的考虑。通常情况下，我是不主动提出要写序的，我以为写序和评论一样，写得不好是减小了作品本身的阅读空间，所以要谨慎。

5. 您觉得翻译时遇到最大的困难是什么？

有些作品，或许还没到最好的来到中国、来到汉语里的时刻，如果此时勉强为之，就会遭遇很大的困难。例如我译格诺的《风格练习》，历时三年，遭遇了巨大的困难，虽最后也勉强为之，但是并不满意。

6. 作为译者，能有多大的"创作"空间，这种有限的创作往往体现在哪些方面呢？

译者的行为从本质上来说，就是"创作"，只是这种特别的"创作"的确有它的空间限制。具体地说，不同类别的文本，因为阅读空间的不同，创作的空间限制也不同。例如信息为主的文本，"创作"空间很小，又例如信息量几乎为零的诗歌，"创作"空间甚至不是一个译者就能够填满的。

7. 您作为译者是否有自己的阐释倾向（选词造句、时态、单复数等等）？传神与忠实，可以做到合二为一吗？

译者当然有自己的阐释倾向，所以我们现在在翻译学的意义上才称为"翻译主体"。但译者对自身的要求永远应该顾及两个层面：一是诗学层面，一是伦理层面。但这个问题得反过来说，它不是衡量所有翻译结果的固定标准，而应该是译者对自己行为的自觉意识。

8. 您喜欢翻译诗歌吗？原文的格、韵、节奏、音步等，需要保留吗？还是放弃形式移植的努力，用国人更能接受的诗的形式进行改造？

我基本上不太译诗歌。不过诗歌的主要要素是什么？并非格、韵、音步——因为格、韵、音步只是节奏的手段而已。所以这个问题本身是有问题的。节奏当然是诗歌翻译中必须保留的东西，或者说，必须通过创造而得到保留的东西，但节奏的保留既不能简单地归结为保留原诗的格、韵、音步，也不是套用中国传统诗歌的形式因素。好的诗歌，是节奏、情绪与意象能够相得益彰的结果。

9. 该怎么评价译本的好坏？译者的翻译策略，与传统的"翻译标准"相背离，怎么办？

翻译批评是非常复杂的问题：没有批评理论的发展，很难想象会有多少高质量的翻译批评。翻译批评与文学批评相似，也是一种创作行为，而不是翻译法庭。所以，不存在所谓译者的翻译策略与传统的"翻译标准"相背离的情形。因为批评主体的立场也不一样啊。批评从来都是理论的一部分，就像文学批评绝对不是文学文本的读后感一样。从这个意义上来说，翻译批评是一个基本没有得到发展的领域。

10. 关于翻译中加注的问题，难免影响阅读，可是不加注，原文背后的引申义、隐喻因子就会被吞噬。您偏向怎么处理？

我个人偏向于少加注。不是十分必要的注，一般我都不加，尤其在这样一个不缺信息搜索引擎的时代。至于文字游戏、引申、隐喻等等，如果能有更加高明的，在文中通过其他创造性方式加以解决的最好，如果实在不能，也只好用最笨拙的办法。

11. 社科翻译和文学翻译最大的差别在哪？术语、句式逻辑等等，社科翻译是否也应重视原作者的风格？

好的人文社科作品当然同时也是好的文学作品。社科翻译当然也应当尽量尊重原作者的风格。如果说到差别，是对译者提出的要求的差别。我以为，翻译一部社科作品，译者是需要做一些特别的准备的，要进入你要翻译的作品的那个领域。如果进不去，最好不要译。而文学，在某种程度上，译者往往都是天天在准备着的。

12. 关于译者与作者进行交流的问题，您曾经有过询问原作者的冲动吗，您认为原作者本人的意愿是解决一切翻译问题的终极指向吗？

我并不十分倾向要和作者进行随时交流。阅读本身就是一种主体的行为，而译者也是阅读者之一，会有自己的阐释。当然，如果遇到难以解决的疑问，如果原作者还健在，当然还是可以与作者沟通的。此时，原作者本人的意愿是一个重要参考。但不是所有问题作者都能回答的，有很多你认为有些不太能理解的地方，往往是作者的无意识行为。作者也回答不了。

13. 译者的个性理解，是否构成译本自身存在的价值？

当然。但我并不想在这里特别强调所谓的"个性"。译者的主体性是翻译活动的本质造成的，而不是译者的自觉。

14. 所谓"翻译的定本"可以有吗？

从不存在。翻译的本质以及最终任务就告诫每一个译者，放弃所谓的"定本"幻想。如果翻译从结果上来说可以是唯一的，那翻译所有的价值都不复存在。

15. 您对中国文化走出去的说法，有什么理解？对于中国古代的经典文献，现在的译者理解力能否超越国外的汉学家？中国近现代、当代，有没有树立自己的优势话语体系，有没有自己的优秀的文化，值得走出去？国内组织的大规模中译外出版物，很少被国外书商主动订购甚至认可，您怎么看待这个问题？

中国文化走出去和其他文化"走出去"一样，是一个漫长的过程。对这个问题，我写过不少文章，其实想强调的无非两点，一是要耐心，文化总是要向外走的，也总是会迎进来，任何文化都必然如此，尤其是在这样一个无法避免交往的时代；二是作品走不走得出去，是依靠作品本身说话的，是看作品，有没有在另一种语言、另一种文化里"呼唤"（用本雅明的语汇）翻译。这其中，翻译的策略也应该是多种多样的，不是唯一的翻译策略就能够成就"走出去"的。既然今天我们都谈文化自信，那就自信一点，先做好自己。

黄贤玉[1]访谈记录：

1. 您的第一部文学翻译作品是什么？

我的第一部文学译著是韩语长篇小说《大长今》， 2005 年上海人民出版社出版。

2. 当您翻译文学作品的时候，是从头到尾看完了译，还是看一段译一段，

---

1 黄贤玉，复旦大学外文学院韩语系副教授，曾任韩国国立全南大学国语教育系客座教授，主要研究方向为文学、翻译学、中韩文学及文化比较等。主要译作：《大长今》、《苏格拉底》、《站前明洙》、《超速绯闻》等。

前者和后者结果会有什么差异？

　　总归要从头到尾看完了再译。这样能更好地把握作品内容的趋向，选择的词汇也更贴切。

3. 您译过两种完全不同风格的作品吗，还魂人物，模仿语气，翻译时有何不同的感受？

　　是的。

4. 译者写序，有无必要？

　　我觉得有必要。

5. 您觉得翻译时遇到最大的困难是什么？

　　韩国外来语的翻译。

6. 作为译者，能有多大的"创作"空间，这种有限的创作往往体现在哪些方面呢？

　　我觉得作为译者的创作空间较少。在表达文化风俗习惯等方面的内容时，选词造句就得有一定的"创造性"。

7. 作为译者您是否有自己的阐释倾向？传神与忠实，可以做到合二为一吗？

　　基本不体现自己的阐释倾向，我认为译者还是要忠实于原作者。

8. 您喜欢翻译诗歌吗？原文的格、韵、节奏、音步等，需要保留吗？还是放弃形式移植的努力，用国人更能接受的诗的形式进行改造？

　　不太喜欢译诗歌。不得已的情况下翻译诗时，会用国人更能接受的诗的形式来进行改造。

9. 怎么评价译本的好坏？如果译者的翻译策略，与传统的"翻译标准"相背离，怎么办？

　　我主张用"等效论"来评价文学翻译的译本比较好。译者的翻译策略，与传统的"翻译标准"相背离也无所谓，若是最终译本语言的读者与原文语言的读者能达到共鸣，那效果就好。

10. 关于翻译中加注的问题，难免影响阅读，可是不加注，原文背后的引申义、隐喻因子就会被吞噬。您偏向怎么处理？

　　我提倡在翻译中加注。有些不同国家、不同民族的文化差异需要加注。

11. 社科翻译和文学翻译最大的差别在哪？术语、句式逻辑，社科翻译是否也应注重原作者的风格？

　　我认为社科类的翻译语言要简明清晰，能表达出原文的意思就行。文学类的翻译艺术性强，因而译者需要重视再现原作者的风格。社科类的翻译谈不上风格。

12. 关于译者与作者进行交流的问题，您曾经有过询问原作者的冲动吗，您认为原作者本人的意愿是解决一切翻译问题的终极指向吗？

　　有可能的话，需要和原作者进行交流。我手头有一本书就是例子，韩文里相对应的人名、环境、原作者的个人经历等等，都需要了解。正好作者这些天在上海，我会借机请教他。我会把原作者的解释当作是解决问题的最终指向。

13. 译者的个性理解，是否构成译本自身存在的价值？

译者的个性理解当然构成了译本存在的价值，不同的译者翻译出来的效果是不一样的，从而也丰富了原著的价值。一部作品被不同的译者解读，越能说明它的经典性，每一个译本都是有价值的。

14. 所谓"翻译的定本"可以有吗？

文学翻译不存在"定本"。不同时代需要不同的译本。比如鲁迅的作品有不少被译成韩文，从最初的简译本，到最近越来越详细的解读本，有一个发展的过程。总归是新译本更加贴近原文。

15. 您对中国文化走出去的说法，有什么理解？对于中国古代的经典文献，现在的译者理解力能否超越国外的汉学家？中国近现代、当代，有没有树立自己的优势话语体系，有没有自己的优秀的文化，值得走出去？国内组织的大规模中译外出版物，很少被国外书商主动订购甚至认可，您怎么看待这个问题？

中国的古典文献，韩国汉学家的译本不比中国人差，因为以前有很多汉学家，他们能很自如地阅读文言文，甚至用文言文来写作。但是国内近年也涌现了一些优秀的译者，比如年轻的朝鲜族翻译家韩美花，中文系毕业，后来到韩国读博士，近些年受邀翻译了一些中国的古典作品，得到了韩国读者的肯定，有评论说甚至超越了韩国以前汉学家的译本。现在，很多中国当代的文学作品也被翻译成韩文,在韩国大受欢迎。在中译韩这个领域,我们可以做的事情很多,能跟韩国出版界和翻译界合作那就更好了。

李双志[1]**访谈记录:**

1. 您的第一部文学翻译作品是什么?以您的经历和笔力,完全可以进行创作。翻译和创作,为何要将心力投入到前者?

我的第一部文学翻译作品是《我的第一本雅诺什》,这是一本儿童绘本文学,出版于 2009 年 6 月。因为自己选择了外语为专业,总觉得应该学以致用。将有趣的外语小说翻译成为中文,对自己来说是件乐事,同时也算尽了自己的职责。至于创作,虽然也有兴趣,但是似乎更需要阅历、灵感和耐心。翻译虽然有时也很耗费心力,但是毕竟并没有太多苦思无果或无从下笔的煎熬,所以似乎是顺其自然,在大学研究生毕业前后便做起了翻译。

2. 当您翻译文学作品的时候,是从头到尾看完了译,还是看一段译一段,前者和后者的结果会有什么差异?

我总是尽量要求自己能通读全文再开始翻译,不过有时候时间有限,

---

1 李双志,复旦大学外文学院德语系青年研究员,主要译作:《风景中的少年:霍夫曼斯塔尔诗文选》(2018),《荒原狼》(2013),《德意志悲苦剧的起源》(2013),《文学的绝对:德国浪漫派文学理论》(2012),《浪漫派的将来之神——新神话学讲稿》(2011),《托着摩卡咖啡杯的苍白男人》(2010),《现代诗歌的结构》(2010)等。

不能保证先将原文读完，效果当然会受影响。后者往往欲速不达，因为翻到后来会发现之前译法的许多不当之处，又要返回去修改。不过如果不是文学翻译，而是学术翻译或科普性质的翻译，每章节独立性强的情况下，通读全章便下笔了。

3. 您译过完全不同两种风格的作品吗，还魂人物，模仿语气，有何不同的感受？

我翻译的文学种类比较杂，有儿童文学、流行文学、经典小说和诗歌，风格往往都不同。在这种情况下，我一般会参照对应的中文体裁，有意识地阅读优秀的同类中文作品来培养语感。在风格区分上也是一样，为了能达到人物和语气的还原，不仅在用词和造句上要注意符合原文气势，还要学习某些中文表达，比如翻译哀婉忧伤的就看看宋词，尖刻嘲谑的就参照明清讽刺小说，现代诗就看中文现代诗。总之，尽量把自己的中文风格调整到原作的"频道"上。

4. 译者写序，有无必要？

我到现在为止，还没有以译者身份写过序言。我更倾向于写译后记。译者的任务是呈现原作，虽然这也是译者自己理解过后的原作，但是译者应保持克制而不能事先给读者过多先入为主的理解"引导"。读者首先需要通过译文进入原作的世界，然后产生自己的判断和体会。至于文化背景与作者信息，可以在后记中给出，方便读者做进一步的了解，然后反过来增进对原作的认知。我认为译者在解释原作方面应该是辅助作用，而不太适合用自己的研究心得和主观视角来干预读者的阅读和理解自由。

5. 您觉得翻译时遇到最大的困难是什么？

　　翻译工作，尤其是文学作品的翻译工作，既考验外语理解能力，也考验从外语转换到母语的变通能力和母语的表达能力。这其实需要大量的时间琢磨原意并锤炼用词，但是翻译任务往往有交稿时间限制，所以必须追求一定的翻译速度。翻译时间过于紧张导致无法对译作进行精细处理，是我经常遇到的一个困境。

6. 作为译者，能有多大的"创作"空间，这种有限的创作往往体现在哪些方面呢？

　　译者当然需要有"创作"空间，但宜少不宜多。在准确理解了原作之后，以对中文母语特点的充分把握为基础，可以对某些表达进行相对自由的改造，包括必要的词素增删或句式改换，但不可去除掉原文中重要的隐喻或重复排比。在用中文成语和典故来翻译时尤其需要谨慎，不可以辞害意。

7. 作为译者是否有自己的阐释倾向（除选词造句外，比如时态、单复数等等）？传神与忠实，可以做到合二为一吗？

　　译者的阐释也是必需的。尤其中文这种孤立语与欧洲屈折语之间的语法差异，导致译者需要自己进行补充的想象和解释。比如德语中大量使用的泛指代词"man"，虽然通译为"人们"，但是在上下语境中有时需要翻译成"你"甚至"我"。还有简短的虚词往往要加上实词来传达意义。外语中有时用时态可以表达的意义，比如某个状态的过去式，就需要用上"曾经"来补足中文语义，甚至添加"不再"这样表示中断的中文字眼。

　　我认为忠实其实要建立在传神基础上。字面上的忠实并无意义，而且往往在审美感受上完全背离了原文的传达。能够加入一些有导向性的中文词素，在确实把握了原文的情况下，能达到功能的对应，这种传神就是更高层面的忠实。比如我曾用"沉幽漫漫"来翻译诗歌中的一句感叹："O die Finsternis！"

8. 您喜欢翻译诗歌吗？原文的格、韵、节奏、音步等，需要保留吗？还是放弃形式移植的努力，用国人更能接受的诗的形式进行改造？

我翻译诗歌比较多，个人也喜欢。我倾向于折中和灵活的译法。原文押韵的，尽量也押韵，但是不用太拘泥于原文的押韵方式。环抱韵、交叉韵在中文中不常见，一韵到底或者分阙换韵是更适合中文音律感的押韵法。节奏的保持也需要发挥一定的语言创造力，包括调整词语顺序来保证比如轻快或绵延的语感。完全放弃形式上的格式而散文化处理，还是难以让诗意得到呈现。为了押韵而生造打油诗就容易破坏原诗意境。尽量不用虚词押韵。不过如果完全照顾中文诗歌格律而翻译成古风、格律诗，也容易丢失太多原文意境，而且容易背离原作风格。

9. 怎么评价译本的好坏？译者的翻译策略，与传统的"翻译标准"相背离，怎么办？

译本的好坏，如果排除硬伤，并没有客观标准，更多时候是见仁见智的主观审美感受。对原作的把握本就可能出现多种阐释可能，所以译文也会因为对原作和对中文的个人感受不同而形成差异。我虽然自己更认可克制型的翻译，但是也不反对创新力强的译法。文学翻译中出现极端偏离常规的翻译，我觉得可以接受为一种创造式"转译"，德语中有"Nachdichtung"（再创作）的提法。翻译可以是多元共存的。

10. 关于翻译中加注的问题，难免影响阅读，可是不加注，原文背后的引申义、隐喻因子就会被吞噬。您偏向怎么处理？

我还是会加注的。中西文化差别如此大，如果有文学典故或者言外之意，太过苛求以译文代替注解，比如以西施翻译维纳斯，或者放弃重要名词的背景介绍，就会导致原文中的文化传统被完全覆盖或遮蔽。这会加剧跨文化阅读的信息不对称。如果有精巧的一语双关可以对应原文的引申和隐喻，固然好；但是如果一时找不到，加注是个比较实用的手段。

11. 社科翻译和文学翻译最大的差别在哪？术语、句式逻辑等，社科翻译是否也应注重原作者的风格？

社科翻译和文学翻译最大的差别在于社科的论证结构清晰，指涉对象明确而文学叙事的含糊多意和暗示性强。社科翻译的语言应平实而流畅。文学则要依据原文风格而变换行文风格。社科作者有时也会采用修辞手段，有时也会写得文采飞扬，译者也可做相应的译文调整，但是在力有不逮时就应以平实为主。

12. 关于译者与作者进行交流的问题，您曾经有过询问原作者的冲动吗，您认为原作者本人的意愿是解决一切翻译问题的终极指向吗？

我到现在为止还几乎没有与作者交流的经验。冲动偶尔有。但是我相信文本与作者的关系并不绝对化，当然作者有意为之的暗示和影射，译者需要了解或者求证。但除此而外，在文学语言多义性方面，译者有一定的阐释自主性。作者意愿不是解决一切翻译问题的终极指向。

13. 译者的个性理解，是否构成译本自身存在的价值？

我赞同将译者的个性理解作为译本的价值来看待。文学翻译实际上就是文学风格的双重把握，既是对原作的体会，也是对中文表达的可能性的挖掘。译者在两方面的语言感觉都是主观的，当然也就会造成个体差异。这种个体差异也是文学翻译的可贵之处。原作要传递的审美质感，并不可能百分之百地保留原样，势必要经历变形。只要不扭曲原意，变形的程度和方向都是译者的个性体现，也是译作相对于原作的审美特色，是有价值的。不论是克制还是放肆，都是一种有自己价值的映射方式。

14. 所谓"翻译的定本"可以有吗？

基于上题的回答，我不认为有翻译定本。即使在一定时间里广受认可的所谓经典译本，可能在未来，因为语言发展变化或对原作的理解变化，也会让位于新译本。文学翻译是无止境的。

15. 您对中国文化走出去的说法，有什么理解？对于中国古代的经典文献，现在的译者理解力能否超越国外的汉学家？中国近现代、当代，有没有树立自己的优势话语体系，有没有自己的优秀的文化，值得走出去？国内组织的大规模中译外出版物，很少被国外书商主动订购甚至认可，您怎么看待这个问题？

我认为中国文化走出去应该以中外合作为最佳路径。虽然杨戴伉俪的合译盛况千载难逢，但是要将母语文化推广到外语中，有双方译者的共同参与会更加顺利和高效。中国近现代和当代文学中有不少佳作值得翻译，中国思想家在东西古今碰撞中的真诚思考也非常有必要走出去，为全球人民的和谐共处发挥作用。我认为中译外的出版还在摸索阶段，迫切需要进行与国外的沟通和协作。闭门造车当然容易让人忽视，如果让国外出版社从一开始就能参与进来，或者能在学者和译者合作方面进行精细化合作，也许能形成更好的中国文化外传局面。

谈峥[1]访谈记录[2]

1. 是什么样的契机，使您从事文学翻译与研究？

从小我就一直对文学感兴趣，读了许多文学作品，尤其是翻译文学作品。可能也是受到家庭影响，我母亲比较爱看小说，也喜欢读古诗词，尤其是宋词。有几本翻译小说她是特别喜欢的，像《福尔赛世家》之类的英国小说。后来我姐姐中学毕业工作分配在新华书店，那时候文革期间没有高考嘛，文革一结束，很多老的文学作品重印，非常缺纸，都要排队买，姐姐是营业员，所以比较容易买到书，家里就囤积了很多文学作品，所以我小的时候读了很多文学作品，翻译文学如契诃夫、莫泊桑、巴尔扎克的书，读的都是文革前翻译的版本。

2. 那您有注意过这些翻译作品的译者是谁吗？

有注意过，其中傅雷占了很大的比例，他译了很多巴尔扎克的作品。

---

1 谈峥，复旦大学外文学院英文系教授，笔名谈瀛洲，上海作家协会会员。著有专著《莎评简史》，散文集《诗意的微醺》、《那充满魅惑力的舞蹈》，历史剧《梁武帝》、《王莽》、《秦始皇》，还有短篇小说多篇，译著有《后现代性与公正游戏》等等。
2 此篇采访为复旦大学法文系两位研究生郭欣赞和朱佳慧所做，笔者在郭欣赞同学整理的采访稿基础上重新做了修订。

总体来说，那时候重印的很多作品都是繁体的，但读的感觉不是很好，文字有些不是很流畅。比如傅雷译的《约翰·克里斯朵夫》那时候的我很喜欢看，里面有很多华丽的辞藻、成语，我还拿小本子抄了许多。但后来我对翻译的看法产生了变化，现在觉得这样的译法比较做作。

3. 在翻译的同时，您也创作了多种类型的文学作品，涉及小说、历史剧，您是如何看待翻译与创作之间的关系？在您看来，译者应该被视为创作者，或者是作家吗？译者在翻译活动中扮演着什么样的角色？

我觉得翻译也是创作，应该也算是作家，但这是一个比较高的境界，不一定所有译者都能达到。

4. 您曾在《巴尔扎克的〈风月趣谈〉》中写道，傅雷在翻译巴尔扎克书目时做了一番沙汰，所以我们读到的傅译巴尔扎克受到了傅雷性格的局限。那么译者在作品选择中的自主性弊大于利吗？

我觉得这个是有利有弊，因为傅雷的性格比较古板，所以他在翻译巴尔扎克的时候，选择的大多是所谓批判现实主义的作品。我以前想到巴尔扎克的印象就是《高老头》、《欧也妮·葛朗台》里面这些变态和苦难的人，之后读了他的《风月趣谈》感觉就完全不一样。对于读者来说，读巴尔扎克可能也需要尝试不同的译者。假如他一味相信傅雷翻译的巴尔扎克，而没有读过施康强翻译的《风月趣谈》，那可能视野就会受到局限。

5. 在您的译作中，有《城市文化》、《后现代性与公正游戏》这样严谨晦涩的学术论文，也有《夜莺与玫瑰》这样老少咸宜的文学作品。您认为您有特别适合翻译的特定的某类作品吗？作为译者，您有自己的独特翻译风格吗? 会有意识地与原著或原作者的风格保持一致吗? 通常您是如何选定某部文学作品进行翻译的? 是出于兴趣? 还是出版社邀约?

我早期翻译了比较多理论类的作品,但这部分不是我自己很喜欢的,因为当时有人来找我翻译理论,一开始有一点兴趣,但翻了以后发现不是我喜欢的,我比较喜欢翻译文学作品。那么我自己在翻译的时候比较想做到的,一是准确,这是前提,还有一个是简洁。简洁可以从两方面来说,一个是文辞上的简洁,用少一点的字可以表达出来的意思就不要说得很长很啰嗦;还有一个是句子怎么能够短而有力。如果做过理论翻译的话,就会知道中文实际上在表达一句长句的时候,没办法复原它原来的句子结构,必须把它拆分开来。简洁,或是简短,是中国语言的一个特色吧。

6. 您有特别欣赏的译者吗?

都是和具体的作品联系在一起的。像施康强翻译的《风月趣谈》,还有翻译德国作家聚斯金德《香水》的李清华,德语界的一位老先生,好像不大有名气。我觉得中国读者群还有一个比较大的问题,就是他们基本上没什么判断力,不知道怎么去选择,所以我们会看到诸如《简·爱》这样的书有几十种译本。出版社知道每年都会有几十万人去买《简·爱》的中译本,这些读者没有选择的标准,不知道怎么去挑选译本,就在网上随意买。所以一个再差的译本,一年都会卖掉几万本。他们不会去了解这个译者是不是英语专业的,是不是搞文学的,他的翻译质量是不是可靠;他们不了解另一个译者不是相关领域的,他的翻译是东抄抄、西抄抄来的。所以两者相辅相成,《香水》翻译得好,也是我们业内的人在说,外面的读者群根本不了解,不知道有这么回事。

7. 您认为一个优秀的译者应该具备什么样的素质？

他对原文要有相当的掌握，母语也要有相当的程度。当然还有一点是比较难以捉摸的，那就是对文学的敏感。他如果没有对文学的敏感，那他对原文美学特点就很难把握。比如原文本来很活泼灵动，但你把它翻译得很笨拙臃肿，虽然意思是正确的，但风格把握上就会比较差。

8. 您是研究莎士比亚的专家，在《读〈哈姆雷特〉札记》中，您说"读了莎士比亚的译本，不能算读过莎士比亚，最多只能算读了 40% 的莎士比亚"，那经由翻译而流失的另外 60% 指的是什么？

第一个流失就是原文在形式上的许多特点，有时换了一种语言是没有办法复制的。比如莎士比亚的剧本大部分是用抑扬五步格写的，但这个诗体你没有办法复制到中文里去。因为它是建立在不同基础之上的，英文是没有声调、讲究轻重音的，中文是讲究平仄，不讲轻重音。而且英文里是不押韵的，中文恰恰是没有不押韵的，除非是自由诗。所以这些形式上的特点在翻译的过程中都会失去。还有些形式特点比如英文中的头韵也是如此，《麦克白》里面麦克白遇到女巫时有一句美和丑之间的转换，"Fair is foul, and foul is fair"都是 F 开头的，你翻成中文"美和丑"就没有这个头韵的效果了。所以我觉得在翻译的过程中，莎士比亚的语言特色、语言艺术很多都会失去。实际上我们在读译作的时候，我们不是在读原作者的语言艺术，很大部分是在读这个译者的语言艺术，很多时候这两者之间差很多。而我说的 40% 也是一个估计的约数，无法精确地衡量究竟是多少。

不过也有途径去尽量弥补这些"不对等"，比如在我翻译的王尔德童话里，王尔德的很多文体是模仿《圣经》的，有些中古英语的残余，比如说代词不用 you，系动词不用 is，而用 th 或 eth 之类的，中文里没有这些词位变化。还有他会用一些古奥的词，于是我就比较了中译和合本《圣经》里面的风格特点，看它是如何达到古奥的效果。我就发现它经常会用单字的词，而现代汉语是用两个近义字来合成一个词，古文里面单字的词比较多，那我在翻译的时候就多用单字词来表现这种古奥，同时也接近《圣经》的版本。

在我看来，翻译的第一个层次，也就是最低的要求，就是忠实，它写的是"盐"就不要翻成"糖"。但即便是最低要求，在目前的翻译市场上很多也还是达不到。再现原著的风格，那是比较高级的层次了。

9. 是什么造成当今翻译市场的乱象呢？

我觉得主要是出版社没有底线和操守。编辑去找翻译的时候，他不是去看比如是否毕业于英语专业，或者是研究这方面的专家，而是会先想到自己的同学、朋友等等，这和中国是个人情社会有关系。还有就是和现在市场上翻译报酬太低有关。正儿八经外语专业毕业的人，觉得拿这么低的稿费对他的专业知识和付出来说是种侮辱，不是合理的报酬。很多其他专业的，比如中文系的，他的英语本来没学好，想着能通过翻译提高一下，尽管报酬不高，对他来说也是个学习的机会，所以报酬再低也会有人去翻。

10. 您在《夜莺与玫瑰》的译后记中写道"所有译本都是过渡性的译本"，那在您看来，是否存在衡量翻译作品的标准？

这一点我认为和时代有关，每个译者用的都是他那个时代的语言。如果很长一段时间过去，语言发生了变迁，读者再阅读这样的语言，就会觉得不舒服。就像我在文革之后读文革以前的译者翻译的外国文学，就经常觉得有些佶屈聱牙。我那时读《安娜·卡列尼娜》的中译本,就觉得好像这本书不怎么样。但我现在就会想,可能是那个译本翻译得不理想,以后可以去找找它的英译本来读。

11. 在翻译《西班牙公主的生日》等作品时,您考虑到文字的繁密可能会给读者造成阅读困难,采取了更多的分段。而在评译《哈姆雷特》的名句 "To be, or not to be"时,您虽然认为其最忠实的含义是哲学上的"存在",但鉴于这个词进入白话文的历史较短,让人别扭,因而最终采取了意译的方法:"率性而为,还是忍辱苟活。"并且将这两种翻译方式并列,让读者各取所爱。那么,在您看来,译者首要的"服务"对象是读者吗?译者和原作者,以及译文读者之间又是什么样的关系?

我觉得意义上是要忠实于原作的,风格上要尽量让读者能够接受。在很多理论作品的翻译当中,我们的译者没有把原著译得更容易理解,而是译得更加混乱,更加读不懂。所以很多文学理论、哲学方面的书,原作是法语、德语,我情愿去读英文的译本。英文的译本很顺畅,文字也很美,但如果你去读中文译本的话,会觉得很晦涩笨重,读也读不懂,很多情况下就可能是译者的水平问题。像一些伟大的哲学家,本来他的文字是很清晰的,但在翻译的过程中变得不清晰了。这就和我们之前谈到的找寻合适译者的问题也有关。

12. 您收到过一些怎样的读者反馈与专家评论?评论会对您的翻译有影响吗?

中国没有很好的翻译批评。专家写的不是很多,要么是捧场或者宣传性质的文章,一本书出了以后,出版社的编辑或者是译者本人会联系一些人写文章，因为这些人本来就是你自己找来的嘛，所以他们肯定会说一些好话，这个是不能当真的。专业评论，或者是自发的评论，基本上没有。读者的反馈我在微博上也会看到，比如"谈老师，您的童话译得真好，我看了很感动"。这种当然对我来说是一种鼓舞，但参考的价值也不是很大，呵呵。

13. 在您的翻译评论中，经常会援引中国文学典籍，比如《世说新语》、古诗词等，似乎中国与西方的文学作品之间有着一定的共通性与互文性。您对外来语也持开放态度，认为通过翻译来"引进"，能够丰富"汉语这种很贫乏的语言"。但另一方面，中国的译入与译出长期不对等，前者远多于后者。那在您看来，中国文学应以何种方式或姿态"走向"世界，才能更好地为外语世界国家所接受呢？

中国几次大的翻译热潮，都带来了很多新的词汇，比如翻译佛经的时候，晚清、民国的时候。我们一直说汉字出口到日本，但其实日本也有很多词汇出口到了中国，因为它是用汉字的国家，它的文字引进到中国就特别的容易，当年的留学生们就带了很多日本的新词回来。强调语言的纯洁性是没什么必要的，世界上最流行的英语是相当不"纯洁"的。

文学作品"译出"的话，我觉得不应该由中国人来做，应该由外国人来做。首先对外语的掌握就不可能像母语一样，因为从语言学的角度来说，学习语言有个窗口期，我记不清具体是几岁，大概是十二岁吧，十二岁以后再开始学外语就做不到像 native speaker 一样。学得再好，有一些细节的地方，像英文里面冠词怎么用，定冠词、零冠词、不定冠词，是做不到像母语一样运用自如的。另一方面，你自己译出就好像想把自己的东西硬塞给人家，人家需要的话他自己会来取的嘛。比如中国一些古典作品，在西方很早就有译本了。你什么时候把你的文学弄得好了，大家都觉得有趣了，外国人自然是会愿意来买你的版权、来翻译的。比如像中国古代的书在东亚就很有影响，像朝鲜、日本、越南，那时候我们根本没有人专门去学日语，把它们译成日语再出口，那都是日本人自己来学、自己来翻译的。

包慧怡[1]访谈记录[2]

1. 可否谈谈您的求学历程？是什么样的契机，使您从事文学翻译与研究？

我的求学经历比较简单，本科硕士在复旦英文系，博士去了爱尔兰都柏林大学英文系，期间除了短暂的出国实习，基本是不间断的一路读书。文学翻译从中学起就出于兴趣在做，大三的时候有位搞音乐的学长邀我为出版社翻译一本社科类的书，里面有关于诗歌的章节，算是第一次涉足"会出版的翻译"。

2. 您在美国读到普拉斯的作品，因与作者有着相似的一段备受煎熬的工作经历，因而"情同此心"。从最喜欢的一首《夜舞》开始，您陆续花了七年时间完成《爱丽尔》诗集的译稿。请问通常您是如何选定某部文学作品进

---

1 包慧怡，都柏林大学中世纪文学博士，复旦大学英文系讲师，上海市翻译家协会会员。出版译作九种逾百万字，包括西尔维亚·普拉斯《爱丽尔》、伊丽莎白·毕肖普《唯有孤独恒常如新》、玛格丽特·阿特伍德《好骨头》、保罗·奥斯特《隐者》等。

2 包慧怡于 2017 年 2 月 20 日以邮件形式接受采访，记录整理者为郭欣赏。笔者根据采访稿进行了修订。

行翻译的？是出于自己的兴趣？还是出版社的邀约或合作？

开始翻译普拉斯是出于对她诗歌的喜爱，类似的精神困境也使我在那段日子（大四在美国电视台实习）有时会通过沉浸于她的内心世界来进行自我疗治。大概五六年后，出版社请我推荐一些女诗人列入出版计划，我自然就想到了她。刚入行时，年轻译者在书目的选择上没什么话语权。我比较幸运，在不太长的练手期后，现在只选择翻译自己特别喜欢的作家。

3. 2011 年，您曾和黄昱宁合作翻译菲茨杰拉德的作品《崩溃》，集体合作翻译和个人翻译在您看来最大的区别是什么？两者的优缺点又分别是什么呢？

由于《崩溃》是个每篇独立成章的散文集，我和黄老师实际上是各译各的，除了最后阶段的专名统合，并没有集体合作的感觉。时间允许的话，翻译和写作一样，还是独立承担，文责自负好一些，尤其是小说这样对风格一致性有要求的文类。优点的话，大概是可以互相切磋和校对吧，比如去年和彭李菁合译《岛屿和远航：当代爱尔兰四诗人集》，就是这种情况。前提是彼此知根知底，交流效率高，合译者最好不超过一个。

4. 您曾用翻译来解释"对失序的对抗"："作为一种抵御或维护孤独的工具，翻译是一项将我们拉近地面的活动，一种谨小慎微、耐心而谦卑地把握世界的方式。"您能具体谈谈译者所处的是一个怎样的世界吗？

孤独，勤勉，偏执，专注。译者的气场是属于夜晚的，自带避光属性（无论是物理光还是目光）。译者的天命就是凭借百分百专注的劳作，为自己开辟一片安静的、可以令他人和自我都消失的时空。

5. 在《唯有孤独恒常如新》的译序中，您将自己的翻译策略归纳为两点：
"一是在保证准确的基础上，尽可能还原毕肖普本身的语言风格；二是译诗
作为诗歌能够成立。"关于这第二点，您能否结合具体的文本，谈谈是如何
凭借语感，使得毕肖普的诗歌得以在汉语中"重生"？

　　我的语感其实也只是我作为一个诗歌写作者的语感，能否成立还是交
给读者去评判吧。

6. 您收到过一些怎样的读者反馈与专家评论？会对您的翻译有何影响？例
如《唯有孤独恒常如新》获得 2016 年首届书店文学奖"年度文学翻译
奖"，颁奖辞不仅对您的译本质量有着高度评价，还赞许您"捕捉到了文学
作品中最难以琢磨的——空气"。

　　受到肯定当然会高兴，毕竟翻译诗歌本身就是如履薄冰的工作。不过
我一直觉得，译作出版之日就是译者隐身之时，不会出于好奇去搜索评论
或者参与网上的论辩，有这功夫不如在付梓前好好打磨译稿。如果是指出
笔误或者硬伤，我会感谢，并希望再版时能有机会改正。但如果是风格和
用词这类比较主观的问题，其实每个译者只能本着自己的经验和语感工
作，谁也不可能真正说服谁，多说无益。

7. 现在有许多译者直接将翻译发布在网上，或者与媒体平台合作。您也会
将一些译文试发表在豆瓣小站上，在您看来，网络与新媒体的蓬勃发展对
于文学翻译有何影响？对译者有何利弊？快速消费的语境下，媒体的语言
对文学语言会构成威胁与侵蚀吗？

　　对我没什么影响吧，发在豆瓣小站就是为备个份，毕竟以前用过的个
人博客都纷纷死掉了啊。网络也好新媒体也好，平台一直会变，好作品总

会有人读。我比较关心作品本身，不那么关心平台。译者也好媒体也好，大家做好各自的分内工作即可。

8. 您也是诗人，有超过十年的写诗经历，还出版了诗集《我坐在火山的最边缘》，题材风格完全不同于中国当代主流诗歌。诗人身份对于您在翻译毕肖普和普拉斯这些特立独行的女诗人时，有什么样的影响？诗人翻译诗人，是否有许多神交会心之处？

我尽可能少让写诗的自己去干预译诗的自己，用译者的个人风格去篡夺原著的风格，在我这里是不能接受的事。但"全然不篡夺"说到底是很理想的情况——译者就是原著在新的语言里发声的舌头，舌头与译者的全部语言乃至生命经验长在一起，不是可以即时脱卸的盔甲。这就需要译者时刻保持谦逊和警醒。

反过来，作为一名写作者，翻译优秀诗人的过程对我自身语言感受性的侵略、扩充与更新，以及我的语感精灵们同这类侵略者之间看不见的角力或和解，是我怀着兴奋，乐意看到发生在自己身上的。唯愿写作的我能被我译过的好诗人来丰富，使我自己永远是一座语感和风格的竞技场。

9. 您对译者在翻译中的主体性有何见解？您认为翻译家应该被视为创作者，或者是作家吗？

翻译家当然首先就是翻译家，林琴南先生的时代已经过去了。

结　语

　　二十世纪八十年代末以来，中国的翻译学界逐步确立了翻译研究的文化意识和文化史观。国内一些眼光独到、思想活跃的学者们贡献出了一批重要的研究成果[1]，在翻译史、译介学、翻译的基本理论和翻译实践个案讨论等领域进行了卓有成效的探索。国内文学翻译研究的氛围也越来越浓厚，"翻译学"作为一个新兴的独立的研究方向，也渐渐在各大高校确立了自己的学科地位。笔者在导师许钧教授的引领下，走上了文学翻译实践和研究的道路。在阅读了大量的东西方译学论著之后，特别是在亲身参与到《红与黑》译本比较的大讨论[2]之后，我渐渐意识到一个问题，学界的争论主要是集中在"直译还是意译"、"忠实还是再创造"以及"什么是翻译批评的标准"等方式方法的问题上，对于那个一直隐身在文本背后、若隐若现的翻译活动的主角——译者，国内却还从来没有进行过学理层面的深入思考。然而文学翻译，同其他各种艺术门类一样，是一种个人作为主体的创造性劳动，在翻译的过程中，译者既是欣赏者和接受者，又是表现者，是审美、情感和艺术形式的再创造者。译者也应该有自己的文学身份，面具

1　如王克非编著的《翻译文化史论》，刘宓庆的《文化翻译论纲》，谢天振的《译介学》，
　　许钧的《翻译论》、《文学翻译批评研究》，谭载喜的《西方翻译简史》等等。
2　见许钧主编《文学·文字·文化——〈红与黑〉汉译研究》：《不求同言　但求同
　　妙——就〈红与黑〉复译问题看翻译批评的导向》，以及 "国际翻译联合会" *BABEL*
　　杂志 1997 年第 4 期刊文：*Sur la retraduction actuelle en Chine*。

之后，也应有其社会的、诗学的和历史的角色定位。于是，在 1996 年的一篇文章中，笔者便提出了"文学翻译研究译者转向"的倡议[1]， 2002 年又提出"关于翻译主体研究的构想"[2]。毕竟一切翻译活动，尤其是文学翻译，人，才是其中的关键因素：译者、原作者、读者、赞助人……主体之间的权力关系和张力，是最终决定翻译结果的核心要素。

　　翻译能决定一个社会文化风气的转变。在某些特定的历史时期，中国文化似乎就是一种翻译的文化，整个国家的写作活动在相当的程度上，其中心就是围绕着翻译，许多作家进入文坛都首先是译者的身份。而且，世界上凡是优秀的翻译家，其对自己国家母语的成长，贡献都是巨大的。优秀译者们笔下的语言，对任何接受方的文化和艺术，都是一种培养的温床。译者的表达，有时能决定一个国家的写作模式，知识层面的文化创造，其开端很多是源于该国丰富的翻译积累。译者，无疑是一个国家知识人才构成中的重要组成部分。我们还有什么理由忽视对译者的研究呢？

　　诚如在本书绪论中所说，一直以来，我都想构建一个较为系统全面的翻译主体研究的理论模型，包含三大基本模块："两个世界"、"两类文本"和"三大主体"。基于此模块，从文学翻译活动所涉及的各元素，及其本有的功能来说，我们为文学翻译主体研究设定了"六大诠释循环圈"。这些诠释循环圈的连接策略，就构成了不同的翻译方法，乃至翻译研究中不同的学派及其演变。本课题设定的目标是文学翻译主体研究，所以我们将重点放在了作为理解者和诠释者的译者主体性、流动的源文本与"再造"的译本，以及主体间性与主体间对话等三个方面。这些极其复杂的诠释循

1　见 1996 年第 3 期《中国翻译》刊文：《也谈文学翻译之主体意识》。

2　见张柏然、许钧主编《面向 21 世纪的译学研究》：《关于翻译主体研究的构想》。

环圈的核心是译者主体。译者主体处于几大要素的包围之中，除自己的专业能力以及人文素养等"人"的因素之外，他对于拟翻译的源文本赖以形成的"世界·生活·文化 I"，以及创造源文本的"作者主体"都必须有非常深刻全面的了解，乃至具备足够的专业性的理解。这是一个译者对于输出语之世界和文化的必备素养。译者主体与源文本构成了复杂而深刻的互相诠释关系，在实际的翻译中，这一互相诠释的深度和广度都会对翻译质量乃至译本成功与否产生深刻的、决定性的影响。译者主体对于拟形成的译本所赖以被接受的"世界·生活·文化 II"，以及"译本"背后的接受主体，也都必须拥有深刻而全面的了解，这是一个译者对于译入语世界和文化负责任的态度。译者主体从事文学翻译活动的过程，就是主动地接受上述七大要素以及一大预期（所谓理想的译本）的约束和激励，从而充分发挥其专业技能和精神潜能，悉心"创造"出在译者主体能力和精神阈限之内的满意的译本。

因此，文学翻译主体之"我们"与"他者"的问题，对于界定翻译主体性是至关重要的。因为人们对历史的记忆是有选择性和编辑性的，译者主体作为个人，也总是选择有利于自己的记忆。当一个集体对某段历史进行选择和编辑之后，这段历史就被贴上了带有这个集体价值的标签。作为文化传播者的翻译家，对历史和文化的记忆也会碰到两个暗礁，一个是将其神圣化，一个是将其庸俗化。我们在研究中引入了"全球伦理"的概念。拥有"全球伦理视域"的译者，应该能够通过作品，鼓励人们跳出文明冲突这一窠臼，探索保证文化的多样性，包容差别，从而促进人类文明的共同进步。

"全球伦理"是当今社会解决文明冲突、作为文明对话基础的新概念。在翻译研究领域里，它也是构建新型翻译伦理、指导翻译主体采取行动的最终参照系。在"文化走出去"、"提升软实力"的口号下，怎样处理好翻译活动中各个主体之间发生的权力话语关系；在全球化的语境中，翻译主体该如何发挥合乎"全球伦理"的主体性，帮助中华文化更好地"走出去"。在面对文化冲突时，我们主张不把价值批判建立在"我们"和"他人"的简单区分上，而是要以伦理原则为基础，人类的共同点不是寻求某一种文化特征，而是"拒绝某种成见的能力"，即摆脱所属文化环境的能力。面对文化冲突时，能看到"我们同属于人类"，在此基础上，对存在的文化进行比较，并提出批判。

从传统经验论、语言学层面，再到哲学诠释学理论、历史文化视野和全球伦理，我们认为，文学翻译主体的研究要实现研究方向和思想理论的转折。因此在课题的最后，我们致力于探讨文学翻译与意识形态、国家赞助人和政治的关系，从而归纳到人和文化的多样性，伦理价值的一致性和共同性的关系。

目前来看，我们离上述这个理想模型的最终成型还有些遥远。好在翻译是一种在人类社会历史进程中永存的活动，因为只要有人类存在，就会有不同。不同文化间的交往就一定存在。只要翻译行为存在，只要机器翻译没有办法完全替代人工翻译，特别是文学翻译，我们的主体研究就还值得做下去，因为组成主体性的各种内在因素是动态发展的，主体性的外部条件也是动态发展的，文学翻译主体研究远远还没有到结题的时候。

最后再说一些题外话。《文学翻译主体论》实际源自于笔者二十年前的个人学术兴趣。当时笔者给自己的博士论文定了个颇为浪漫的题目："A la recherche du sujet traduisant"（《追寻翻译的主体》），一来为纪念那位和自己同一天生日的大作家普鲁斯特，二来也是想说明自己对于译者问题的关注，起源也是在于《追忆似水年华》这部法文译著。上世纪九十年代，南京译林出版社老编辑韩沪麟广发英雄帖，邀请大陆法文界十五位译者共同完成了这部法国文学史上"不可译的极品"。此书中文版的出版发布会可谓盛况空前，震动了当时整个文学翻译界和文学批评界。我的恩师许钧就是其中第四卷的译者之一。此生有幸，能有这样一位译著等身的法国文学大发现者，为我打开文学翻译实践的大门。同时，我的导师更是一位思路开阔、思考深邃、勇于承担责任的中国"译学"的开拓者和建构者，是他将我一路引上文学翻译理论研究的道路。二十年来，笔者对于译者主体在翻译之前、之中和之后作用呈现的追寻之旅从未曾中断，慢慢地，这个兴趣点像是投在了一块洁白的画布上，逐渐洇化开来，由对每一位翻译个体的关注，扩展到对"理解和阐释"这一过程中所有主客体诠释循环的关注，对翻译史、翻译伦理、全球伦理，甚至形而上的翻译哲学层面，进行更深入的观察和思考。

著名法国文学翻译家、第一位提出中国有其"自成体系的翻译理论"的《翻译论集》编著者罗新璋先生，在和香港译协前主席金圣华女士的对谈中曾经说过："我国翻译家对翻译要有自己的思考，要有自己的一套话语。介绍外国翻译理论，不能使自己变成中国的外国理论翻译家。"这句话在我写作此书的过程中，也时时回响、提醒并鞭策着自己：在介绍外国译论的时候，不能忘记结合中国的翻译实际和中国的翻译传统。罗新璋先生可以说是另一位深刻影响我的学术道路和治学兴趣的人，我们有着二十多年的"忘年之交"。不少他寄来的文字，有的写在了随手捡来的香烟壳、旧信封甚至是广告纸的背面，有的写在他自己新版、旧著的字里行间。罗先生称自己是"笨人下笨功夫"，前后共用九个月，抄写傅雷译文二百五十四万八千字。最后他说自己"偷得其法，学了傅雷的两三招"。其实何止是两三招，如今罗译版的《红与黑》、《特利斯当与伊瑟》、《列那狐的故事》、《栗树下的晚餐》等等，无不好评如潮、传诵一时，已然成为傅译之外法国文学界又一座翻译的高峰。

另，本书作为教育部人文社科基金之"全球伦理视域下的翻译主体研究"项目的结项成果，同时还得到上海市文联"中青年艺术家扶持计划"的出版资助。在此要特别感谢上海市文联沈文忠主席的信任和支持；感谢上海翻译家协会的师友们接受我的邀请，认真回答访谈中提出的每一个问题；感谢我复旦的同事和学生们，在我写作的过程中提供了许多灵感和思路；感谢译文出版社的李玉瑶老师和赵婧编辑，这本书最终能够出版离不开她们真诚的鼓励和敦促。最后，要感谢我的家人，他们是我永远不竭的爱。

参考文献

Abrams, M. H. *The Mirror and the Lamp: Romantic Theory and the Critical Tradition*, London, Oxford, New York: Oxford University Press, 1971.

Albir, Amparo Hurtado. *La notion de fidélité en traduction*, Paris: Didier Erudition, 1990.

Alleton, Viviane. & Lackner, Michael. *De l'un au multiple*, Paris: Editions de la maison des Sciences de l'Homme, 1999.

Álvarez, Román. & M. Carmen África Vidal. *Translation, Power, Subversion*, Beijing: Foreign Language Teaching and Research Press, 2007.

Auroux, Sylvain. *La philosophie du langage*, Paris: Presses Universitaires de France, 1996.

Bakhtin, M. M. *The Dialogic Imagination: Four Essays*, Austin: University of Texas Press, 1982.

Ballard, Michel. *De Cicéron à Benjamin: traducteurs, traductions, réflexions*, Lille: Presses Universitaires de Lille, 1995.

Ballard, Michel. *Histoire de la traduction: Repères historiques et culturels*, Bruxelles: Presses de Boeck, 2013.

Bassnett, Susan. & Lefevere, André. *Constructing Cultures: Essays on*

Literary Translation, Clevedon: Multilingual Matters Ltd., 1999/Shanghai: Shanghai Foreign Language Education, 2004.

Bassnett, Susan. *Comparative Literature: A Critical Introduction*, Oxford: Blackwell Publisher, 1993.

Benjamin, Walte. *La tâche du traducteur*, Paris, Denoël, coll. 《Les Lettres Nouvelle》, 1971.

Benssoussan, Albert. *Cofessions d'un traître, Essais sur la traduction*, Rennes: Presses Universitaire de Rennes, 1995.

Berman, Antoine. *L'Epreuve de l'Etranger*, Paris: Editions de Gallimard, 1984.

Berman, Antoine. *La Traduction et la Lettre ou L'Auberge du Lointain*, Mauvezin: Editions Trans-Europ-Repress, 1985.

Berman, Antoine. *Pour une critique des traductions: John Donne*, Paris: Editions de Gallimard, 1995.

Berman, Antoine. *L'Age de la Traduction - 《La tâche du traducteur》 de Walter Benjamin, un commentaire*, Paris: Editions de Presse Universitaires de Vincennes, 2008.

Berman, Antoine. *Jacques Amyot, traducteur français*, Paris: Editions Belin, 2012.

Bertaud, Madeleine. et Cheng PEI, *François Cheng, A la croisée de la Chine et de l'Occident*, Genève: Librairie DROZ, 2014.

Betti, Emilio. *Teoria generale della interpretazione*, Giuffrè, 1955/ *General Theory of Interpretation*, CreateSpace Independent Publishing Platform, 2015.

Bonnefoy, Yves. *L'autre langue à portée de voix*, Paris: Editions du Seuil, 2013.

Bowker, Lynne. *Unity in diversity: current trends in translation studies*, Beijing: Foreign Language Teaching and Research Press, 2007.

Brisset, Annie. *Sociocritique de la traduction*, Le Préambule, 1990.

Cassin, Barbara. *Eloge de la traduction*, Paris: Librairie Fayard, 2016.

Casanova, Pascale. *La langue mondiale*, Paris: Editions du Seuil, 2015.

Chateaubriand, F. -R. de. *Atala*, *René*, Paris: Garnier-Flammarion, 1964.

Cheng, François. *L'Ecriture poétique chinoise*, Paris: Editions du Seuil, 1996.

Chesterman, A. *Ethics of Translation*, Amsterdam & Philadelphia: John Benjamins Publishing Company, 1997.

Chesterman, A. *Memes of Translation: The Spread of Ideas in Translation Theory*, Amsterdam & Philadelphia: John Benjamins Publishing Company, 1997.

Chesterman, A. *Proposal for a Hieronymie Oath*, Anthony Pym, ed., *The Return to Ethics*, Manchester: St. Jerome Publishing, 2001.

Chevrel, Yves. *Histoire des traductions en langue française*, *du XVe au XXe siècle*, Paris: Editions Verdier, 2012 – 2018.

Chevrel, Yves. *Enseigner lesœuvres littéraires en traduction*, Alençon: Presses de Bemo Gaphic, 2007.

Dantille Xiaoshan et Corinne Wecksteen-Quinio (éd.), *Ici et Ailleurs dans la Littérature traduite*, Presses Université Artois, 2016.

Debusscher, G. et Noppen, J. P. Van. *Communiquer et traduire*, Editions de l'Université de Bruxelles, 1985.

Delisi, Jean & Woodsworth, Judith. *Translators through History*, Amsterdam & Philadelphia: John Benjamins Publishing House, 1995.

Delisle, Jean. *L'Analyse du disours comme méthode de traduction*, Ottawa: Presses de l'Université d'Ottawa, 1984.

Derrida, Jacques. *La voix et le phénomène*, Paris: Presses Universitaires de France, 1967.

Derrida, Jacques. *L'écriture et la différence*, Paris: Editions du Seuil, 1967/2014.

Diderot, Denis. *Oeuvres philosophiques*, Paris: Garnier, 1964.

Eco, Uberto. *L'oeuvre ouverte*, Paris: Editions du Seuil, 1965.

Eco, Uberto. *Les limites de l'interprétation*, Paris: Grasset, 1992.

Escarpi, Robert. *L'Écrit et la communication*, Paris: Presses universitaires de France, 1973.

Etkind, Efime. *Un art en crise: Essais de poétique de la traduction poétique*, Lausanne: Editions L'âge d'homme, 1982.

Foucault, Michel. *Les Mots et les Choses*, Paris: Gallimard, 1990.

Gadamer, Hand-Georg. *Vérité et méthode*, Paris: Editions du Seuil, 1976.

Gémar, Jean-Claude. *Traduire ou l'art d'interprèter* (2 Tomes), Québec: Presses de l'Université du Québec, 1995.

Gentzler, Edwin. *Contemporary Translation Theories*, Shanghai: Shanghai Foreign Language Education Press, 2004.

Guidère, Mathieu. *Introduction à la traductologie*, Louvain: De Boeck Université, 2016.

Guillemin-Flescher, Jacqueline. *Syntaxe comparée du français et de l'anglais*, *Problèmes de traduction*, Editions Ophrys, 1981.

Heidegger, Martin. *Acheminement vers la parole*, Paris: Gallimard, 1976.

Heidegger, Martin. *Etre et Temps*, Paris: Gallimard, 1964.

Heidegger, Martin. *Chemins qui ne mènent nulle part*, Paris: Gallimard, 1962.

Hermans, Theo. *The Manipulation of Literature: Studies in Literary Translation*, London & Sydney: Croom Helm 1985.

Jakobson, Roman. *On Language*, Cambridge, MA: Harvard University Press, 1995.

Jauss, Hans Robert. *Pour une herméneutique littéraire*, Paris: Gallimard, 1988.

Jauss, Hans Robert. *Pour une esthétique de la réception*, Paris: Gallimard, 1990.

Kittel, Harald. & Armin Paul Frank. *Interculturality and the Historical Study of Literary translations*, Beijing: Foreign Language Teaching and Research Press, 2007.

Kundera, Milan. *L'insoutenable légèreté de l'être*, Paris: Gallimard, 1984.

Iser, Wolfgang, *L'acte de lecture: Théorie de l'effet esthétique*, Pierre Mardaga, 1985.

Ladmiral, J. R. *Traduire*, *théorème pour la traduction*, Paris: Gallimard, 1994.

Larbaud, Valéry. *De la traduction*, Actes sud, 1946.

Larose, Robert. *Théories contemporaines de la traduction*, Québec: Presses de l'Université du Québec, 1989.

Le Bon, Gustave. *Psychologie des foules*, Paris: Presses Universitaires de France, 2013.

Lederer, Marianne. *La taduction Aujourd'hui*, Paris: Hachette, 1994.

Lefevere, André. *Translation*, *History*, *Culture*: *A Sourcebook*, London & New York: Routledge, 1992.

Lefevere, André. *Translation*, *Rewriting*, *and the Manipulation of Literary Fame*, London & New York: Routledge, 1992/Shanghai: Shanghai Foreign Language Education Press, 2004.

Levinas, E. *Autrement qu'être*, *ou au delà de l'essence*, Martinus Nijhoff, 1978.

Meschonnic, Henri. *Poétique du traduire*, Paris: Editions Verdier, 1999.

Meschonnic, Henri. *Ethique et politique du traduire*, Paris: Editions Verdier, 2007.

Montaigne, Michel de. *Oeuvres complètes*, Paris: Gallimard, 1967.

Mounin, Georges. *Les belles infidèles*, Edition des Cahiers du sud, 1955.

Mounin, Georges. *Les problèmes théoriques de la traduction*, Paris: Gallimard, 1963.

Nida, Eugene. & Charles R. Taber. *The Theory and Practice of Translation*, Shanghai: Shanghai foreign language education press, 2003.

Oseki-Dépré, Inês. *Théories et pratiques de la traduction littéraire*, Malakoff: Editions Armand Colin, 1999.

Pym，A. *Pour une éthique du traducteur*，Ottawa：Editions de Presses de l'Université d'Ottawa，1997.

Pym，A. *The Return to Ethics in Translation Studies*，Manchester，UK：St. Jerome Publishing，2001.

Qian，Zhongshu，*Cinq essais de poétique*，Editions Christian Bourgeois，1987.

Rey，Alain. *Théorie du signe et du sens*，Editions Klicksieck，1976.

Ricoeur，Paul. *Le Conflit des Interprétations*，*essais d'herméneutique*，Paris：Editions du Seuil，1969.

Robinson，Douglas. *Western translation theory*：*From Herodotus to Nietzsche*，Beijing：Foreign Language Teaching and Research Press，2006.

Rose，M，Gaddis. *Translation and Literary Criticism*：*Translation as Analysis*，Beijing：Foreign Language Teaching and Research Press，2007.

Sacchi，Sergio. *Outil pour l'interprétation*，Tirrenia Stampatori，1990.

Schulte，Rainer. &. Biguenet，John. *Theories of Translation-An Anthology of Essays from Dryden to Derrida*，Chicago：The University of Chicago Press，1992.

Segalen，Victor. *Essai sur l'exotisme*，*1904 - 1918*，Montpellier：Fata Morgana，1978.

Seleskovitch，Danica. &. Lederer，M. *Interpréter pour traduire*，Paris：Didier Erudition，2001.

Serre，Michel. *Hermès III*：*La Traduction*，Paris：Editions Minuit，1974.

Spivak，Gayatri C. *A Critique of Postcolonial Reason*：*Toward a History of the Vanishing Present*, Cambrdge, MA: Harvard University Press, 1999.

Steiner, George. *Après babel*, Paris: Editions Albin Michel, 1978.

Steiner, George. *Réelles présences, les arts du sens*, Paris: Gallimard, 1984.

Sylvain, Auroux. *La philosophie de langage*, Paris: Presses Universitaires de France, 1996.

Todorov, Tzvetan. *Symbolisme et Interprétation*, Paris: Editions du Seuil, 1978.

Todorov, Tzvetan. *Nous et les autre*, Paris: Editions du Seuil, 1989.

Venuti, L. *The Scandals of Translation: Towards an Ethic of Difference*, London & New York: Editions de Routledge, 1998.

Venuti, L. *The Translator's Invisibility-A History of Tanslation*, London and New York: Routledge, 1995/Shanghai: Shanghai Foreign Languages Education Press, 2004.

Venuti, L. *The Scandals of Translation-Towards an Ethcs of Difference*, London and New York: Routledge, 1998.

Viegnes, Michel. et Jean Rime, *Présentation de l'Individu en Chine et en Europe francophone-Ecritures en Miroir*, Neuchâtel: Editions Alphil-Presses universitaires suisses, 2015.

Zach, Matthias. *Traduction littéraire et création poétique*, Tours: Presses universitaires François-Rabelais, 2013.

巴赫金 [俄]：《诗学与访谈》，钱中文主编：《巴赫金全集》第 5 卷，白春仁、顾亚铃等译，石家庄：河北教育出版社， 1998 年。

巴赫金 [俄]：《文本对话与人文》，钱中文主编：《巴赫金全集》，

第 4 卷，白春仁、晓河、周启超等译，石家庄：河北教育出版社，1998 年。

巴尔胡达诺夫 [苏]：《语言与翻译》，北京：中国对外翻译出版公司，1985 年。

本雅明 [德]：《本雅明文选》，陈永国等译，北京：中国社会科学出版社，1999 年。

蔡新乐，郁东占：《文学翻译的释义学原理》，郑州：河南大学出版社，1997 年。

蔡新乐：《相关的相关：德里达"相关的"翻译思想及其他》，北京：中国社会科学出版社，2007 年。

蔡新乐：《翻译的本体论研究：翻译研究的第三条道路、主体间性与人的元翻译构成》，上海：上海译文出版社，2005 年。

蔡毅，段京华编著：《苏联翻译理论》，武汉：湖北教育出版社，2000 年。

曹明伦： 《翻译之道：理论与实践》，保定：河北大学出版社，2007 年。

陈福康： 《中国译学理论史稿》，上海：上海外语教育出版社，2000 年。

陈嘉映：《海德格尔哲学概论》，上海：上海三联书店，1995 年。

陈崧：《五四前后东西文化问题论战文选》，北京：中国社会科学出版社，1985 年。

程抱一 [法]：《法国七人诗选》，长沙：湖南人民出版社，1984 年。

程镇球：《翻译论文集》，北京：外语教学与研究出版社，2002 年。

成中英：《论中西哲学精神》，上海：东方出版中心，1991 年。

褚孝泉：《语言哲学——从语言到思想》，上海：上海三联书店，1991年。

褚孝泉主编《程抱一研究论文集》，上海：复旦大学出版社，2013年。

段峰：《文化视野下文学翻译主体性研究》，成都：四川大学出版社，2008年。

多尔迈 [美]：《主体性的黄昏》，万俊人等译，上海：上海人民出版社，1992年。

范祥涛：《科学翻译影响下的文化变迁：20世纪初科学翻译的描写研究》，上海：上海译文出版社，2006年。

费小平：《翻译的政治》，北京：中国社会科学出版社，2005年。

傅敏编《傅雷谈翻译》，北京：当代世界出版社，2006年。

傅敏编《傅雷文集（书信卷）》，北京：当代世界出版社，2006年。

葛校琴：《后现代语境下的译者主体性研究》，上海：上海译文出版社，2006年。

高惠群、乌传衮：《翻译家严复传论》，上海：上海外语教育出版社，1992年。

辜正坤：《中西诗比较鉴赏与翻译理论》，北京：清华大学出版社2003年。

管新平、何志平：《汉英等效翻译》，广州：华南理工大学出版社，2006年。

郭宏安等：《二十世纪西方文论研究》，北京：中国社会科学出版社，1997年。

郭著章：《翻译名家研究》，武汉：湖北教育出版社，1999年。

郭延礼：《中国近代翻译文学概论》，武汉：湖北教育出版社，1998年。

郭建中：《当代美国翻译理论》，武汉：湖北教育出版社，2000年。

郭建中：《文化与翻译》，北京：中国对外翻译出版公司，2000年。

海岸选编《中西诗歌翻译百年论集》，上海：上海外语教育出版社，2007年。

海德格尔〔德〕：《诗·语言·思》，彭富春、戴晖译，北京：文化艺术出版社，1991年。

何兆武：《中西文化交流史论》，北京：中国青年出版社，2001年。

胡庚申：《翻译适应选择论》，武汉：湖北教育出版社，2004年。

胡塞尔〔德〕：《现象学的方法》，上海：上海译文出版社，1994年。

霍埃〔美〕：《批评的循环》，沈阳：辽宁人民出版社，1987年。

黄杲炘：《从柔巴依到坎特伯雷：英语诗汉译研究》，武汉：湖北教育出版社，1999年。

黄国文：《翻译研究的语言学探索——古诗词英译本的语言学分析》，上海：上海外语教育出版社，2006年。

黄邦杰：《译艺谭》，香港：中国对外翻译出版公司，1991年。

加达默尔〔德〕：《真理与方法》，洪汉鼎译，上海：上海译文出版社，1999年。

加达默尔〔德〕：《哲学解释学》，夏镇平、宋建平译，上海：上海译文出版社，1994年。

蒋成禹：《读解学引论》，上海：上海文艺出版社，1998年。

蒋林：《梁启超"豪杰译"研究》，上海：上海译文出版社，

2009 年。

江枫：《论文学翻译及汉语汉字》，北京：华文出版社，2009 年。

杰里米·芒迪 [英]：《翻译学导论：理论与实践》，李德凤等译，北京：商务印书馆，2007 年。

金炳华主编《哲学大辞典》，第六卷《伦理学卷》，上海：上海辞书出版社，2007 年。

金圣华：《傅雷与他的世界》，北京：生活. 读书. 新知三联书店，1997 年。

金圣华：《桥畔译谈——翻译散论八十篇》，北京：中国对外翻译出版公司，1997 年。

金圣华：《齐向译道行》，北京：商务印书馆，2011 年。

金圣华、黄国彬：《因难见巧：名家翻译经验谈》，北京：中国对外翻译出版公司，1998 年。

卡勒，乔纳森. [美]：《结构主义诗学》，北京：中国社会科学出版社，1991 年。

科米萨诺夫 [俄]：《当代翻译学》，汪嘉斐等译，北京：外语教学与研究出版社，2006 年。

昆德拉 [法]：《生命中不能承受之轻》，韩少功、邸刚译，北京：作家出版社，1989 年。

昆德拉 [法]：《不能承受的生命之轻》，许钧译，上海：上海译文出版社，2003 年。

勒代雷，玛利亚娜. [法]：《释意学派口笔译理论》，刘和平译，北京：中国对外翻译出版公司，2001 年。

李长栓：《非文学翻译理论与实践》，北京：中国对外翻译出版社，

2004 年。

栗长江：《文学翻译语境化探索》，北京：线装书局， 2008 年。

利科，保罗. ［法］：《解释学与人文科学》，陶远华、袁耀东等译，石家庄：河北人民出版社， 1987 年。

廖七一：《当代英国翻译理论》，武汉：湖北教育出版社， 2001 年。

廖七一：《当代西方翻译理论探索》，南京：译林出版社， 2000 年。

刘宓庆：《现代翻译理论》，南昌：江西教育出版社， 1990 年。

刘宓庆：《新编当代翻译理论》，北京：中国对外翻译出版公司，2005 年。

刘宓庆：《刘宓庆翻译散论》，北京：中国对外翻译出版公司，2006 年。

刘宓庆：《文化翻译论纲》，武汉：湖北教育出版社， 1999 年。

刘宓庆：《翻译与语言哲学》，北京：中国对外翻译出版公司，2001 年。

刘重德：《西方译论研究》，北京：中国对外翻译出版公司，2003 年。

刘重德：《翻译论稿》，北京：高等教育出版社， 2007 年。

刘绍龙：《翻译心理学》，武汉：武汉大学出版社， 2007 年。

刘述先：《全球伦理与宗教对话》，石家庄：河北人民出版社，2006 年。

刘述先：《理一分殊与全球地域化》，北京：北京大学出版社，2015 年。

陆永昌：《俄汉文学翻译概论》，上海：上海外语教育出版社，2007 年。

罗顺江：《法汉翻译理论与实践》，北京：外语教学与研究出版社，2004年。

罗新璋：《翻译论集》，北京：商务印书馆，1984年初版，2009年修订版。

罗新璋：《古文大略》，上海：复旦大学出版社，2012年。

吕俊：《吕俊翻译学选论》，上海：复旦大学出版社，2007年。

马红军：《翻译批评散论》，北京：中国对外翻译出版公司，2000年。

马红军：《从文学翻译到翻译许渊冲的译学理论与实践》，上海：上海译文出版社，2006年。

马祖毅：《中国翻译史》（上卷），武汉：湖北教育出版社，1999年。

马祖毅、任荣珍：《汉籍外译史》，武汉：湖北教育出版社，1997年。

毛荣贵：《翻译美学》，上海：上海交通大学出版社，2005年。

穆雷：《通天塔的建设者》，北京：开明出版社，1997年。

普鲁斯特 [法]：《追忆似水年华 I 在斯万家那边》，李恒基、徐继曾译，南京：译林出版社，1989年。《追忆似水年华 第一卷 在斯万家这边》，徐和瑾译，南京：译林出版社，2010年。《追寻逝去的时光 第一卷 去斯万家那边》，周克希译，北京：人民出版社，2010年。

钱锺书：《谈艺录》，北京：中华书局，1991年。

钱锺书：《七缀集》，上海：上海古籍出版社，1994年。

却尔 [美]：《解释：文学批评的哲学》，吴启之、顾洪洁译，北京：文化艺术出版社，1991年。

任东升：《圣经汉译文化研究》，武汉：湖北教育出版社，2007年。

萨莫瓦约，蒂费纳. [法]：《互文性研究》，邵炜译，天津：天津人民出版社，2003年。

单继刚：《翻译的哲学方面》，北京：中国社会科学出版社，2007年。

施蛰存：《中国近代文学大系·翻译文学集一》，上海：上海书店出版社，1990年。

斯坦纳 [美]：《通天塔：文学翻译理论研究》，庄绎传编译，北京：中国对外翻译出版公司，1987年。

司显柱：《功能语言学与翻译研究：翻译质量评估模式建构》，北京：北京大学出版社，2007年。

斯蒂文森 [美]：《伦理学与语言》，姚新中等译，北京：中国社会科学出版社，1991年。

斯维德勒 [美]：《全球对话的时代》，刘利华译，北京：中国社会科学出版社，2006年。

孙艺风：《视角、阐释、文化——文学翻译与翻译理论》，北京：清华大学出版社，2004年。

孙慧双：《歌剧翻译与研究》，武汉：湖北教育出版社，1999年。

谭载喜：《新编奈达论翻译》，北京：中国对外翻译出版公司，1999年。

谭载喜：《翻译学》，武汉：湖北教育出版社，2000年。

谭载喜：《西方翻译简史》，北京：商务印书馆，1991年。

托多罗夫 [法]：《我们与他人》，袁莉、汪玲译，北京：北京大学出版社，2014年。

王秉钦：《文化翻译学（第二版）：文化翻译理论与实践》，天津：南开大学出版社，2007年。

王大智：《翻译与翻译伦理》，北京：北京大学出版社，2012年。

王逢振：《意识与批评：现象学，阐释学和文学的意思》，桂林：漓江出版社， 1988年。

王洪涛：《翻译学的学科建构与文化转向：当代西方翻译研究学派理论研究》，上海：上海译文出版社， 2008年。

王宏印：《文学翻译批评论稿》，上海：上海外语教育出版社， 2006年。

王宏印：《中国传统译论经典诠释：从道安到傅雷》，武汉：湖北教育出版社， 2003年。

王宏志：《重释"信达雅"：二十世纪中国翻译研究》，上海：东方出版中心， 1999年。

王宏志：《翻译与文学之间》，南京：南京大学出版社， 2011年。

王建开： 《五四以来我国英美文学作品译介史（1919—1949）》，上海：上海外语教育出版社， 2003年。

王克非：《翻译文化史论》，上海：上海外语教育出版社， 1997年。

王一川：《意义的瞬间生成》，济南：山东文艺出版社， 1988年。

王佐良：《论新开端：文学与翻译研究集》，北京：外语教学与研究出版社， 1991年。

汪榕培编《比较与翻译》，上海：上海教育出版社， 1997年。

文军：《中国翻译理论百年回眸： 1894—2005中国翻译理论论文索引》，北京：北京航空航天大学出版社， 2007年。

吴克礼：《俄苏翻译理论流派述评》，上海：上海外语教育出版社， 2006年。

奚永吉：《文学翻译比较美学》，武汉：湖北教育出版社， 2001年。

夏廷德：《翻译补偿研究》，武汉：湖北教育出版社， 2006年。

谢天振： 《翻译的理论建构与文化透视》，上海：上海外语教育出版社， 2000年。

谢天振：《译介学》，上海：上海外语教育出版社， 1999 年。

谢天振：《比较文学与翻译研究》，上海：复旦大学出版社， 2011 年。

谢天振：《翻译研究新视野》，青岛：青岛出版社， 2003 年。

谢天振： 《中西翻译简史》，北京：外语教学与研究出版社，
2009 年。

许钧：《文学翻译批评研究》，南京：译林出版社， 1992 年。

许钧主编《文学·文字·文化—— 〈红与黑〉 汉译研究》，南京：南京大学出版社， 1996 年。

许钧：《翻译思考录》，武汉：湖北教育出版社， 1998 年。

许钧：《文学翻译的理论与实践》，南京：译林出版社， 2001 年。

许钧：《翻译论》，武汉：湖北教育出版社， 2003 年。

许钧、袁筱一编《当代法国翻译理论》，武汉：湖北教育出版社，
2001 年。

许钧、宋学智：《20 世纪法国文学在中国的译介与接受》，武汉：湖北教育出版社， 2007 年。

许钧、穆雷主编《翻译学概论》，南京：译林出版社， 2009 年。

许渊冲：《翻译的艺术》，北京：五洲传播出版社， 2006 年。

薛范：《歌曲翻译探索与实践》，武汉：湖北教育出版社， 2002 年。

杨自俭、刘学云编《翻译新论（1983～1992）》，武汉：湖北教育出版社， 2003 年。

杨晓荣：《翻译批评导论》，北京：中国对外翻译出版公司， 2005 年。

余光中：《余光中谈翻译》，北京：中国对外翻译出版公司， 2002 年。

喻云根：《英美名著翻译比较》，武汉：湖北教育出版社， 1996 年。

乐黛云主编《跨文化对话》，第 17—39 辑，上海：上海三联书店，

2005—2018 年。

查明建、谢天振：《中国 20 世纪外国文学翻译史》，武汉：湖北教育出版社， 2007 年。

张今、张宁：《文学翻译原理》，北京：清华大学出版社， 2005 年。

张柏然、许钧主编《面向 21 世纪的译学研究》，北京：商务出版社，2002 年。

张隆溪：《道与逻各斯》，成都：四川人民出版社， 1998 年。

张智中：《许渊冲与翻译艺术》，武汉：湖北教育出版社， 2006 年。

张进：《新历史主义与历史诗学》，北京：中国社会科学出版社，2004 年。

张敬仪：《汉维-维汉翻译理论与技巧》，北京：民族出版社， 2004 年。

张汝伦：《意义的探究——当代西方释义学》，沈阳：辽宁人民出版社， 1986 年。

张新木：《普鲁斯特的美学》，南京：南京大学出版社， 2015 年。

张英伦：《敬隐渔传》，北京：人民文学出版社， 2016 年。

张英伦：《敬隐渔文集》，北京：人民文学出版社， 2016 年。

张泽乾：《翻译经纬》，武汉：武汉大学出版社， 1994 年。

赵彦春：《翻译诗学散论》，青岛：青岛出版社， 2007 年。

赵彦春：《翻译学归结论》，上海：上海外语教育出版社， 2005 年。

赵毅衡：《文学符号学》，北京：中国文联出版公司， 1990 年。

郑敏宇：《叙事类型视角下的小说翻译研究》，上海：上海外语教育出版社， 2007 年。

周仪、罗平：《翻译与批评》，武汉：湖北教育出版社， 1999 年。

周方珠：《翻译多元论》，北京：中国对外翻译出版公司， 2004 年。

周兆祥：《翻译与人生》，北京：中国对外翻译出版公司，1997年。

祝朝伟：《构建与反思：庞德翻译理论研究》，上海：上海译文出版社，2005年。

朱纯深：《翻译探微：语言·文本·诗学》，南京：译林出版社，2008年。

中国外文局五十年编委会：《中国外文局五十年回忆录（1949—1999）》，北京：新星出版社，1999年。

邹振环：《影响中国近代社会的一百种译作》，北京：中国对外翻译出版公司，1996年。

邹振环：《20世纪上海翻译出版与文化变迁》，南宁：广西教育出版社，2000年。

图书在版编目（CIP）数据

文学翻译主体论/袁莉著. —上海：上海译文出版社，
2019. 12
ISBN 978 - 7 - 5327 - 8275 - 8

Ⅰ. ①文… Ⅱ. ①袁… Ⅲ. ①文学翻译—研究
Ⅳ. ①I046

中国版本图书馆 CIP 数据核字（2019）第 178390 号

文学翻译主体论

袁 莉 著

责任编辑/赵 婧 装帧设计/胡 枫

上海译文出版社有限公司出版、发行
网址：www. yiwen. com. cn
200001 上海福建中路 193 号
上海信老印刷厂印刷

开本 890×1240 1/32 印张 10.5 插页 2 字数 216,000
2019 年 12 月第 1 版 2019 年 12 月第 1 次印刷

ISBN 978 - 7 - 5327 - 8275 - 8/I · 5074
定价：58. 00 元